Luigi Guarnieri

DAS DOPPELLEBEN DES VERMEER

Aus dem Italienischen
von Maja Pflug

Büchergilde Gutenberg

Bei Tisch angeregte Unterhaltung, ich war in sehr guter Form, natürlich Proust und Vermeer, es hat sich einfach so ergeben, sozusagen ohne mein Dazutun, bei Vermeer habe ich geglänzt, das kann ich dir sagen, Biographie und Wesensart des Mannes, Hauptwerke und technische Details sowie Nennung der Museen, und er hat gesehen, daß ich mich auskenne.

Albert Cohen, *Belle du Seigneur,* 1968

Dank der Kunst sehen wir nicht nur eine einzige Welt, nämlich die unsere, sondern eine Vielzahl von Welten; so viele wahre Künstler es gibt, so viele Welten stehen uns offen: eine von der anderen stärker verschieden als jene, die im Universum kreisen, senden sie uns Jahrhunderte noch, nachdem der Fokus erloschen ist, von dem es ausging, ob er nun Rembrandt oder Vermeer hieß, ihr spezifisches Licht.

Marcel Proust, *Le Temps retrouvé*, 1927

Fälschung? Nachahmung? Man kann auf absolut originelle Weise zitieren. Auch weil nur ein Erfinder weiß, wie man etwas ausleiht.

Ralph W. Emerson, *Quotation and originality,* 1841

1

Ende Mai 1945 läuteten in Amsterdam zwei Beamte des holländischen Sicherheitsdienstes an der Tür eines großen Patrizierhauses an der Keizersgracht. Eigentlich erwarteten sie, daß sich die Begegnung mit dem jähzornigen, exzentrischen und verschlossenen Bewohner, einem auch als Kunstsammler ziemlich bekannten und anscheinend bei den Nachbarn hoch angesehenen Maler, als reine Formalität, wenn nicht gar als lästige Zeitverschwendung erweisen würde. Sie hatten keinerlei Grund zu argwöhnen, daß Herr Han van Meegeren ungehörige Geschäftsbeziehungen zum Feind unterhalten habe. Daß er während des Krieges beträchtliche Geldmengen verschleudert hatte, war bekannt, doch schließlich hatte er in der nationalen Lotterie das große Los gezogen - manche behaupteten sogar, er habe gleich zweimal gewonnen. Darüber hinaus waren ihm im Bereich des Antiquitätenhandels etliche völlig legale meisterliche Coups gelungen. Auch hatte er mit dem Verkauf von *Christus und die Ehebrecherin* von Vermeer einen geschätzten Kollegen betraut und konnte also nicht dafür verantwortlich gemacht werden, daß dieses Gemälde dann in die Fänge der Nazis geraten war. Eher würde der verehrte Herr van Strijvesande diesbezüglich einige erschöpfende Erklärungen liefern müssen. Als van Meegeren sie mit mürrischer Unhöflichkeit empfing, beschränkten sich die beiden Beamten daher darauf, ihm mitzuteilen, daß sie in Anbetracht der unleugbaren Bedeutung des betreffenden Werks, des sehr hohen Preises, der dafür bezahlt worden war, und der heiklen Identität des Käufers gerne erfahren hätten, von wem er das Gemälde erhalten habe. Das sei alles. Selbstverständlich – fügten sie eilig und mit Nachdruck hinzu – werde diese Information streng vertraulich behandelt.

Ohne mit der Wimper zu zucken sagte van Meegeren, er habe das Bild vor dem Krieg von einer nicht näher bestimmten »alten italienischen Familie« erworben. Er stellte klar, daß er seinen Kunden gegenüber zu größter Diskretion verpflichtet sei, wonach er sich weigerte, den Beamten weitere Auskünfte zu geben. Allerdings begriff er sofort, daß er einen groben Fehler begangen hatte, als er eine italienische Herkunft des verdächtigen Bildes andeutete: Die Beamten schlossen daraus nämlich, daß Herr van Meegeren als Mittelsmann zwischen der faschistischen Regierung und den Nazis aufgetreten war. Und die Tatsache, daß van Meegeren selbst sich hartnäckig weigerte, den Namen des Verkäufers preiszugeben, brachte sie auch auf den Gedanken, das Bild könnte gestohlen sein. Die Rechtfertigungen, die van Meegeren den Beamten schließlich nach wiederholtem Drängen lieferte, mochten zwar plausibel klingen: Der Verkäufer habe es nicht an die große Glocke hängen wollen, daß er das Familiensilber veräußerte, und deshalb habe er darauf bestanden, daß seine Identität geheim bleibe. Bloß beeindruckte diese hübsche Geschichte, die sogar bei den abgefeimtesten Antiquaren immer wunderbar funktioniert hatte, die beiden pragmatischen Beamten des Sicherheitsdienstes kein bißchen. Im Gegenteil, sie hielten sie für absolut unglaubwürdig, genau die Sorte abgestandenes Lügenmärchen, die ein Kollaborateur den Ermittlern auftischen würde, um einer Anklage zu entgehen. Das Verhör ging strenger weiter als zuvor, und im Laufe weniger Minuten schien Herrn van Meegerens unerschütterliche Sicherheit unter den gezielen Attacken der Beamten zu zerbröckeln. In Wahrheit aber war van Meegeren vor Überraschung in Panik geraten und nicht imstande, aus dem Stegreif eine neue und glaubwürdigere Version der Fakten zu erfinden. Er begann vielmehr, mit abwesendem Blick an die Decke zu starren, dann regte er sich plötzlich nicht mehr, wurde steif wie ein ausgestopftes Tier, vielleicht in einem äußersten Versuch, seinem Schicksal zu entkommen, auf einen anorganischen Zustand zu regredieren, zu Stein und Objekt zu werden - wenn nicht sogar, sich zu entmaterialisieren und im Nichts aufzulösen. Doch natürlich half das alles nichts.

Christus und die Ehebrecherin war an Reichsmarschall Hermann Göring verkauft worden, trotz der präzisen gegenteiligen Anweisungen von van Meegeren, der wohl wußte, wie gefährlich es war, Geschäftsbeziehungen zu den Nazi-Besatzern zu unterhalten. Über jedes Gemälde, das nach dem Krieg in den Händen des Feindes aufgefunden würde, würden genaueste Nachforschungen angestellt werden, um Herkunft und Verkäufer abzuklären. Deshalb hatte er Rienstra van Strijvesande, dem er das Bild unseligerweise anvertraut hatte, eingeschärft sicherzustellen, daß es nicht den Deutschen in die Hände fiele. Van Strijvesande jedoch pflegte ausgerechnet mit Alois Miedl, einem feisten bayerischen Bankier, der soeben ein Büro in Amsterdam eröffnet hatte, enge geschäftliche Kontakte. Als van Strijvesande ihm von einem kürzlich entdeckten Vermeer erzählte, hatte Miedl eiligst Walter Hofer informiert, den Kurator der Privatsammlung von Hermann Göring. Die Höllenmaschine hatte sich in Bewegung gesetzt, und van Meegeren - der völlig ahnungslos war - hatte nichts tun können, um sie anzuhalten.

Nach dem Krieg hatten die Mitglieder der Allied Art Commission - damit beauftragt, die verborgenen Schätze der Nazigrößen wiederzufinden - die stattliche Sammlung ans Licht gefördert, die Göring im Salzstollen von Alt-Aussee in Österreich hatte vergraben lassen. Sogleich war ihnen ein Gemälde aufgefallen, das in der oberen linken Ecke die Signatur Vermeers trug (in der typischen Form *I. V. Meer*). Das Bild hatte sie an *Christus in Emmaus* erinnert – ein Meisterwerk Vermeers, dessen unvermutetes Auftauchen im Jahr 1937 in der ganzen Welt für Aufsehen gesorgt hatte. Auch das Bild von Alt-Aussee war übrigens, so stellte sich heraus, noch unbekannt. Diese Tatsache wäre nicht weiter von Bedeutung gewesen, wenn es sich um das Werk eines schaffensfreudigen Künstlers wie Tintoretto oder Rembrandt gehandelt hätte. Doch von Vermeer gab es so wenige Bilder, daß sie alle einzeln bekannt waren: Soeben hatten die Mitglieder der Art Commission ein sehr berühmtes in Berchtesgaden wiedergefunden – die *Allegorie der Malerei*, die Adolf Hitler im Kunsthistorischen Museum in Wien gestohlen hatte.

Die Entdeckung sorgte daher sofort für beachtliches Aufsehen. Als die Quittungen der Transaktion vorgelegt wurden, hatte man außerdem festgestellt, daß Göring für diesen unbekannten Vermeer die schier unglaubliche Summe von 1.650.000 Gulden bezahlt hatte. Fünfzigtausend mehr als der vermögende holländische Reeder Daniel George van Beuningen für das *Abendmahl* hingeblättert hatte, ein weiteres aus dem Nichts aufgetauchtes und ebenfalls Vermeer zugeschriebenes Bild, das aber viel größer und viel schöner war. In Wirklichkeit hatte Göring den Kaufpreis abgegolten, indem er Miedl mehr als zweihundert Gemälde überließ, die in Holland illegal von Nazi-Schergen entwendet worden waren. Jedenfalls hatte die Allied Art Commission sofort Nachforschungen über die Herkunft des Bildes angestellt, nicht weil man die Zuschreibung zu Vermeer anzweifelte (diese Tatsache war nie in Frage gestellt worden, sonst hätte man gar keine Untersuchung eingeleitet), sondern um zu klären, wer der Verräter war, der das Werk einem Nazi-Bonzen überlassen hatte, und um über das Schicksal des

Gemäldes zu entscheiden. Es war den Experten der Art Commission nicht schwergefallen, die von dem Bild auf seinem Weg zum Verkauf hinterlassenen Spuren zurückzuverfolgen: Und diese Spuren führten zuerst zu Hofer, dann zu Miedl, dann (obwohl Miedl untergetaucht war und vergeblich gesucht wurde) zu van Strijvesande und von diesem schließlich zu dem reichen Antiquar – und verkannten Maler – Han van Meegeren.

So kam es, daß Han van Meegeren am 29. Mai 1945 verhaftet wurde, unter der entehrenden Anklage, er habe mit den Nazis kollaboriert. Anfangs beschloß er aus ungeklärten Gründen, sich hinter einem grimmigen, hartnäckigen und irrationalen Stillschweigen zu verschanzen. Er nahm es sogar auf sich, ganze sechs Wochen lang im Gefängnis zu schmachten, obwohl man ihn des Hochverrats beschuldigte und ihm die tägliche Dosis Morphium vorenthielt, die er mittlerweile brauchte, um die Realität zu ertragen. Hätte er dagegen seine Version der Tatsachen erzählt – von der in der Folge ausführlich die Rede sein wird –, wäre er höchstwahrscheinlich als Held gefeiert worden.

Am 12. Juli jedoch erlitt van Meegeren endlich einen plötzlichen Zusammenbruch und gestand – ohne im geringsten vorherzusehen, daß ausgerechnet diese unglaubliche Enthüllung eine Berühmtheit aus ihm machen würde. Als Han van Meegeren aber im Lauf des denkwürdigen Verhörs behauptete, er habe dem Feind keinerlei kostbaren Nationalbesitz verkauft, sondern diesen wertvollen Vermeer selbst gemalt, schenkten die Polizeibeamten ihm keinerlei Glauben. Zuerst wirkten sie sogar verblüfft und bestürzt. Dann forderten sie ihn auf, sich deutlicher auszudrücken und das Ganze noch einmal zu wiederholen. Herr van Meegeren seufzte und bekräftigte starrsinnig, daß es sich bei dem ohne sein Wissen von dem Nazi-Bonzen Hermann Göring erworbenen Bild *Christus und die Ehebrecherin* keineswegs um einen Vermeer handelte, sondern um eine von ihm, van Meegeren, hergestellte Fälschung. Han van Meegeren, alias VM: Vermeers moderne Reinkarnation.

2

Han van Meegeren, im folgenden VM genannt, wurde am 10. Oktober 1889 in Deventer geboren, dem holländischen Städtchen, in dem der große Maler des 17. Jahrhunderts, Gerrit Ter Borch, gestorben war. Sein Vater, Henricus van Meegeren, von Beruf Lehrer, war ein gewöhnlicher, strenger und vollkommen phantasieloser Mann. Er hatte an der Universität von Delft Englisch und Mathematik studiert und mehrere Schulbücher geschrieben. Mit vierzig hatte er geheiratet. Seine Frau Augusta hatte ihm fünf Kinder geschenkt. VM war das dritte (der zweite Junge) und wuchs in einer Atmosphäre unbeugsamer Disziplin heran: Es war ihm nicht einmal gestattet, das Wort an seinen Vater zu richten, außer wenn der schreckliche Henricus es ihm ausdrücklich befahl.

Aller Wahrscheinlichkeit nach rührten VMs schöpferische Regungen von der Mutter her, einer zarten, feinfühligen Frau, die fünfzehn Jahre jünger war als ihr Mann und eine gewisse künstlerische Begabung gezeigt hatte, bis die Ehe ihren halbherzigen Bestrebungen ein jähes Ende setzte. VM war ein sehr empfindsames, körperlich anfälliges Kind: Zur Verzweiflung seines Vaters begann er schon mit acht Jahren leidenschaftlich gern zu zeichnen. Immer bestürzter darüber, das Stigma der verabscheuten künstlerischen Neigungen seiner Frau an einem weiteren Mitglied der Familie zu entdecken, machte Henricus van Meegeren es sich zur Gewohnheit, die Zeichnungen des Sohnes regelmäßig in tausend Stücke zu reißen. Darüber hinaus verbot er seiner Frau klipp und klar, die ungesunden

Interessen des Knaben zu fördern. Doch das Ergebnis dieses Verbots war, daß VM schließlich seine ganze Zeit damit zubrachte, seiner unerschöpflichen Phantasie entsprungene Sujets zu zeichnen – und zu versuchen, sich der wachsamen Aufsicht des Vaters so weit wie möglich zu entziehen, logischerweise.

Zum Glück wurde die verhaßte Vaterfigur bald ganz durch Bartus Korteling verdrängt, VMs Lehrer am Gymnasium. Korteling, ein wenig geschätzter Maler, aber ernsthafter und gut ausgebildeter Künstler, erkannte das Talent des Schülers sofort und ermöglichte ihm, sich einen großen Reichtum an technischen Kenntnissen anzueignen. Kortelings Sohn Wim wurde nach kurzer Zeit der beste Freund des gleichaltrigen VM, der seinerseits, und vielleicht noch schneller, Kortelings Lieblingsschüler wurde. Schon nach wenigen Monaten unter den Fittichen seines Mentors begann VM, mit seinen Arbeiten alle Schulwettbewerbe zu gewinnen, die in Deventer und Umgebung ausgeschrieben wurden.

Preise hin oder her, wie zu erwarten, schien Henricus van Meegeren kein bißchen angetan von der unsinnigen Wendung, die das Leben seines Sohnes nahm. Vor allem verstand er nicht, warum in der Schule überhaupt Kunst unterrichtet werden sollte, und dachte, daß künstlerisches Talent keinerlei praktischen Nutzen im Leben habe – oder jedenfalls nicht dem Zweck diene, einen wie auch immer gearteten achtbaren Beruf auszuüben. Und außerdem fand er, daß derartige perverse Neigungen die Aufsässigkeit der jungen Leute förderten und dazu beitrugen, ihren Charakter zu zerrütten. Doch sein fortgesetzter radikaler Widerstand gegen die unerklärlichen Vorlieben des Sohnes half nichts. Henricus van Meegeren gewahrte mit wachsendem Schrecken, welch verderbliche Entwicklung VMs Persönlichkeit unter dem schädlichen Einfluß des heimtückischen Korteling durchmachte. In Henricus' Augen wurde VM innerhalb weniger Monate ein undisziplinierter, unfähiger Jugendlicher, ein haltloser Träumer, besessen von einer unbegreiflichen Zeichenleidenschaft. Der bloße Gedanke, daß sein Sohn Künstler werden könne, war so frevelhaft, daß er dem sturen Henricus in Wirklichkeit gar nicht in den wenig einfallsreichen Sinn kam. Dennoch zerstörte er weiterhin unerschütterlich alle Zeichnungen des ungeratenen Sprößlings, derer er habhaft werden konnte. Besser vorsorgen als heilen.

VM seinerseits ließ den Vater ungerührt seine mißgünstige Wut austoben und dachte gar nicht daran zu reagieren. Er hatte längst begriffen, daß er und Henricus van Meegeren einfach nicht zusammenpaßten. Und da er ein sehr schwacher und klein gewachsener Junge geblieben war, begann ihm gerade – unter der Führung des aufgeklärten Korteling – bewußt zu werden, daß der erste wichtige Schritt im Leben eines wahren Künstlers darin besteht, seinen Geist zu festigen. Ihn also unabhängig zu machen, gefeit gegen die Angriffe der Welt und frei von materiellen Zwängen. Die Folge dieser philosophischen Annäherung war offensichtlich: VM entwickelte sich zum alles verschlingenden und leidenschaftlichen Leser. Seine blühende Einbildungskraft begann sich von Büchern zu nähren, und seine beschränkte, rückständige Welt bevölkerte sich nach und nach mit den Gestalten aus großen Romanen. Auch weil Henricus van Meegeren, wie vorhersehbar, die Literatur haßte: er fand sie eine Zeitverschwendung, eine absurde, kindische Verirrung. Inzwischen vervollständigte Bartus Korteling die Bildung seines Zöglings, indem er ihm nimmermüde die unsterblichen Grundsätze der Kunst einprägte. Für einen Traditionalisten seines Kalibers hieß das, den Jungen zu lehren, die *Modernen*, also die Impressionisten und ihre Nachfolger, aus tiefstem Herzen zu verachten. Und die schöpferischsten Künstler aller Zeiten zu bewundern und nachzuahmen: die großen Meister des holländischen 17. Jahrhunderts.

Als VM achtzehn wurde, ging er nach Delft, um am Institut für Technologie Architektur zu studieren. Die Entscheidung stellte einen letzten, nach endlosen Diskussionen mit Henricus van Meegeren ausgehandelten Kompromiß dar: Künstlerische Neigungen hin oder her, VM solle sich auf die Ausübung eines achtbaren Berufs vorbereiten. Wenn er wirklich nicht Schulmeister werden wolle wie sein Vater, wenn er wirklich um jeden Preis diese sinnlose Zeichenmanie pflegen wolle, gebe es nur eine Lösung: Er würde Architekt werden. Es handelte sich um eine betrübliche Notlösung, die Henricus van Meegeren keineswegs zufriedenstellte, aber sie war immer noch besser als nichts. Die Jugend mußte im Zaum gehalten werden, um zu verhindern, daß ihr labiler, ausschweifender Charakter sie in alle möglichen Katastrophen führte. Wenn man nicht mit äußerster Härte eingriff, waren die jungen Leute imstande, die soliden Zukunftspläne, die ihre Eltern mühsam für sie geschmiedet hatten, in wenigen Augenblicken zunichte zu machen. Seinen zweiten Sohn Herman zum Beispiel mußte Henricus van Meegeren mit Fußtritten ins Priesterseminar zurückbefördern, als er die Frechheit besessen hatte, vor Beendigung seiner Ausbildung zum Priester dort auszureißen, heimzukommen und den Vater anzuflehen, er möge ihn aus dem Seminar nehmen, weil er keine Berufung mehr fühlte – oder vielmehr, noch nie eine solche gefühlt hatte. Ein Wahnsinn. Zum Glück schien sich der kleine VM im Gegensatz dazu in das Schicksal gefügt zu haben, das der Vater ihm vorgezeichnet hatte.

Selbstredend entwickelten sich die Dinge in eine Henricus van Meegerens Wünschen und Diktaten diametral entgegengesetzte Richtung. VM dachte nicht im entferntesten daran, sein Leben einem Beruf zu opfern, den er nicht liebte und der ihm nicht lag. Daher widmete er der Architektur immer weniger Zeit, verbrachte die Tage mit Malen und dem Studium der

Kunst, und sobald er einen Augenblick frei hatte, eilte er zu Bartus Korteling, um sich an dessen anregenden Lehren zu laben. Jetzt konzentrierte sich sein Interesse auf die technischen Seiten der Malerei, und auf diesem Gebiet war Kortelings Erfahrung unbestritten. Hingerissen sah VM ihm zu, wie er eigenhändig aus dem Rohmaterial die Pigmente gewann, die er zur Herstellung der Farben brauchte, genau wie es die großen Meister des Goldenen Zeitalters gemacht hatten und wie es die elenden, ungebildeten Schmierfinken von heute nicht mehr machten.

An einem Sommerabend 1911 begegnete der zweiundzwanzigjährige VM dann auf einem Fest im Ruderclub einer reizenden Studentin. Sie hieß Anna de Voogt und war ein Mischling. Ihre Mutter, eine Muslimin, stammte von der Insel Sumatra. Ihr Vater tat als Regierungsbeamter in Niederländisch-Indien Dienst. Ein launischer Fürst der Insel, entschlossen, Annas Mutter seinem Sohn zur Frau zu geben, hatte sich der Hochzeit von Annas Eltern widersetzt. Dennoch hatte die umstrittene Verbindung fünf Jahre lang gedauert, aber der Fürst hatte nicht locker gelassen und sich schließlich durchgesetzt. Nach der Scheidung der Eltern war der Vater nach Java umgezogen. Die Mutter hatte den jungen Fürsten geehelicht und war von der Bildfläche verschwunden. Anna war mit der Großmutter (väterlicherseits) nach Holland gereist und wohnte nun mit ihr zusammen in einem Haus in der Umgebung von Rijswijk.

Als die beiden sich kennenlernten, war VM der klassische unerfahrene, schüchterne und introvertierte Junge: Er schien sich weder für romantische Liebe noch für erotische Freuden zu interessieren. Doch dann loderte die Leidenschaft auf, und nicht nur das: Schon wenige Monate nach Beginn der flammenden Liaison war Anna schwanger. Ihr Vater, der weiterhin in Java arbeitete, aber wie ein Gespenst in unregelmäßigen Abständen in Holland auftauchte, tobte vor Wut über die Leichtfertigkeit seiner Tochter. Allerdings war sein Zorn von kurzer Dauer, und bald schickte er sich in die Vorstellung, daß sie mit ihrem unansehnlichen Verlobten, einem eindeutig liederlichen, energielosen Subjekt, einem Tagedieb und Taugenichts, den Hafen der Ehe ansteuern werde. Er nötigte sie jedoch, zum katholischen Glauben überzutreten. Dem stimmte Anna gerne zu, zumal sie keinerlei Nutzen darin sah, in einem ruhigen Vorort von Den Haag als Muslimin zu leben. VM wiederum war von seinem Vater fünfzehn Jahre lang gezwungen worden, zur Messe zu gehen: Jetzt glaubte er an keine Religion mehr, hielt es aber für weiser, das Herrn de Voogt nicht anzuvertrauen.

Die Hochzeit wurde im späten Frühjahr 1912 gefeiert. Da VM völlig mittellos war, quartierte sich das junge Paar bei der Großmutter der indonesischen Braut ein. Um sein Architekturstudium in Delft fortzusetzen, legte VM nun mit dem Fahrrad jeden Tag Dutzende von Kilometern auf den schlammigen Wegen durch die regnerische holländische Ebene zurück. Aber er beschränkte sich nicht darauf, zwischen Rijswijk und Delft hin und her zu pendeln, sondern machte oft und gern noch einen Abstecher nach Rotterdam. Er hatte vor, an dem nationalen Studentenwettbewerb für das beste Gemälde des Jahres teilzunehmen, und hatte ein ehrgeiziges Sujet gewählt: das Innere der St.-Laurens-Kirche.

Zur gleichen Zeit jedoch mußte er am Institut für Technologie seine Abschlußprüfungen ablegen und fiel mit Pauken und Trompeten durch. Wutschnaubend willigte Henricus van Meegeren ein, ihm das nötige Geld zu leihen, um das Institut ein weiteres Jahr zu besuchen, aber nur aufgrund einer Abmachung, die des gefühllosesten Wucherers würdig gewesen wäre: VM sollte dem Vater die Summe mit Zinseszins in Raten von dem Geld zurückzahlen, das er in den nächsten zehn Jahren verdienen würde. Um Zeit zu gewinnen, nahm VM diese Wucherbedingungen an. Wie er erfuhr, war sein Vater auch deshalb so außer sich, weil sein Bruder Herman – aus schierem Trotz und reiner Bosheit, um bloß nicht die Gelübde ablegen und Geistlicher werden zu müssen – die Frechheit besessen hatte, krank zu werden und zu sterben.

Die Nachricht von Hermans vorzeitigem Ableben bedrückte VM lange; doch bald bemerkte er, daß auch seine eigene Existenz auf den Abgrund zusteuerte. Seine junge Frau hatte gerade einen Sohn (Jacques) zur Welt gebracht, bei den Prüfungen war er unrühmlich gescheitert, und bei seinem Vater hatte er riesige Schulden angehäuft. Ein Desaster braute sich über ihm zusammen. Doch als alles verloren schien, machte das Bild, auf das er monatelang Tag und Nacht seine ganze Kraft verwendet hatte – die *St.-Laurens-Kirche*, eine Arbeit, die direkt aus einer Werkstatt des 17. Jahrhunderts zu stammen schien –, einen äußerst günstigen Eindruck auf die Mitglieder der Jury, allesamt andächtige Hüter des traditionellen holländischen Stils. Zur allgemeinen Überraschung gewann VM die begehrte Goldmedaille. Ein Erfolg, der Aufsehen erregte, da VM der einzige nicht an einer Kunstschule eingeschriebene Student war, der an dem Wettbewerb teilgenommen hatte. Dank des Ansehens, das der Preis genoß, konnte VM die *St.-Laurens-Kirche* für tausend Gulden verkaufen – im Jahr 1913 eine stattliche Summe für einen jungen, unbekannten Maler.

In den folgenden Monaten machte VM eine angenehme Entdeckung: Er merkte, daß seine Gemälde sehr gefragt waren und er immer höhere Preise dafür verlangen konnte. Man hielt ihn sogar für den aufsteigenden neuen Stern am holländischen Kunsthimmel. Stolzgeschwellt, beruhigt, von seinem Talent, wenn nicht gar seiner Genialität überzeugt, beschloß er, seine noch gar nicht begonnene Laufbahn als Architekt für immer an den Nagel zu hängen. Zum Entsetzen des Vaters weigerte er sich sogar, die Examen am Institut für Technologie zu wiederholen. Statt dessen legte er als Externer an der Kunstakademie von Den Haag die Prüfungen ab, und am 4. August 1914 - am selben Tag, an dem England Deutschland den Krieg erklärte - erhielt er sein Diplom mit einem einzigen »Ungenügend« in Porträtzeichnen. Sofort bot man ihm einen Lehrstuhl an der Akademie an: Der Vorschlag schmeichelte ihm, und er war versucht anzunehmen, vor allem, weil diese ausgezeichnete Position ihm finanzielle Sicherheit garantiert hätte. Jedoch hätte eine derartige Verpflichtung ihm zu wenig Zeit für seine schöpferische Arbeit gelassen. Er schlug das Angebot aus, wenn auch schweren Herzens. Aber er war erst fünfundzwanzig, und vor ihm lag, wie er naiverweise glaubte, eine strahlende Zukunft.

3

Ende 1914 wurde der Assistent von Professor Gips in Delft zum Militär eingezogen, und Gips bot dem jungen VM an, die Stelle zu übernehmen. Diesmal willigte VM ein, wenn auch nur für begrenzte Zeit: Der Auftrag erforderte viel weniger Engagement als der, den VM gerade an der Akademie abgelehnt hatte, und darüber hinaus lockte ihn die Aussicht, nach Delft zu übersiedeln, in die Heimatstadt des großen Vermeer. Nachdem er also den Sommer in dem Badeort Scheveningen verbracht hatte, überredete er seine Frau – die gerade eine Tochter, Inez, zur Welt gebracht hatte –, eine Wohnung in Delft zu mieten. Doch es stellte sich heraus, daß sein Gehalt sehr niedrig war, und die Bilder, die er verkaufen konnte, erzielten bescheidene Preise, manche kaum ein Dreißigstel der Summe, die ihm die *St.-Laurens-Kirche* eingebracht hatte. Das Leben in Delft erwies sich als extrem teuer, die offenen Rechnungen häuften sich, und VM hatte keinen Gulden in der Tasche. Es kam so weit, daß er die Goldmedaille versetzte, die er bei dem nationalen Wettbewerb gewonnen hatte.

Daraufhin begann er heimlich an einer Kopie der *St.-Laurens-Kirche* zu arbeiten. Als Anna ihn dabei ertappte und fragte, was er im Schilde führe, behauptete VM treuherzig, wenn das Original ihm tausend Gulden eingebracht habe, sehe er nicht, wieso die Kopie weniger wert sein solle. Er wollte sie also als das Original ausgeben und an einen ausländischen Sammler verkaufen, der im Begriff stand, Delft wieder zu verlassen, und dem er – mit olympischer Nonchalance – erzählen würde, er habe damals eine Kopie des Bildes verkauft und das Original behalten. Er rechtfertigte sich damit, daß er niemanden betrüge, da das Gemälde die Erwartungen des Käufers erfüllen und dieser ja im übrigen nie erfahren werde, eine Kopie erworben zu haben. Der ästhetische Genuß, den der Käufer aus dem Besitz des Bildes ziehen werde, sei bei der ganzen Angelegenheit das einzige objektive Bewertungskriterium. Wenn der Kunde zufrieden sei, könne die wahre Geschichte des Bildes nur als gänzlich belanglos bezeichnet werden.

Leider zwang Anna VM jedoch, dem Käufer die Wahrheit zu sagen, und so brachte ihm der Verkauf der Kopie nur elende vierzig Gulden ein. Wie auch immer, einige Monate später gelang es VM, seine Arbeiten zum ersten Mal in einer Galerie in Den Haag auszustellen, und daraufhin bot ihm ein Händler, ein gewisser van der Wilk, ein Gehalt von sechzig Gulden an, für das er vier Gemälde pro Monat liefern sollte; die Kosten für Leinwände und Farben übernahm der Händler. Die Abmachung bestand bis 1916, als VM dank der Initiative seiner Frau seine erste Einzelausstellung in Delft organisieren konnte: Anna überredete Verwandte und Freunde, die Ausstellung zu finanzieren und in Massen zur Vernissage zu kommen. Die ausgestellten Arbeiten umfaßten Aquarelle, Ölgemälde, Bleistift-, Tusche- und Kohlezeichnungen. Die Sujets waren ganz verschieden: das schlafende Söhnchen, die Gattin im Boudoir, Kirchen und Kathedralen, bäuerliche Landschaften, Badende am Strand. Ein vielseitiges Talent, womöglich gar zu vielseitig. Dennoch waren die Besprechungen gut, und alle Bilder wurden verkauft – großenteils an die Verwandten, aber nicht nur.

Das war der Beginn einer brillanten Karriere, denn dieser lokale Erfolg gab VM das nötige Selbstvertrauen und die Kraft, nach Den Haag zu übersiedeln. Dank seiner technischen Meisterschaft und der Leichtigkeit seiner Inspiration wurde er in wenigen Jahren zu einem in gutbürgerlichen Kreisen sehr geschätzten Maler. Seine zerrütteten Finanzen erholten sich beträchtlich, auch weil er – mit rasch wachsender Berühmtheit – begann, einer ansehnlichen Gruppe von Dilettanten und Kunstliebhabern, zumeist hübschen jungen Mädchen, teure Privatstunden zu erteilen. Und bei diesem Unterricht schuf VM das Original, das zum berühmtesten Werk seiner ganzen Produktion werden sollte. Das *Reh* wurde sogar zur meistreproduzierten Zeichnung von ganz Holland – doch war diese ungeheure Popularität in großem Maß der Tatsache geschuldet, daß das fragliche Reh Prinzessin Juliana gehörte.

VM hatte vereinbart, das Reh einmal in der Woche aus dem königlichen Palast in sein Atelier bringen zu lassen, damit es seinen Schülern für ihre Skizzen als Modell diente. Eines Tages fragte einer von ihnen den Lehrer, ob er sich imstande fühle, das Tier in zehn Minuten zu porträtieren. VM nahm die Herausforderung an und schaffte es sogar in neun Minuten. Die blitzartig hingeworfene Zeichnung gefiel ihm so gut, daß er meinte, sie eigne sich hervorragend als Weihnachtskarte oder als Kalenderblatt. Doch der Drucker, dem er die Zeichnung zeigte, schien kein bißchen begeistert von der Idee, sondern sagte ganz offen, er finde den Vierbeiner ziemlich häßlich; allerdings änderte er seine Meinung schlagartig, als VM ihn darauf hinwies, daß es sich dabei um das Reh von Prinzessin Juliana handelte. Als die Skepsis des Druckers sich wie durch Zauberei in Begeisterung verwandelte, fanden die bitteren Überlegungen, die VM über die absolute Relativität der ästhetischen Werte anstellte, eine Bestätigung, die ihm endgültig erschien.

Unterdessen hatte VMs Einzelausstellung in Delft, die auf Betreiben seiner eifrigen Frau Anna zustande gekommen war und seiner Karriere entscheidend zum Aufschwung verholfen hatte, noch weitere nicht unwichtige Früchte getragen. An jenem Tag nämlich hatte der einflußreiche Kunstkritiker Karel de Boer die van Meegerens gleich nach der Ausstellung zu Hause aufgesucht, in Begleitung seiner Gattin, der berühmten und anspruchsvollen Schauspielerin Johanna Oerlemans. De Boer hatte seine Wertschätzung des jungen Malers nicht verborgen, hatte sich von dessen Arbeit sehr angetan gezeigt und ihn gefragt, ob er ihn für eine Kunstzeitschrift interviewen dürfe. VM hatte das Interview gewährt, doch mehr als de Boers Bewunderung hatte ihn die kühle, erlesene Schönheit von dessen Frau beeindruckt. Er hatte den Wunsch geäußert, die aristokratische Jo möge ihm für ein Porträt Modell sitzen – und die Sache hatte sich über Gebühr in die Länge gezogen. Als dann de Boers Interview erschien, zusammen mit einem ausführlichen, lobenden Artikel, hatte VM dem Kritiker die Lobeshymnen dadurch gedankt, daß er ein heimliches Liebesverhältnis mit dessen Frau angefangen hatte.

In den Jahren von 1917 bis 1929 war Jo Oerlemans allerdings nicht VMs einzige Geliebte, auch wenn die Beziehung zur Frau des Kritikers de Boer die einzige dauerhafte Beziehung seines Lebens blieb, jedenfalls viel stabiler als die zu seiner rechtmäßigen Ehefrau Anna, der Mutter seiner Kinder. Andererseits hatte VM schon begonnen, die Kritiker zu hassen, und nichts bereitete ihm mehr Genugtuung, als deren Gattinnen zu verführen. Daher erschien er zu den zahlreichen Festessen und den Versammlungen von Künstlern und Schriftstellern im Ridderzaal, zu denen er in seiner Eigenschaft als Mitglied des Kunstrings von Den Haag immer häufiger eingeladen wurde, fast nie mit Anna, sondern in Begleitung von Jo Oerlemans – oder eines Modells oder auch einer Schülerin. In kurzer Zeit erwarb er sich einen großen Ruf als Dandy und Don Juan: Doch je mehr seine

Ehe in die Brüche ging, um so zufriedener wirkte er. Mittlerweile betrachtete er die Familie als Inbegriff spießiger, kleinbürgerlicher Wohlanständigkeit. Seine Affären mehrten sich, und gleiches ließ sich über seine Werke sagen. Seine zweite Einzelausstellung 1921 erwies sich als Triumph, und wiederum wurden alle Gemälde verkauft. Sein Stil war weiterhin traditionell, doch diesmal waren die Sujets der Bilder äußerst ähnlich, weil VM (Atheist, aber mit mystischen Anwandlungen) sie ausnahmslos der Bibel entnommen hatte.

Die erzielten Erfolge, von Scharen immer ehrfürchtigerer Schüler gefeiert, bestätigten VM darin, daß der Stil des 17. Jahrhunderts, den er dank Kortelings Unterweisung erlernt und in der provinziellen Atmosphäre von Delft perfektioniert hatte, die Karte war, auf die er setzen mußte. In der Kunstwelt rund um ihn gärte es, und jeden Tag wurden mehr oder weniger revolutionäre Bewegungen geboren. Doch VM reagierte auf die Neuheiten und Moden, indem er seine hochmütige Isolation betonte, auf die wesentliche Bedeutung der Tradition pochte und die Unfähigkeit und reine Improvisation der sogenannten Revolutionäre anprangerte. Seine vehementen Anwürfe mißfielen den Kunstkritikern ungemein, da VM sie zudem – kurzsichtig und undiplomatisch – beschuldigte, allesamt käuflich und ignorant zu sein und nur dann eine positive Besprechung zu veröffentlichen, wenn sie dafür bezahlt würden. Dies zu tun, habe er immer strikt abgelehnt, und damit den tödlichen Haß der gesamten Zunft auf sich gezogen.

Dann auf einmal – um 1923 herum, dem Jahr der unvermeidlich gewordenen Scheidung von Anna de Voogt – begann in VMs Karriere plötzlich etwas entschieden schief zu laufen. Während sich die Konflikte mit dem Kunstestablishment verschärften und VMs sowieso schon derbes und wenig konziliantes Wesen sich noch verhärtete, begann er zu trinken, Drogen zu nehmen und ein immer ausschweifenderes, exzentrisches Leben zu führen. Alle in der Stadt wußten, daß er jeden Abend das Mädchen wechselte (Tänzerinnen, Modelle, angehende Malerinnen), einen kostspieligen Lebensstandard hatte und daher ständig Geld brauchte. Um mehr zu verdienen, widmete er sich beinahe ausschließlich der Suche nach gewinnbringenden Aufträgen für kommerzielle Arbeiten wie Postkarten oder Werbeplakate. Im Lauf weniger Monate geriet er in einen Teufelskreis, denn je heftiger die Kritiker ihn verfolgten und Hohn und Spott über ihm ausgossen, um so eigensinniger verschleuderte er seine Zeichnungen an Druckereien, die Dutzendkalender herstellten. Diese herausfordernde Haltung schädigte jedoch sein sowieso schon ziemlich angeschlagenes Prestige derart, daß selbst seine treuesten Schüler begannen, an seiner Inspiration zu zweifeln.

Erschreckt von der Idee, seine Kundschaft zu verlieren, verlegte sich VM daraufhin vorwiegend auf Porträtmalerei und behauptete sich in kurzer Zeit als einer der besten Künstler dieses Genres am Platz. Seine Porträts waren sehr akkurat und treffend, subtil und eindringlich, wahre Charakterstudien – wenn auch leicht süßliche und geschönte Versionen des Modells. Die Technik war wie gewohnt makellos. Der Stil in der großartigen Manier eines Rembrandt oder eines Hals – manchmal, bescheidener, auch angelehnt an Laermans oder Smits, oberflächliche Porträtisten, die in Belgien und den Niederlanden sehr in Mode waren. Vielleicht lenkte diese Arbeit ihn von seinen wahren Zielen ab, nämlich wichtigere Werke zu erschaffen, vielleicht trug sie dazu bei, sein Talent zu vergeuden, jedenfalls stellte sie gewiß keinen Höhenflug seines Genies dar. Aber sie brachte viel ein, kostete wenig Mühe und war überaus nützlich, um sein Image in der Öffentlichkeit aufzupolieren. In der Tat hatte VM nach einem Jahr die Gunst des Publikums zurückerobert. Das

Geheimnis seiner künstlerischen Wiedergeburt, zumindest in großbürgerlichen Kreisen, war sehr einfach (und ist das Geheimnis aller erfolgreichen Maler): VM verstand es, die Wünsche der Auftraggeber zu befriedigen. Was wollten diese Industriellen und Kaufleute denn letztlich? Sie wollten nur, daß die Porträts ihrer Gattinnen und Töchter dem Anschein nach treu waren, erkennbar, aber schmeichelhaft, geeignet für den Ehrenplatz neben dem Kamin im Salon.

4

Zur gleichen Zeit schloß VM enge Freundschaft mit dem Maler Theo van Wijngaarden und dem Journalisten Jan Ubink, zwei Männern, die sein liederliches Leben teilten, die gängigen Modeströmungen verachteten, die Oberflächlichkeit der zeitgenössischen Literatur und Kunst verurteilten und die leuchtende Größe der Vergangenheit verklärten. Zur Festigung der Beziehung zwischen den dreien trugen auch die offensichtlichen Parallelen ihrer Lebensläufe bei. So wie VM – teils wegen der Ablehnung der Kritiker – beinahe ganz darauf verzichtet hatte, ein kreativer Künstler zu sein, hatte Ubink sich nach beschämenden Mißerfolgen auf dem Gebiet der Lyrik und der erzählenden Prosa dem populären Journalismus zugewandt. Ab und an brachte er eine Sammlung von Sonetten heraus, aber mit der Zeit hatte seine tägliche Fron in den Büros einer Den Haager Zeitung seine poetische Ader schließlich ganz austrocknen lassen – sofern ihn die Musen tatsächlich je auf die Stirn geküßt hatten.

Van Wijngaarden, ebenfalls ein überzeugter Verfechter der Tradition, den alten Meistern ergeben und als Maler teilweise gescheitert, hatte sich als Restaurator und Kunsthändler etabliert. Es war eine annehmbare Notlösung, die aus ihm keinen so tief demoralisierten Menschen wie Ubink machte, doch andererseits nahmen ihn seine neuen Tätigkeiten derart in Anspruch, daß er das Malen und damit die Ausübung dessen, was er immer als seinen wahren Beruf betrachtet hatte, fast aufgeben mußte. Gelegentlich aber amüsierte er sich damit, eine Fälschung herzustellen. Zwischen 1925 und 1926 produzierte er zwei Vermeers, die *Spitzenklöpplerin* (gleichen Namens, aber ganz anders als das heute im Louvre hängende Bild) und das *Lächelnde Mädchen*, und auf Anraten des illustren Kritikers Abraham Bredius wurden beide – durch die Vermittlung des Antiquars Duveen – von dem steinreichen amerikanischen Sammler Andrew Mellon erworben, der Vorsitzender und Mitglied des Aufsichtsrats von hundertsechzig Firmen war. Ein so reservierter und jeder Form von Publizität abholder Mann, daß Präsident Harding 1921, als Mellon ihm für das Amt des Schatzministers empfohlen wurde, zur Antwort gab: »Und wer zum Teufel ist das? Ich habe noch nie von ihm gehört.« Wie auch immer, der mißtrauische Mellon sollte nie erfahren, daß er betrogen worden war, weil die zwei von van Wijngaarden stammenden Vermeers, die der Milliardär der National Gallery von Washington geschenkt hatte, erst ab 1970 für Fälschungen gehalten wurden.

In der gemeinsamen Überzeugung, daß ihr Scheitern als Künstler der allumfassenden Ignoranz anzulasten sei, beschlossen VM, Ubink und van Wijngaarden 1926, eine Monatszeitschrift herauszugeben, die ihre Ideale propagieren und ihre Verleumder vernichten sollte. »De Kemphaan« (»Der Kampfhahn«) machte seinem Namen alle Ehre und zeichnete sich durch heftige Attacken gegen jeden irgendwie bedeutenderen und vom Glück begünstigten Maler aus, der es seit den Zeiten Delacroix' zu etwas Ruhm gebracht hatte. Jede Nummer enthielt ausschließlich aus der vergifteten Feder der drei Redakteure stammende Artikel, auch wenn sie sie – um die Leser hinters Licht zu führen und den Eindruck zu erwecken, hinter ihnen stehe eine echte Bewegung – mit einer Vielzahl von Pseudonymen zeichneten. Das Publikum schien den neuen Lesestoff jedoch nicht zu goutieren, und der wiederholt an die niederträchtigen Kritiker gerichtete Vorwurf der Käuflichkeit brachte der Zeitschrift gewiß nicht die Sympathien des künstlerischen Establishments ein. VM insbesondere fuhr unbeirrt fort, sich zu rühmen, daß er nie für eine Rezension bezahlt habe, vielleicht – so ließ er durchblicken – sei er deshalb, wenn die Kritiker, selten, seine Arbeit doch einmal erwähnt hätten, immer nur verhöhnt, verlacht und gnadenlos verrissen worden (seine Kunst war als sentimental, als pseudo-romantisch, banal, verkracht, überholt, geschmacklos und sogar als halb pornographisch bezeichnet worden). So schaffte es die Zeitschrift von Polemik zu Beschuldigung kaum bis Nummer zwölf. Sie wurde nur in Den Haag vertrieben. Am Ende stellte sich heraus, daß fast nichts verkauft worden war. Die Bilanz zeigte eindeutige Verluste, und nach genau einem Jahr streckte der »Kampfhahn« die Waffen.

Die Zeitschrift ging ein, aber van Wijngaardens Geschäfte blühten. Er schien einen sechsten Sinn dafür zu besitzen, auf staubigen Speichern und in Trödelläden alte Gemälde aufzuspüren. Er erwarb sie für billiges Geld, und wenn er sie gesäubert und restauriert hatte, verkaufte er sie für beträchtliche Summen weiter. Er hatte viele wertvolle Kontakte, sowohl in Holland als auch im Ausland, und reiste oft nach Italien oder England, um Bilder und Objekte preiswert einzukaufen. VM imponierte diese Arbeit, daher begann auch er, sich in der Hoffnung auf lukrative Geschäfte bei Möbelversteigerungen und in heruntergekommenen Kunstgalerien herumzutreiben. Es zeigte sich, daß er einen recht guten Riecher hatte, und van Wijngaarden bot ihm an, sein Kompagnon zu werden. VM sollte sich, angesichts seiner Erfahrung im Umgang mit den Materialien und in der Herstellung der Pigmente sowie seiner profunden Kenntnis der von den alten Meistern verwendeten Techniken, vor allem den Restaurierungen widmen.

So geschah es, auch wenn VM bald die Gewohnheit entwickelte, die Werke, die durch sein Atelier gingen, zu vervollkommnen und zu verschönern. Er war über die gelegentlich von seinem Freund van Wijngaarden ausgeübte Fälschertätigkeit auf dem laufenden, und die Idee, es selbst einmal zu probieren, war ihm schon öfter gekommen. Warum sollte er, wenn ein Gemälde etwa an einen Ter Borch erinnerte oder von einem nicht sonderlich beschlagenen Käufer dafür gehalten werden konnte, nicht einen kleinen persönlichen Beitrag leisten mit dem Ziel, diese potentielle Ähnlichkeit zu mehren? Womöglich war das Bild *wahrhaftig* ein Ter Borch. Das Bild zu säubern war nicht nur legitim und erlaubt, sondern manchmal auch notwendig. Die Farben aufzufrischen war eine obligatorische Etappe bei der Restaurierungsarbeit. Die Signatur? Im Lauf der Jahrhunderte hatte es zahllose Fälle gegeben, in denen auf einem unsignierten Gemälde später eine Signatur hinzugefügt wurde. Die Vorstellung, wie schon van Wijngaarden eine Fälschung zu kreieren, faszinierte VM inzwischen so stark, daß ihn immer häufiger die Versuchung überkam, es direkt selbst zu malen, das Bild aus dem 17. Jahrhundert, anstatt sich darauf zu beschränken, nur das Make-up aufzufrischen.

1928 erlebte van Wijngaarden dann einen großen Glücksfall. Er fand ein Gemälde in schlechtestem Zustand und von unbekannter Provenienz – ein Reiterbildnis –, das seiner Meinung nach ein echter Frans Hals war. Nachdem er es gesäubert und restauriert hatte, wobei er ungewöhnlich sorgfältig vorging und mit ausgezeichneten Resultaten von VM erprobte Öle und Lösungsmittel verwendete, versuchte van Wijngaarden, die Echtheit des Bildes von einem berühmten und einflußreichen Kritiker und Kunsthistoriker, Hofstede de Groot, bestätigen zu lassen. Dieser stellte fest, daß es sich tatsächlich um ein Werk von Frans Hals handelte, und kümmerte sich persönlich um den Verkauf, indem er das Bild einem Privatmann anbot, der es für eine beträchtliche Summe erwarb. Dies war der absolute Höhepunkt in van Wijngaardens Karriere als Antiquar, doch weder er noch VM hatten mit dem siebzigjährigen Abraham Bredius gerechnet, der auf dem Gebiet der holländischen Kunst unumstößlich als Hohepriester und unanfechtbare Autorität galt. Bredius sah das Gemälde kurz nach dem Verkauf und sagte, bei dem angeblichen Hals handele es sich, entgegen der Meinung des verehrten Kollegen de Groot, um eine ganz banale Fälschung. Der Haupteinwand, der ihn bewog, diese These aufzustellen, war technischer Natur: In bestimmten Bereichen des Bildes war die Farbe zu weich. Van Wijngaarden hatte de Groot extra vor diesem Aspekt gewarnt und erklärt, daß die von ihm und VM bei der Restaurierung verwendeten speziellen Lösungsmittel die alte Farbe an manchen Punkten der Leinwand aufweichen könnten. De Groot hatte sich mit dieser Erklärung zufriedengegeben, aber Bredius tat sie als Dummheit ab.

Es folgte ein erbitterter Meinungsstreit mit wüsten gegenseitigen Beleidigungen und Beschimpfungen zwischen Bredius und van Wijngaarden. Aber Bredius' Diktum war in Holland Gesetz, und zuletzt setzte sich seine These durch. Van Wijngaarden war gezwungen, das Geld zurückzugeben, und stand mit leeren Händen da – oder vielmehr mit einem in Mißkredit geratenen, völlig wertlosen Bild. Der sensationellste Coup seiner Karriere war geplatzt. Monatelang war er buchstäblich außer sich vor Wut, und VM war nicht weniger verbittert als er. Ihr galliges Ressentiment gegen die sogenannten Experten wuchs ins Unermeßliche. Die beiden sahen in dem traurigen Ereignis, das sie ereilt hatte, die augenfällige Bestätigung für ihre

Überzeugung, daß die angeblichen großen Sachverständigen wie Bredius und selbst de Groot (einer von beiden mußte letztlich Unrecht gehabt haben) keine blasse Ahnung von Kunst hatten und gänzlich unfähig waren, ein irgendwie fundiertes Urteil zu fällen. Und das Unglaublichste war, daß ausgerechnet diese inkompetenten Leute die ungeheure Macht besaßen zu entscheiden, zu bestimmen, ob ein Werk nun ästhetisch wertvoll war oder nicht. Das Schicksal der Künstler hing von den lächerlichen Ansichten dieser verlogenen, arroganten Heuchler ab. Es waren die Kritiker, zusammen mit ihren schlimmsten Komplizen – den Galeristen –, die eine Karriere aufbauten oder zerstörten, aus dem Nichts einen Maler erfanden und in Mode brachten oder die Arbeit von anderen hundert Künstlern, die nicht weniger tüchtig waren als ihr Schützling, unerbittlich verwarfen. Und noch dazu schienen sie gegen jede Kritik gefeit zu sein, da selbst unübersehbare Fehler ihrem Ruf nicht im geringsten schadeten.

Um sich wenigstens teilweise an Bredius zu rächen, beschloß van Wijngaarden, einen Rembrandt zu malen und ihn dem einflußreichen Kritiker hinterlistig zur Beurteilung vorzulegen. Bei der Herstellung des Gemäldes benutzte er synthetische Pigmente und ließ die Farbe auf natürliche Weise trocknen. Als Bredius das Bild – über dessen Herkunft van Wijngaarden eine romanhafte, aber sehr verführerische Geschichte erfunden hatte – in Augenschein nahm, ging er wirklich in die Falle und sagte nach einem oberflächlichen Blick, diesmal handele es sich tatsächlich um einen Rembrandt. Mit einem teuflischen kleinen Lächeln fügte der Kunsthistoriker hinzu, daß diese wichtige Entdeckung van Wijngaarden für die Enttäuschung entschädigen würde, die er bei der bedauerlichen Angelegenheit mit dem gefälschten Frans Hals erlitten habe. Einen Augenblick später jedoch traute er kaum seinen Augen, als sich van Wijngaarden, eine Spachtel schwingend, drohend auf das Bild stürzte und das kostbare Gemälde vor seiner Nase in Fetzen riß.

Bald machte die ergötzliche Anekdote in allen Kunstzirkeln Den Haags die Runde, konnte aber – wie zur Bestätigung der bitteren Theorien von VM und van Wijngaarden – Bredius' felsenfestes Prestige nicht erschüttern. Der hochgeschätzte Wissenschaftler behauptete, angesichts des zweifelhaften Rufes, den der schlaue van Wijngaarden und der paranoide VM genossen, habe er gleich eine Täuschung vermutet und sich vorbehalten, ein zuverlässigeres Urteil abzugeben, nachdem er das Gemälde mit der gebührenden Ruhe geprüft habe. Eine jedenfalls bequeme Ausrede, die aber von allen für pures Gold genommen wurde. Als das Aufsehen, das ihr zu Bredius' Schaden inszenierter Scherz erregt hatte, sich so rasch legte, spuckten VM und van Wijngaarden erneut Gift und Galle. Jetzt allerdings verkörperte ein einzelnes Individuum in ihren Augen all die Unwissenheit und Unehrlichkeit der Kritiker und Kunsthistoriker. Doktor Abraham Bredius war nun ihr Buhmann, das Leittier in der heulenden Meute ihrer Todfeinde.

5

1929 reiste Anna de Voogt in Begleitung ihrer beiden Kinder nach Sumatra ab – Jacques war siebzehn und Inez gerade fünfzehn Jahre alt geworden. Schon 1923, als sie sich von VM hatte scheiden lassen, war Anna nach Paris gezogen. Anfangs war es nicht unproblematisch für sie gewesen, den Lebensunterhalt ihrer Kinder zu bestreiten. Doch als VM dann mit den Porträts von Industriellengattinnen beträchtliche Summen zu verdienen begann, bekam sie genügend Geld, um mühelos für ihre Bedürfnisse zu sorgen. VM fuhr oft und gern nach Paris: Er zeigte deutliche Sympathien für Jacques, einen Jungen mit ausgesprochen künstlerischem Temperament, aber schüchtern und unsicher, wie VM selbst als Jugendlicher gewesen war. Auch gefiel es ihm, in Gesellschaft von Inez, einem bildschönen, lebhaften jungen Mädchen mit langen schwarzen Haaren, in den Cafés von Montmartre und Saint-Germain zu verkehren. Als Anna ihm ankündigte, sie wolle nach Sumatra zu ihrer Mutter gehen, befürchtete VM, er würde seine Kinder nicht wiedersehen, und widersetzte sich deshalb dem Plan seiner Ex-Frau vehement. Zuletzt jedoch, als Anna ihm sagte, es handele sich um einen zeitlich begrenzten Umzug und sie rechne damit, innerhalb von zwei Jahren nach Holland zurückzukehren, schickte VM ihr einen Scheck über einen Betrag, der der Summe seiner Zahlungen der letzten zwölf Monate entsprach, und fand sich damit ab, seine Briefe an Jacques und Inez von nun an nach Sumatra zu adressieren.

Gleich nach der Abreise seiner Ex-Frau beschloß VM, seine Geliebte Johanna Oerlemans, genannt Jo, zu heiraten, die schon seit Jahre von dem Kritiker de Boer geschieden war. Dieser unerwartete Schritt seines Sohnes bedeutete eine unfaßbare Enttäuschung für den alten, jähzornigen Henricus van Meegeren, der sich als gläubiger Katholik weigerte, VMs neue Verbindung zu segnen, seinen Sohn verstieß und ihm befahl, sich nicht mehr blicken zu lassen. In Wahrheit hatte der zügellose VM in den dreizehn langen Jahren seiner schwankenden Beziehung zu Jo stets eher abgeneigt gewirkt, diesen gewichtigen Schritt zu tun. Längst an das ungebundene Leben eines eingefleischten Junggesellen gewöhnt, hatte er sich geschworen, sich nie wieder auf eine dauerhafte Beziehung einzulassen. Als er aber das kritische Alter von vierzig Jahren erreicht hatte, wurde ihm bewußt, daß sich der Abgrund eines mißgünstigen, einsamen Alters vor ihm auftat. Er fühlte sich müde und verbraucht und merkte plötzlich, daß er Stabilität und Gleichgewicht brauchte. Diese konnte er jedoch nur in einer neuen Ehe zu finden hoffen, und natürlich gab es – wenn er denn wirklich wieder heiraten mußte – keine bessere Kandidatin als die ehrgeizige, gebildete und bezaubernde Jo, die sich das Verdienst erworben hatte, auf ihn zu warten, weiter an sein Talent zu glauben und ihre Zuneigung und Achtung unverändert zu bewahren, obwohl VM sie betrog, ihr untreu war und sich dauernd in hübsche Mädchen vernarrte, die beträchtlich viel jünger waren als er (und sie).

Jo, groß und sehr mager, war eine ungewöhnliche Schönheit, geheimnisvoll und beinahe düster. Sie besaß eine ungreifbare magnetische Ausstrahlung. Ihr Gesicht war fein und edel, ein erlesenes Oval, aber von Grabesblässe. Sie kleidete sich prächtig, aber immer in Schwarz, und trug weder Ketten noch Ringe – nur ein schmales Samtband um den Hals. Sie hatte eine auffallende Nase, die VM als Zeichen großer Klugheit deutete.

Überaus lange, glatte, rabenschwarze Haare. Zarte, nervöse Hände mit schwarz lackierten Fingernägeln. Augen von einem Grün, das ins Grau spielte. Volle, stets leuchtend geschminkte Lippen. Ein skeptisches, nachdenkliches Lächeln. Und ihr Blick war VM stets unvergeßlich vorgekommen: wie im Leeren verloren, von einem hellen Wahn durchdrungen.

In Wirklichkeit erwies sich Jo als perfekte Frau für den desorganisierten und wirren VM. Vielleicht weil sie die einzige war, die dachte, daß er tatsächlich ein großer, inspirierter Maler mit unsterblichem Talent sei und daß er früher oder später als Genie erkannt und dann mit Ruhm und Glück belohnt würde. Andererseits besaß Jo unleugbare Vorzüge. Zum einen war sie von angenehmstem und dekorativem Äußeren und daher sehr repräsentativ in Gesellschaft und bei mondänen Anlässen. Sie hatte die zupackende Mentalität einer Geschäftsfrau. Und außerdem war sie auch großzügig in ihren Ansichten: Sie zeigte eine überraschende Toleranz gegenüber den Gewohnheiten ihres unverbesserlichen Gatten, der sich gelegentlich ein Schäferstündchen mit einem Modell oder eine durchzechte Nacht mit seinen Genossen van Wijngaarden und Ubink gestattete. Mit bewundernswerter Geduld ertrug Jo alle Launen ihres Mannes und spornte ihn gleichzeitig an, mit immer größerer Intensität und Konzentration zu arbeiten. Sie war es, die Anfang 1932, obwohl VM weiter finsteren Gedanken nachhing, sich von der ganzen Welt verfolgt fühlte und vor Wut und Ekel wie gelähmt zu sein schien, ihren Mann davon überzeugte, daß eine Luftveränderung not tue, um den schöpferischen Elan wiederzufinden. Und das hieß fortgehen, Holland verlassen, mit einem Wort: ins Ausland ziehen.

VM und Jo brachen in jenem fatalen Sommer 1932 nach Italien auf, und zwar in einem alten, staubgrauen Mercedes, der an der Côte d'Azur seinen letzten Schnaufer tat. Ort des Unglücks war Roquebrune, ein Hügeldorf an der *Corniche* zwischen Menton und Monaco. Die unmittelbare Folge des lästigen Zwischenfalls bestand darin, daß VM und Jo sich gezwungen sahen, im Dorf in einem schäbigen, aber reizvoll gelegenen Hotel mit weitem Blick aufs Meer zu übernachten. In der Halle saß einsam der *Concierge*, ein alter Herr in Wildlederweste und fein gestreiftem Hemd mit sonderbaren gelben Gummibändern, die dazu dienten, die aufgekrempelten Ärmel hoch zu halten. Er zeigte VM und Jo Zimmer Nr. 18: eine romantische, hübsche, geräumige Mansarde mit Balkendecke, bäuerlich eingerichtet und tapeziert in einem Pfirsichrosa, das sehr entspannend wirkte. Vor dem Schlafengehen wechselte VM aus Höflichkeit ein paar Worte mit dem betagten und redseligen *Concierge:* So erfuhr er durch puren Zufall, daß hinter dem Dorf, in der Domaine du Hameau, eine elegante möblierte Villa zu vermieten war.

Am nächsten Morgen suchten VM und Jo den Verwalter auf, den förmlichen und verschlagenen Monsieur de Augustinis. Es bedurfte keiner langen Verhandlungen: VM beschloß, die Villa zu mieten, und feilschte nicht einmal um den Preis. Diese Entscheidung mochte absolut spontan wirken, und so deutete sie auch der umsichtige Monsieur de Augustinis; doch sollte inzwischen klar geworden sein, daß VM ein unberechenbarer, irrationaler und impulsiver Mensch war. Darüber hinaus erschien ihm vielleicht die Vorstellung, nach Holland zurückzukehren, wieder in Den Haag (das er haßte) zu leben und seinen unfruchtbaren Kampf gegen die Feindseligkeit und Indifferenz von Kritikern und Galeristen wieder aufzunehmen, die mit vereinten Kräften sein Genie verleugneten, an jenem Tag besonders unangenehm. Oder jedenfalls nicht zu vergleichen mit der

Aussicht, nach Südfrankreich zu ziehen, um zu arbeiten. Villa Primavera war nämlich ein hübsches, gelb gestrichenes Gebäude mit zwei Stockwerken, wunderbar abgelegen, mit einem schönen Garten voller Rosensträucher und Orangenbäume und einem herrlichen Blick über die Dächer des Dorfes und aufs Meer. Als das altersschwache Automobil repariert war, fuhr VM daher mit Jo nach Holland zurück, entschlossen, seine Geschäfte in Ordnung zu bringen. Der klapprige Mercedes brach unterwegs endgültig zusammen, VM ließ ihn am Straßenrand stehen, er und Jo setzten die Reise mit dem Zug fort, und im Oktober waren sie schon wieder in Roquebrune, um Villa Primavera in Besitz zu nehmen.

Sich in Frankreich niederzulassen, war eine überstürzte Entscheidung gewesen, eine echte Kurzschlußhandlung. Doch im Lauf der Monate begann VM diese Unvorsichtigkeit als mutigen Schritt zu betrachten, der sich langfristig als immer gewinnbringender erweisen würde. Denn in der Heimat zu bleiben, hätte – wie schon mehrmals betont – bedeutet, einen hoffnungslosen Kampf gegen Scharen von Verleumdern wieder aufzunehmen, die seine Arbeit banal fanden, seine Inspiration schwach, seine Kreativität mittelmäßig. Die ihn für einen neurotischen Versager hielten, ehrgeizig, aber labil, voller Spleene, größenwahnsinnig sowie von auffallend schlechtem Charakter. Die ihm sogar vorwarfen, er schaffe es nicht einmal, seine Bilder zu Ende zu malen, verschwende seine Zeit mit dubiosen technischen Experimenten und hänge zu sehr an den künstlerischen Prinzipien seiner Jugend. Die seine Zweifel, seine Geistesverwirrung, die Hohlheit seiner Persönlichkeit und sogar die krankhafte Angst vor Mißerfolg als vergiftete Früchte von VMs unheilbarer Unreife betrachteten. Manche waren so gütig anzuerkennen, daß er einen ausgesprochenen Sinn für Humor besaß und große Anziehungskraft auf Frauen ausübte, doch letztere erklärte man im allgemeinen mehr mit seiner altmodischen Galanterie als mit seiner äußeren Erscheinung.

In der Tat hatte VM noch immer die gleiche schmächtige und zarte Figur wie als Junge. Beim ersten flüchtigen Eindruck konnte er zerbrechlich und schutzlos wirken. Sein Blick jedoch war subtil, unstet und ausweichend – aber auch scharf wie eine Klinge. Ein scheuer, aber arroganter Blick. Kannte man ihn dann eine Weile, bemerkte man überrascht, daß diese leeren, abwesenden Augen etwas Geheimnisvolles an sich hatten. Etwas Ironisches, eine Spur von Sarkasmus. Einen Ausdruck tiefer Verbitterung und moralischer Überlegenheit. Sein Gesicht ähnelte dem eines Fuchses – spitz, markant. Breites, dreieckiges Kinn, die Lippen unter dem schütteren Bärtchen zu einem ironischen Lächeln verzogen, hohe Stirn, feine, grau melierte, nach hinten gekämmte Haare.

In Roquebrune bemühte sich VM, ein mäßiges und zurückgezogenes Leben zu führen, wie es zu einem nicht mehr ganz jungen Künstler paßte, der ein, gelinde gesagt, turbulentes Jahrzehnt hinter sich hatte. Auch wenn er sich noch nicht ganz mit dem Gedanken abgefunden hatte, war seine Karriere verfrüht in einen unaufhaltsamen Niedergang geraten, obwohl wenige holländische Künstler einen glänzenderen Start erlebt hatten als er. Doch er war entschlossen, aus seiner Asche wiedergeboren zu werden. Selbst im paradiesischen Südfrankreich war VM allerdings zur Sicherung seines Lebensunterhalt gezwungen, langweiligste Porträts auszuführen – eine Arbeit, die ihm überhaupt nicht behagte. Aber er mußte produzieren, Geld verdienen, da er erneut eine Gattin zu versorgen hatte. Eine sehr anziehende Frau mit besten Manieren, die sich auf einmal als überraschend ehrgeizig und energisch herausstellte, aber auch als genußsüchtig und von recht teurem Geschmack. Ferner mußte VM weiterhin den Unterhalt seiner ersten Frau, Anna, bezahlen, die inzwischen aus Sumatra zurückgekehrt war. Ganz zu schweigen von den beiden aus dieser unseligen Verbindung hervorgegangenen Kindern, Jacques und Inez – die VM jedoch sehr liebte, auch wenn sie natürlich nun wieder in Holland bei der Mutter lebten und er sie nach seinem Umzug nach Frankreich nur noch sporadisch sah. Um die Sommerferien seiner Kinder zu finanzieren, gab er schließlich alle seine Ersparnisse aus. Doch bald wurde ihm klar, daß ihm, wenn er so weitermachte, kaum noch Geld übrigbleiben würde, um die unverzichtbarsten Materialien für das waghalsige Projekt zu kaufen, das nach und nach, eben seit 1932, in seiner Vorstellung Gestalt annahm.

Zum Glück gab es an der Côte d'Azur zahlreiche potentielle Kunden für seine eleganten pastosen Porträts im Stil der alten Meister. In wenigen Monaten gelang es VM, sich einen soliden Ruf und anhängliche lokale Kundschaft zu erwerben: Gewiß hatte er in seiner gesamten Laufbahn noch nie so gut verdient. Er hatte sogar Geld auf der Bank liegen. Die Dinge entwickelten sich sehr vorteilhaft. Und das hieß, daß er in Ruhe würde arbeiten können. Das war auch dringend nötig, weil VM in den nächsten Jahren sein Meisterwerk realisieren wollte. Das Bild, das er nun schon sehr lange im Sinn hatte – seit er begonnen hatte, sich auf Vermeer zu konzentrieren.

In VMs Augen war nämlich unterdessen klar, daß Jan Vermeer van Delft sein auserwähltes Opfer sein sollte. Kein anderer der alten Meister eignete sich besser für seine Zwecke. Keine andere Herausforderung konnte als ebenso gefährlich und aufregend gelten. Der geheimnisvolle Vermeer war mittlerweile weltweit als einer der größten Maler aller Zeiten anerkannt, und die Preise für seine kleinen Bilder waren ins Unermeßliche gestiegen. Das vor allem. Doch gab es noch andere Gründe, derentwegen VM den Meister aus Delft jedem anderen Großen der Malerei des 17. Jahrhunderts vorzog.

Da VM die lebhaften Kontroversen, die insbesondere um Vermeers Jugendjahre aufgekommen waren, gut kannte, beschloß er, sie zu nutzen. *Er* würde die Leerstellen und Lücken schließen, *er* würde Vermeer den Teil seines Künstlerlebens zurückgeben, von dem viele Kritiker glaubten, es habe ihn gegeben. Wenn es sich um den Meister aus Delft handelte, dachten die Kunsthistoriker nämlich, sie hätten freie Bahn und könnten ihrer unerschöpflichen Phantasie die Zügel schießen lassen. Aus dem einfachen Grund, daß die Zuschreibungen der Gemälde von Vermeer sehr umstritten waren, die chronologische Datierung seiner Werke mehr oder weniger plausiblen Vermutungen entsprang und sein Lebensweg großenteils in tiefstes Dunkel gehüllt war.

Hinter VMs Plan stand vielleicht Geldgier, aber vor allem – und ganz bestimmt – Rache. Immer verbitterter und enttäuschter, aber auch von Größenwahn besessen, fuhr er auch nach seiner Übersiedelung nach Frankreich fort, seinen mangelnden Erfolg einer undurchsichtigen Verschwörung anzulasten, die man in Holland gegen ihn angezettelt hatte. In Wirklichkeit hatten die traditionellen Ideale, die er in den Jahren seiner Lehrzeit in Deventer und in Delft erworben hatte, einen zu eifrigen Hüter der Werte der Malerei des 17. und 18. Jahrhunderts aus ihm gemacht. Pieter de Hooch und vor allem Jan Vermeer waren für ihn endgültige, unvergleichliche Vorbilder. So hatte er, obgleich ein unsicherer und anerkennungsbedürftiger Mann, von Jugend auf den holländischen Künstlerzirkeln den Rücken gekehrt und sich in verächtlicher Isolation eingemauert. Hartnäckig hatte er es abgelehnt, sich auch nur ansatzweise von den künstlerischen

Strömungen der zwanziger Jahre beeinflussen zu lassen, und Geringschätzung für ihre Repräsentanten und Anhänger zur Schau getragen. Immer heftiger haßte er die moderne Kunst, die er für inhaltslos hielt, eine Feindin der Form und Frucht eines kindischen Wunsches des Künstlers nach Selbstdarstellung. Die Werke, die Magritte, Dalí oder Picasso in jenen Jahren schufen, repräsentierten für VM die verwerflichsten Beispiele einer verkommenen Kunst, galten ihm als läppische Experimente von Malern, die sich wie Verrückte aufführten. So war er allmählich zu einer Art lebendem Anachronismus geworden, und um ihn hatte sich eine Leere gebildet.

Lange Zeit wußte er nicht, wie er auf die allgemeine Feindseligkeit reagieren sollte, bis dann – sehr langsam, aber unaufhaltsam – diese so tückische wie faszinierende, wahnsinnige und teuflische Idee in ihm keimte. Er würde einen Angriff von unglaublicher Kühnheit auf die Konventionen verüben, auf denen die gesamte Kunstwelt beruhte – ein schmieriges, scheinheiliges Ambiente, das er mit erlesener Gemeinheit hereinlegen würde, indem er eine Fälschung malte, die von einem Original eines der größten Meister des 17. Jahrhunderts absolut nicht zu unterscheiden war. Er würde also einen unerwarteten, ungewöhnlichen, überraschenden Vermeer schaffen – aber einen, von dem die Kunstkritik träumte, der ihr eine Notwendigkeit, ein Bedürfnis war. Sobald das Bild dann als Vermeer akzeptiert und bejubelt würde, wollte er sich als Urheber zu erkennen geben. Das würde ganz zweifellos sein schöpferisches Genie beweisen und gleichzeitig aufdecken, wie ignorant und inkompetent die verhaßten Kritiker, Gelehrten, Fachleute und Galeristen waren, die ihm einstimmig das Zeug zum Künstler abgesprochen hatten. Und außerdem würde es bezeugen, daß der Wert eines Gemäldes (wie eines Kunstwerks im allgemeinen) nicht so sehr von dessen wirklichen ästhetischen Qualitäten herrührt, als vielmehr von der Signatur, die es trägt, von dem Etikett, das man ihm umhängt, von der Berühmtheit, die man darum herum baut.

Rache also. Bilderstürmerischer Furor, Zerstörungs- und Vergeltungsdrang. Doch gab es noch einen anderen, viel tieferen Grund, der VM zu seinem Projekt motivierte. Mit der Zeit nämlich hatte er begriffen, daß er – der verkannte, reaktionäre Maler – nur dann, wenn er seine Bilder als unbekannte Meisterwerke des 17. Jahrhunderts ausgab, noch besser, wenn sie mit Vermeer signiert waren, hoffen konnte, als Genie betrachtet und sogar von seinen Feinden geschätzt zu werden. Wenn er das Gemälde, das er im Sinn hatte, mit seinem echten Namen gezeichnet hätte, wäre es sicher gar niemandem aufgefallen. Er hätte die Welt nicht überrascht, hätte weder Interesse noch Aufmerksamkeit geweckt. Im besten Fall wäre das Bild als überspannte Kuriosität, als harmlose Spinnerei durchgegangen. Ein Werk des 20. Jahrhunderts, das keinerlei Bezug zum Denken und zur Kunst seiner Zeit aufwies. Nein, um seine Größe als Künstler anerkannt zu sehen, wie er es sich immer gewünscht hatte, blieb VM keine andere Wahl, als seine Persönlichkeit für die eines weltberühmten Meisters aufzugeben, den alle verehrten und bewunderten. Er mußte das Leben dieses Meisters umschreiben und seine Kunst neu erfinden. Er mußte einen vor zweihundertsechzig Jahren gestorbenen Meister auferstehen lassen und seinen Gott nach dessen Bilde neu erschaffen. Er, Han van Meegeren, am 10. Oktober 1889 in Deventer geboren, Maler von bescheidenem Ruf, mußte beweisen, daß er einem der größten Meister des 17. Jahrhunderts ebenbürtig war. Er mußte zu Jan Vermeer van Delft werden, Jan Vermeer van Delft sein.

6

Über das Leben von Vermeer gibt es nicht viele Zeugnisse, und zumeist sind es recht trockene Dokumente. Sie stammen zum großen Teil aus Notariatsarchiven, wurden zwischen 1885 und 1916 von Abraham Bredius und im Jahr 1989 von John Michael Montias publiziert und erlauben, die äußere Geschichte der Familie Vermeers zu rekonstruieren, sagen aber wenig (eigentlich fast nichts) über die künstlerische Tätigkeit des Malers aus, zu der sich kaum konkrete Daten finden. Jedenfalls wurde Joannis Reynierszoon Vermeer am 31. Oktober 1632 in der Neuen Kirche zu Delft getauft. Joannis war die latinisierte Form von Jan, der gebräuchlichste Name für die Söhne calvinistischer Familien in Delft - ein Name, den Vermeer nie benutzte (erst von den holländischen Autoren des Jahrhunderts, das auf seine Wiederentdeckung folgte, wurde er wieder so genannt).

Danach liegt sein Leben über zwanzig Jahre lang vollkommen im dunkeln, genauer gesagt, bis April 1653, als Vermeer sich mit Catharina Bolnes verlobte. Man kann glaubhaft mutmaßen, daß der kleine, einsame Vermeer - seine Mutter war schon siebenunddreißig, als er gut zwölf Jahre nach der Geburt seiner Schwester Gertruy zur Welt kam - sich früh ins phantastische Reich der Zeichnung flüchtete. Vielleicht führten ihn auch die Künstler, die die Kunsthandlung seines Vaters, Reynier Janszoon, besuchten, oder dieser selbst in dieses Universum ein.

Mit Sicherheit läßt sich dagegen sagen, daß Vermeers Großvater mütterlicherseits, Balthasar Gerrits, ein Fälscher war. Die Großmutter väterlicherseits, Neeltge Gorris, handelte mit Gebrauchtwaren und verkaufte Bettwäsche; sie hatte dreimal geheiratet, war wegen Betrugs angezeigt worden und hatte Bankrott erklärt. Der Onkel Reynier Balthens, Militäringenieur, war im Gefängnis gesessen aufgrund einer Anklage, während der Restaurierung der Befestigungen von Brouwerhaven, einem Hafen an der Nordküste von Seeland, kommunale Gelder verschleudert zu haben. Der Vater, Reynier Janszoon, war ein *Caffa*-Weber (*Caffa* ist ein kostbarer Satin aus einer Mischung von Seide mit Wolle oder Baumwolle), der seine Lehrzeit in Amsterdem absolviert hatte. Bei seiner Arbeit mußte er komplizierte traditionelle Muster auf Stoff übertragen und brauchte daher gute zeichnerische Fähigkeiten. Der Bruder des Vaters, der Steinmetz Anthonie, hatte zweimal versucht, in Niederländisch-Indien sein Glück zu machen. Es handelte sich also nicht um eine wohlhabende Familie: Sie bestand aus Handwerkern, gehörte zur unteren Mittelschicht und genoß noch dazu einen schlechten Ruf. Der mütterliche Zweig war flämischer Abstammung und aus religiösen Gründen aus Antwerpen ausgewandert, während die Angehörigen des väterlichen Zweigs holländische Calvinisten waren. Reynier Janszoon heiratete Digna Balthens, die Tochter des Fälschers, im Jahr 1615. Die Erstgeborene, Gertruy, kam 1620 zur Welt. Da seine Tätigkeit als Weber nicht genug einbrachte, um die Familie zu ernähren, eröffnete Reynier Janszoon eine Wirtschaft an der Voldersgracht, De Vliegende Vos (Der fliegende Fuchs). Im Mai 1641 zog er in das Wirtshaus Mechelen am Grote Markt um. Als Gastwirt nannte er sich weiterhin Vos, als Kunsthändler dagegen – er war 1631 in die Lukasgilde eingetreten – bediente er sich eines anderen Nachnamens: Vermeer.

Die erstaunliche Vermählung zwischen Joannis Vermeer und Catharina Bolnes – aus der Ehe sollten fünfzehn Kinder hervorgehen, von denen vier in zartem Alter starben – fand am Sonntag, den 20. April 1653, in Schipluy (heute Schipluiden) statt, eine

Wegstunde südlich von Delft. Die Braut stammte aus einer Familie wohlhabender katholischer Grundbesitzer, weshalb es wahrscheinlich ist, daß der junge Vermeer innerhalb von drei Wochen zum Katholizismus übertreten mußte – in dem Zeitraum also, der zwischen dem Tag der Verlobung und dem der Hochzeit lag. Maria Thins, Catharinas Mutter, eine angeheiratete ferne Verwandte des Malers Abraham Bloemaert aus Utrecht, hatte gewiß schwere Bedenken hinsichtlich der fragwürdigen protestantischen Familie des Bräutigams überwinden müssen, bevor sie der Hochzeit zustimmte – der sie sich anfangs in der Tat widersetzt hatte. Außer daß der Großvater ein Fälscher, der Onkel ein ehemaliger Häftling, die Großmutter bankrott und der Vater ein Schankwirt war, wußte Maria Thins auch, daß Vermeers Schwester einen einfachen Rahmenmacher zum Mann hatte, der nicht lesen und schreiben konnte und dessen Schwester eine niedere Dienstmagd war (die vielleicht auch ein uneheliches Kind hatte).

Wenn jedoch die Familie Vermeer, die ansonsten sehr einträchtig zusammenlebte, offensichtlich in gesellschaftlichen und ökonomischen Schwierigkeiten steckte, so waren die Bolnes – als Katholiken Bürger zweiter Klasse in einer von den Protestanten dominierten Stadt – auch privat mit unüberwindlichen Problemen konfrontiert. Die Beziehung von Maria Thins und ihrem Mann Reynier Bolnes, der sie oft und gern verprügelte, erwies sich sogar als so katastrophal, daß Maria im November 1641 die gesetzliche Trennung von Reynier erwirkte und die Hälfte der Güter ihres Mannes und die beiden Töchter Cornelia und Catharina zugesprochen bekam. Reynier, Besitzer einer Ziegelei, endete im Verlauf von zehn Jahren in der Gosse. Der jähzornige Sohn Willem wurde dem Vater anvertraut, und infolge dieser unseligen Entscheidung landete er bald in einer Besserungsanstalt für Kriminelle und Geisteskranke. Was Catharina betraf, so war sie ein Jahr älter als Vermeer; und letzterem dürfte der Rat

Karel van Manders nicht unbekannt gewesen sein, welcher den Künstlern empfahl, Mädchen zu heiraten, die mindestens zehn Jahre jünger waren. Jedenfalls bestand Maria Thins bei ihrer Tochter und ihrem Schwiegersohn auf Gütertrennung: Zweifellos fürchtete sie, daß dieser verkrachte, unausgegorene junge Künstler zuletzt noch Catharinas Mitgift durchbringen würde.

In der Tat hatte Vermeer in den ersten Ehejahren keinen Gulden in der Tasche. Am 29. Dezember 1653 trat er als Meistermaler der Lukasgilde von Delft bei, doch konnte er die Einschreibungsgebühr erst drei Jahre später ganz bezahlen, und wahrscheinlich nur dank eines großen Darlehens von dreihundert Gulden, das Maria Thins dem Paar gewährte. Über die möglichen Lehrmeister des jungen Vermeer gibt es zahllose Theorien: In Wirklichkeit ist nicht einmal sicher, daß er der Schüler eines halbwegs berühmten Malers war, und vielleicht beschränkte er sich tatsächlich darauf, bei seinem Vater Reynier Unterricht zu nehmen. Einige Autoren nennen den Namen von Evert van Aelst, andere den von Leonard Bramer, Schüler Rembrandts und Freund der Familie Vermeer. Als wahrscheinlicher gilt Carel Fabritius, ehemaliger Zimmermann und ebenfalls Rembrandt-Schüler in Amsterdam, der sich 1650 in Delft niedergelassen hatte. Von Gerrit Ter Borch wissen wir, daß er ein anerkannter Porträt- und Genremaler war, ob er aber – wie manche Wissenschaftler meinen – so eng mit Vermeer befreundet war, daß er sogar zu den Hochzeitsgästen gehört hatte, ist keineswegs sicher. Und auch dafür, daß er sein Lehrmeister war, gibt es keinen gesicherten Beweis – nur die üblichen, mehr oder weniger gut belegten Vermutungen.

Im November 1657 wohnte Vermeer mit seiner Frau bei der Schwiegermutter, im »Papistenwinkel« zwischen dem Oude Langendijck und Molenpoort. Delft zählte zu der Zeit etwa dreißigtausend Einwohner, und viele davon waren angesehene

Künstler wie die schon genannten Carel Fabritius, Evert van Aelst und Leonard Bramer. 1654 mietete der berühmte Genremaler Jan Steen ein Bierlokal in der Stadt, und im selben Jahr zog auch Pieter de Hooch hierher, ein bekannter Meister der intimistischen Malerei. Auf den Gildeversammlungen traf Vermeer neben den Malern die Meister der Kachelmanufakturen, aber auch Glasbläser, Bildhauer, Kunsthändler, Sticker, Buchhändler und Drucker wie Arnold Bon, den Amateurdichter, der Vermeer 1667 als den Erben von Carel Fabritius (der inzwischen bei der Explosion des kommunalen Pulverhauses umgekommen war) bezeichnen sollte. Ansonsten bot das gesellschaftliche Leben von Delft nichts Aufregendes: keine öffentlichen Musikdarbietungen, kein Theater, literarische Szene nicht vorhanden, von religiöser Dichtung einmal abgesehen. Privat spielte Vermeer wahrscheinlich ein Instrument, und bestimmt las er: Aus dem bei seinem Tod aufgestellten Inventar geht hervor, daß er fünf Folio-Bände und weitere fünfundzwanzig Bücher besaß (darunter vielleicht einige Handbücher über perspektivisches Zeichnen). Heute mögen manche das für eine magere Bibliothek halten, doch damals war es das keineswegs, auch weil Bücher sehr teuer waren.

Als Vermeer im Herbst 1662 Vorsteher der Gilde wurde, hatte Delfts Niedergang als künstlerisches Zentrum schon begonnen, und die Stadt war unter Künstlern so weit aus der Mode gekommen, daß Pieter de Hooch eilig zu den reichen Märkten und den vermögenderen Auftraggebern von Amsterdam und Den Haag weiterzog. Immer isolierter, fand Vermeer wenig Zustimmung beim Publikum und hatte nicht einmal Schüler oder Anhänger irgendeiner Art – zumindest geht aus keinem Dokument hervor, daß sein Atelier eine klassische, von einem Kreis von Lehrlingen besuchte Werkstatt war. Das wichtigste holländische Lexikon der Kunst des 17. Jahrhunderts, das *Groote Schouburgh* von Arnold Houbraken (veröffentlicht in Amsterdam zwischen 1718 und 1721), nennt nicht einmal seinen Namen. Die Zeitgenossen Vermeers erwähnten ihn – in den überlieferten Texten – nur vier Mal: in dem eben zitierten Poem von Bon, in Dirck van Bleyswijcks *Beschreibung von Delft* (1667), im Tagebuch des jungen Kunstliebhabers Pieter Teding van Berckhout (der Vermeers Atelier am 14. Mai und am 21. Juni 1669 besichtigte) und in dem Reisetagebuch des französischen Sammlers Balthazar de Monconys, der Vermeer am 11. August 1663 in Delft aufsuchte. Der Maler hatte jedoch keine Bilder parat, um sie ihm zu zeigen – oder wollte es nicht, wer weiß. Daraufhin wurde de Monconys in den Laden eines Bäckers geführt (aller Wahrscheinlichkeit nach Hendrick van Buyten), wo ein Gemälde von Vermeer hing – ein Innenraum mit einer einzelnen Figur –, das auf dreihundert Gulden geschätzt war. Nach Meinung des französischen Sammlers war es jedoch höchstens sechzig Gulden wert. Anschließend besuchte de Monconys auch das Atelier von Frans van Mieris, der ihm ein Bild für sechshundert Gulden anbot. Gerard Dou verlangte dreihundert. Pieter van Slingelandt, bescheidener, zeigte ihm ein Bild für zweihundert Gulden. Aber auch in diesem Fall beabsichtigte de Monconys nicht, mehr als sechzig herauszurücken. Es braucht uns also nicht weiter zu wundern, daß der sparsame Franzose keines der Bilder erwarb, die ihm angeboten wurden, und es sorgsam vermied, den berühmten (und also zu teuren) Rembrandt van Rijn aufzusuchen.

Als akribischer Perfektionist zog Vermeer recht kargen Gewinn aus dem Verkauf seiner Bilder, und die Hälfte davon erwarb – zwischen 1657 und 1675 – sein Hauptauftraggeber: Pieter Claeszoon van Ruijven. Der reiche Sammler aus Delft war auch ein guter Freund von Vermeer – so daß seine Frau Maria de Knuijt, als sie ihr Testament machte, dem Maler sogar ein Vermächtnis von fünfhundert Gulden hinterließ. Abgesehen von van Ruijven und Maria de Knuijt kennt man nur noch drei Personen, die zu Lebzeiten Vermeers wenigstens eins seiner Werke kauften: Diego Duarte, Bankier aus Antwerpen, Herman van Swoll, Aufseher der Wisselbank von Amsterdam, und der schon erwähnte steinreiche Bäcker aus Delft, Hendrick van Buyten. Ganz gewiß hätte der anspruchsvolle und wählerische Maler seine zahlreiche Familie ohne die Hilfe und die ständigen Darlehen seiner Schwiegermutter nicht ernähren können. Im Holland des 17. Jahrhunderts trug Malen eher wenig ein: Von den Malern aus der Generation Vermeers erzielten nur die »Feinmaler« aus Leiden wie Gerard Dou oder Frans van Mieris regelmäßig tausend Gulden oder mehr für ein Werk. Ohne persönliches Vermögen, befand Vermeer sich häufig in finanziellen Nöten, und um sein Einkommen aufzubessern, begann er – wie vor ihm sein Vater – als Kunsthändler tätig zu werden, was allerdings auch nicht viel abwarf, da er nicht mehr als zweihundert Gulden im Jahr damit verdiente.

Im Mai 1672 wurde er zusammen mit seinem älteren Kollegen Johannes Jordaens nach Den Haag eingeladen, um einige italienische Gemälde zu schätzen. Es handelte sich um Bilder, die Gerard und Jan Reynst gehört hatten, vermögenden Kaufleuten aus Amsterdam, die mit dem Ziel, mehr gesellschaftliche Anerkennung zu erringen, eine große Sammlung aufgebaut hatten. Dann war die Sammlung unter den Hammer gekommen, und der berühmte Kunsthändler Gerrit Uylenburgh hatte einige Gemälde für sich behalten und sie dem Großen Kurfürsten Friedrich Wilhelm von Brandenburg angeboten. Dessen Agent, der Maler Hendrick Fromantiou, war überzeugt, es handele sich um vulgäre Imitationen, und riet dem Großen Kurfürsten, den Ankauf zu verweigern, doch Uylenburgh wollte nichts davon wissen, die Bilder zurückzunehmen. Um die Frage zu klären, wurden zahlreiche Persönlichkeiten aus Künstlerkreisen zu Rate gezogen, unter anderen Jordaens und Vermeer, der bei dieser Gelegenheit mehr als Sachverständiger und Kunsthändler denn als Maler auftrat. In Anwesenheit eines Notars aus Den Haag erklärten die beiden, daß die angeblichen Michelangelos und Tizians nicht nur keine italienischen Gemälde von herausragender Qualität seien, sondern daß man sie als alte Schinken betrachten könne, die nicht einmal ein Zehntel des Preises wert waren, den Uylenburgh vom Großen Kurfürsten verlangt hatte. Nach weiteren endlosen Disputen gelang es diesem schließlich, dem Händler die Bilder zurückzugeben und nur einen *Kopf des heiligen Johannes* von Ribera zu behalten. Uylenburgh war gezwungen, Bankrott zu erklären und alle Gemälde seiner Kollektion zu verkaufen.

Doch genau wie von Uylenburgh erlitt auch Vermeer mit seinen ohnehin schon kargen Geschäften 1672 endgültig Schiffbruch, als die Franzosen in Holland einfielen und das ganze Land, nachdem man die Deiche geöffnet und das Territorium zu Verteidigungszwecken überflutet hatte, in eine schreckliche Wirtschaftskrise stürzte. Der Krieg war lang und verheerend und zwang – mit der Wirtschaft ganz Hollands – auch den Kunsthandel in die Knie. Im Juli 1675 begab sich Vermeer völlig verzweifelt nach Amsterdam, um den Kaufmann Jacob Rombouts um ein Darlehen von tausend Gulden zu bitten. Mitte Dezember erlitt er einen plötzlichen Zusammenbruch und starb innerhalb weniger Stunden, vielleicht an einem Infarkt oder – wahrscheinlicher – von einem Schlaganfall getroffen. Er war knapp dreiundvierzig Jahre alt. Am 15. Dezember 1675 wurde er in dem Familiengrab beigesetzt, das Maria Thins in der Alten Kirche von Delft besaß. Außer seiner Witwe ließ er elf Kinder zurück, von denen acht noch nicht volljährig und zwei schwer krank waren; ein weiteres hatte sich bei der Explosion eines Schiffes verletzt, das Schießpulver transportierte. In seinem Atelier wurden zwei unverkaufte Gemälde gefunden (die *Dame mit Perlenhalsband* und die *Dame mit Dienstmagd*) sowie sechsundzwanzig Bilder verschiedener anderer Maler, die für fünfhundert Gulden abgegeben wurden, um so die Schulden zu begleichen, die Vermeer bei einem Kunsthändler in Haarlem, Jan Coelenbier, gemacht hatte.

Allem Anschein nach erbte Catharina Bolnes keine besonderen Wertgegenstände, denn im Inventar seiner Güter werden insgesamt einundsechzig Gemälde erwähnt, von denen nur fünf einem präzisen Urheber zugeschrieben wurden (drei Fabritius und zwei van Hoogstraten), außerdem Küchengerät, Bettwäsche, Möbel, Kinderkleidung, die Garderobe des Verstorbenen – aus der eine Jacke im türkischen Stil herausstach – sowie Catharinas eigene Kleidung, die eine gelbe Satinjacke mit weißem Pelzbesatz, eine alte grüne, ebenfalls mit weißem Pelz verbrämte Jacke und einen aschgrauen Mantel umfaßte. Die Finanzlage Vermeers war so katastrophal, daß Catharina am 24. April 1676 eine Bittschrift beim Hohen Gericht von Holland einreichte, um Aufschub für die Zahlung ihrer Schulden zu erwirken. Am 30. September wurde der Kartograph Anthonie van Leeuwenhoek, der hervorragendste Naturwissenschaftler von Delft sowie ein Pionier der Mikroskopie, seitens der gierigen Gläubiger zum offiziellen Verwalter der Güter Vermeers ernannt. Am 15. März 1677 ließ van Leeuwenhoek – nachdem er die Coelenbier überlassenen Bilder ausgelöst hatte – in seiner Eigenschaft als Konkursverwalter bei der Lukasgilde eine Versteigerung von sechsundzwanzig Gemälden Vermeers organisieren, von denen kein Verzeichnis angelegt wurde. Witwe und Schwiegermutter des verstorbenen Malers versuchten zu verhindern, daß die *Allegorie der Malerei* in den Verkauf eingeschlossen wurde, hatten aber keinen Erfolg.

Nach dem Tod von Maria Thins an Weihnachten des Jahres

1680 übersiedelte Catharina Bolnes nach Breda, wandte sich an die Waisenkammer von Gouda, um finanzielle Unterstützung zu beantragen, und erhielt eine Beihilfe. Sieben Jahre später starb sie nach längerer Krankheit im Alter von sechsundfünfzig Jahren, nachdem sie Hendrick Ter Beek van Coesfelt, Notar in Den Haag, zum Vormund ihrer Kinder bestellt hatte. Einige Jahre später, am 16. Mai 1696, wurden in Amsterdam – für eine Gesamtsumme von 1503 Gulden und 10 Stuivers – die einundzwanzig Bilder Vermeers verkauft, die Teil der Sammlung des soeben verstorbenen Druckers Jacob Dissius gewesen waren, des ehemaligen Mannes von Magdalena, der einzigen (mit knapp siebenundzwanzig gestorbenen) Tochter von Vermeers Gönner Pieter Claeszoon van Ruijven. Die bei der Versteigerung erzielten Preise waren recht ordentlich, aber nicht außergewöhnlich, mit Höchstgeboten von 175 Gulden für die *Milchgießerin* und 200 für die *Ansicht von Delft*.

Dann ... dann begannen Vermeers Bilder, wie seine Kinder, sich über ganz Holland – im Fall der Bilder bis ins Ausland – zu zerstreuen. Die jüngste Tochter des Malers, Aleydis, starb siebzig Jahre später, 1749, in Den Haag. In jenen Jahren schien das Werk des Malers von Delft dazu bestimmt, eine winzige, unbedeutende Episode in der Kunstgeschichte des 17. Jahrhunderts zu bleiben. Doch dann ging das Gespenst des Joannis Vermeer ab 1860 überraschend wieder mit Macht in der Kunstwelt um. Und nicht nur das: Innerhalb weniger Jahrzehnte galt das vergessene Genie dieses im Unglück gestorbenen Künstlers, der zu Lebzeiten ausschließlich von einer Handvoll provinzieller Sammler geschätzt wurde, der zwei Jahrhunderte lang ein reiner Name geblieben war und dem man nicht einmal einen Brief oder eine Tagebuchseite zuschreiben konnte, als die wichtigste und bedeutsamste Wiederentdeckung des gesamten 20. Jahrhunderts.

7

Bevor VM zu überprüfen begann, ob er sich stilistisch mit Vermeer messen konnte, verbrachte er – in seinem Atelier in der Villa Primavera vergraben – vier Jahre damit, eine Reihe technischer Probleme zu lösen. In einer Epoche, in der Picasso an *Guernica*, Paul Klee an *Insula Dulcamara* und Piet Mondrian an *Komposition mit Rot und Schwarz* arbeitete, während also die moderne Kunst ihre soundsovielte Revolution feierte, versuchte VM zu lernen, auf eine echte Leinwand aus dem 17. Jahrhundert zu malen, die nötigen, übereinander liegenden Farbschichten aufzutragen und die Technik der verschwommenen Kontur und des *pointillé* zu beherrschen, und übte sich darin, die gleichen Pigmente zu verwenden wie Vermeer, da synthetische für seine Zwecke ungeeignet waren: Man hätte sie bei einer chemischen Analyse oder unter dem Mikroskop erkennen können. Er verbrachte daher viel Zeit damit, sich die Rohmaterialien zu beschaffen, die häufig nur schwer zu finden und sehr kostspielig waren, wie etwa Lapislazuli. Er mußte sie auch von Hand zerreiben, damit die Pigmentteilchen unter dem Mikroskop eine heterogene Struktur zeigten. Darüber hinaus und vor allem mußte er eine Möglichkeit finden, die Farbe zu härten und auf dem Gemälde das Craquelé, das dichte Geflecht von haarfeinen Rissen zu reproduzieren, das für alte Ölgemälde typisch ist.

Ölfarben erwecken auf den ersten Blick den Anschein, als seien sie schon wenige Tage nach dem Auftragen trocken. Es können aber sogar mehr als fünfzig Jahre vergehen, bevor der Verdunstungsprozeß abgeschlossen ist. Dieser Vorgang wiederum verursacht eine fortschreitende Schrumpfung des Farbvolumens, wodurch Risse auf dem Gemälde entstehen. Das Arbeiten der Leinwand, die sich bei Schwankungen der Temperatur und der Luftfeuchtigkeit zusammenzieht und ausdehnt, kann die Bildung des Craquelés noch beschleunigen. Die Risse und Sprünge füllen sich mit Staub und winzigen Schmutzpartikeln und können über die oberste Farbschicht hinaus bis in die Tiefe reichen. Dabei spielen vielen Faktoren eine Rolle, auch die Qualität der verwendeten Pigmente. Die Wahl der wirksamsten Methode, um die Sprünge zu reproduzieren, hing jedoch davon ab, welches Verfahren VM schließlich austüfteln würde, um die Farbe zu härten. Wie es ihm gelingen würde, sie rasch trocknen zu lassen, ohne daß sie Schaden nahm oder sich verfärbte, und welches Mittel er einsetzen würde, um die Hitze zu erzeugen, die nötig war, um künstlich in einem einzigen Tag die vollkommene Austrocknung zu erzielen und somit einen Prozeß, der auch ein ganzes Jahrhundert dauern konnte, auf wenige Stunden zu reduzieren.

VM begann mit Leinöl und Mohnöl zu experimentieren und setzte dann Probeaufstriche in einem primitiven Trockenofen verschiedenen Hitzegraden aus. Danach baute er eigenhändig einen viel größeren und effizienteren Elektroofen, den er im Souterrain aufstellte. Ausgerechnet in jenen Wochen jedoch verschwand ein junges Mädchen unter verdächtigen Umständen. Die Bewohner von Roquebrune bemerkten, daß von VMs Villa trotz des recht schwülen Klimas eine Rauchfahne aufstieg: Daraus folgerten sie logischerweise, daß der verschrobene ausländische Künstler, der die Villa Primavera bewohnte, das Mädchen umgebracht habe und nun ihre Leiche verbrenne. Die Polizei stürmte mit einem Hausdurchsuchungsbefehl in die Villa: Von dem verschwundenen Mädchen fand sich keine Spur, dafür sah sich VM jedoch gezwungen, der Polizei erschöpfende Erklärungen in Bezug auf den elektrischen Ofen zu liefern, der groß und unübersehbar im Souterrain stand. Er sagte, er brauche ihn für bestimmte technische Experimente, und die Polizei glaubte ihm – aber von dem Augenblick an war VMs Name in Roquebrune in aller Munde.

Als dieser absurde Zwischenfall, der ihm eine höchst unerwünschte Publizität eingetragen hatte, vergessen war, schickte VM Jo in ein Strandhotel nach Cannes in Urlaub und schloß sich wieder in seinem Atelier im obersten Stockwerk der Villa Primavera ein, wo er mit Hilfe eines Buchs von Professor Alex Eibner und einem dicken, von dem angesehenen holländischen Experten Martin de Wild geschriebenen Band über Vermeers Maltechnik seine Experimente wieder aufnahm. Zu Beginn seiner Versuche mit dem Elektroofen merkte VM, daß die Farbe rasch trocknete, aber an Leuchtkraft verlor oder sich veränderte und darüber hinaus die Maloberfläche durch Blasen und Brandflecken verunstaltet wurde. Mehrere Leinwände gingen sogar in Flammen auf. Eibners Buch entnahm VM, daß ätherische Öle (oder Essenzen) wie Flieder- oder Lavendelöl schneller und vollständiger verdampften als andere Öle und außerdem weniger unerwünschte Nebenwirkungen auf der Bildoberfläche zeigten.

Die Frage war sehr umstritten, aber es hieß, die Einführung von Emulsionen, ätherischen Ölen, flüchtigen Ölen und des Alkohols in die Malerei sei den van Eycks zu verdanken. Ein Geheimnis, eine Erfindung – Farben mit hohem Harzgehalt –, die die Maloberfläche leuchtend und wie glasiert machte und ihre perfekte Erhaltung ermöglichte. VM begriff jedoch, daß er die geheimnisvolle Formel der van Eycks niemals würde nachahmen können, sondern eher auf seine eigene Erfindungskraft und vor allem die Chemie zurückgreifen mußte, wenn er nicht wollte, daß sein außergewöhnliches Vorhaben von vornherein zum Scheitern verurteilt sein sollte. Sein Hauptproblem war, wie er eine flüchtige Flüssigkeit – mit Vermeer-Pigmenten vermischte ätherische Öle – in eine äußerst harte und feste Oberfläche verwandeln sollte, ohne daß die Farben angegriffen würden. Diese Überlegung brachte ihn dazu, sich dem noch weithin unerforschten Gebiet der synthetischen Stoffe zu widmen.

Schnell fand VM heraus, daß es ein neues Material, das Bakelit, gab, das außergewöhnlich hart war. Das Patent auf das Bakelit war schon 1907 von einem amerikanischen Chemiker, L. H. Baekeland, angemeldet worden, aber das Produkt war erst in jüngster Zeit voll entwickelt worden. Bakelit war eine Kohlenstoffverbindung und enthielt Phenol und Formaldehyd. Das Phenol (oder Karbolsäure) war 1834 in einem Steinkohlebergwerk entdeckt worden. Formaldehyd war Ende des 19. Jahrhunderts auf synthetischem Weg entwickelt worden. Einer brillanten Eingebung folgend dachte VM, wenn eine Lösung aus diesen beiden Substanzen Bakelit hervorbringen konnte, müßte sie ihm auch helfen können, seine Malerei bis zu dem von ihm gewünschten extremen Grad zu härten. Es handelte sich um ein absolut originelles Verfahren: Vor VM war noch nie jemand auch nur im entferntesten auf die Idee gekommen, in der Malerei Phenol und Formaldehyd als Kunstharze zu verwenden.

In der Praxis löste VM das Kunstharz aus Phenolformaldehyd in Benzol (oder in Terpentin) auf, kombinierte die entstehende bräunliche Lösung mit ätherischem Flieder- oder Lavendelöl, mischte der Flüssigkeit verschiedene Pigmente bei und versuchte, die so entstandene Farbe malfähig zu erhalten – denn aufgrund des Kunstharzzusatzes trocknete sie nur zu rasch. Alternativ mischte er die Pigmente mit Fliederöl auf der Palette und hielt daneben die Kunstharzlösung bereit. Er tauchte den

Pinsel zuerst in letztere, dann in die Farbe aus Pigmenten und Fliederöl und trug schließlich das Ganze auf die Leinwand auf. Nach einer schier endlosen Versuchsreihe gelangte er zu einer immer zufriedenstellenderen Formel, indem er die Malerei zwei Stunden lang bei 105 Grad Celsius im Ofen trocknete, und die Überlegung, daß er offensichtliche Risiken einging, wenn er Phenol und Formaldehyd (zwei erst im 19. Jahrhundert entdeckte Substanzen) bei der Herstellung eines Gemäldes aus dem 17. Jahrhundert verwendete, tat seiner Euphorie nicht den geringsten Abbruch.

VM wußte genau, daß seine Fälschungen keiner chemischen Analyse unterzogen würden, und außerdem würde man nach der Härtung die verschwindend geringen, inkriminierenden Kunstharzspuren sowieso nur nachweisen können, wenn man ihr Vorhandensein vermutete, und diese Möglichkeit schien ganz ausgeschlossen. Darüber hinaus hätte VM immer behaupten können, er habe die verdächtigen Substanzen im Laufe der Restaurierung des Gemäldes verwendet, um große Bildpartien einschließlich der Signatur nachzumalen. Schließlich war ihm auch nicht unbekannt, daß die Meinungen der Chemiker mindestens so subjektiv und anfechtbar sind wie die der Kunsthistoriker, daß ihre Methoden bei der Auslegung eines Tests zuweilen abgrundtiefe Unterschiede aufweisen und daß sie darüber hinaus bereit sind, gänzlich unbegründete Schlußfolgerungen zu ziehen, wenn diese nur ihre Thesen untermauern oder ihren Zwecken dienen.

Als zwanghafter Perfektionist stand VM, was die Pigmente anging, schon vor dem nächsten, nicht ganz einfach zu lösenden Problem. Die Pigmente im Handel waren längst alle synthetische Produkte, deshalb mußte er versuchen, sich die von Vermeer verwendeten Grundstoffe zu beschaffen und die Farben dann genau wie der Meister von Delft selbst herstellen. Dieser liebte das Licht über alles – die Akkorde und Melodien der Farbe. Deshalb hätte die Revolution, die Vermeer verwirklichte, die radikale Wende, die er in der Malerei von Interieurs herbeiführte, indem er seine Figuren in ein mit größtem Glanz und meisterlichen Nuancen wiedergegebenes Licht tauchte (und sich dabei vielleicht auch optischer Geräte wie der *camera obscura* und des umgekehrten Teleskops bediente, um die Perspektive zu erreichen), ohne eine lange und geduldige Beschäftigung mit den Farben vielleicht niemals stattfinden können – den erstaunlichen Farben der Palette Vermeers. Zu ihrer Herstellung brauchte er übrigens, wie die anderen Meister des 17. Jahrhunderts, nicht mehr als ein Dutzend Pigmente. Es handelte sich um eine Farbskala, in der Blau und Gelb dominierten, Komplementärfarben, die Vermeer zur Geltung brachte, indem er sie bevorzugt neben Rot und Schwarz setzte.

Blau aber war bei weitem die wichtigste Farbe auf Vermeers Palette, und sein Lieblingsblau war Ultramarin. VM hätte es leicht auf synthetischem Weg herstellen können, indem er chlorsaures Natrium mit Kaolin, Holzkohle und Schwefel erhitzte; das daraus resultierende Pigment wäre nur unter dem Mikroskop von dem natürlichen zu unterscheiden gewesen. Doch Vermeer gewann es aus pulverisiertem Lapislazuli, und VM wollte das gleiche Ergebnis erzielen. Nun war Lapislazuli nicht nur extrem teuer, sondern auch äußerst selten (da er nur in wenigen entlegenen Teilen der Welt vorkommt) und deshalb schwer zu beschaffen. Darüber hinaus eignete sich das Material nicht immer zur Pigmentgewinnung, so daß es sehr kompliziert war, es in entsprechenden Mengen zu bekommen. Zur Zeit Vermeers nahmen viele Maler, die sich Lapislazuli nicht leisten konnten, statt dessen Azurit oder Sächsisch Blau. Vermeer dagegen liebte es, mit Ultramarin in seiner erlesensten Form zu malen: Ein Viertelpfund kostete 60 Gulden, und um zu begreifen, wie beachtlich diese Ausgabe war, braucht man sich nur daran zu erinnern, daß kein von Vermeer in seiner gesamten Laufbahn verkauftes Bild je eine vergleichbare Summe einbrachte. VM gelang es, sich vier große Partien Lapislazuli zu beschaffen, insgesamt zwölfeinhalb Unzen, die er bei dem führenden Geschäft der Branche in London, Winsor & Newton, für vier Guineen pro Unze einkaufte. Dann pulverisierte er den Rohstoff eigenhändig, um sicherzugehen, daß die Farbpartikel nicht zu homogen wirkten.

Die berühmten Gelbtöne Vermeers, hergestellt aus Massicot (einem Bleioxyd) oder aus Ocker, bereiteten VM keine größeren Schwierigkeiten: Orange zum Beispiel konnte er leicht aus einem Harzgummi gewinnen, der auch als Abführmittel verwendet wurde. Grün wurde im 17. Jahrhundert nicht mehr aus Malachit gewonnen (einem dem Azurit verwandten Mineral, also ein blaues Kupferkarbonat), der aus der Mode gekommen war: Um Grün zu erhalten, pflegten die Maler jener Epoche also Blau und Gelb zu mischen, und VM bediente sich selbstverständlich des gleichen Verfahrens. Wie Vermeer – und beachtliche alchimistische Virtuosität entfaltend – gewann er Schwarz aus Holzkohle, die von jungen Rebschößlingen stammte, das *nigrum optimum* der mittelalterlichen Rezeptesammlungen, das 1678 von Samuel van Hoogstraten als »Kohle aus verbrannten Rebenranken« bezeichnet wurde. Für Weiß, eine für Risse besonders anfällige Farbe, benutzte VM Bleiweiß, das den Nachteil hatte, giftig zu sein und sich sehr leicht zu verfärben: Zinkweiß wies keinen dieser Nachteile auf, war aber bis Ende des 18. Jahrhunderts unbekannt. Für Rot nahm er Vermillon, gewonnen aus Zinnober, einem Mineral, das in der Hauptsache aus Quecksilbersulfid besteht. Schon um 1400 schrieb Cennino Cennini über Vermillon: »Wisse, daß die Farbe, auch wenn du sie zwanzig Jahre lang zermahlen würdest, nur immer noch feiner und schöner wird.« Da Vermillon sich aber durch molekulare Veränderungen manchmal schwarz verfärben konnte, mischten ihm die Maler des 17. Jahrhunderts zur Stabilisierung Mennige (Bleioxyd) oder etwas Safran bei. Sonst benutzten sie aus organischen Stoffen gewonnenes Rot, die Lacke; am auffälligsten war das Karmin (im 17. Jahrhundert »Florentiner Lack« oder »Haarlemer Lack« genannt): VM stellte es selbst her, indem er Koschenille unter Zusatz von Sauersalz kochte.

Noch blieb die dornige Angelegenheit mit dem Craquelé, deren Lösung VM näherkam, als er damit zu experimentieren begann, wie er die Farbe von den Originalgemälden aus dem 17. Jahrhundert abtragen konnte, deren Leinwände er für seine Fälschungen weiterverwenden wollte. Im Anfangsstadium seiner Recherchen hielt VM es für angebracht, die Malerei vollkommen von den alten Bildern, an denen er arbeitete, zu entfernen, damit kein Teil davon mehr sichtbar wäre, falls die Fälschung röntgenologisch untersucht würde. Dann änderte er seine Meinung und begann, große Teile der Originalmalerei stehenzulassen; er wußte genau, daß fast nie Röntgentests eingesetzt wurden, um ein Werk zu prüfen, das einem alten Meister zugeschrieben war, und daß die Entdeckung eines darunter befindlichen Gemäldes für sich genommen keinen gültigen Hinweis auf eine Fälschung bildet. Um nur ein Beispiel zu nennen: Es gibt einen berühmten Vermeer, das *Mädchen mit rotem Hut* aus der National Gallery in Washington, der von vielen Kritikern für echt gehalten wird und bei dessen Durchleuchtung zutage trat, daß er auf ein früheres Bild, nämlich auf die Rückseite eines männlichen Porträts gemalt ist.

Zuletzt beschloß VM, die unterste, tiefste Schicht der Malerei stehenzulassen, da es ohnehin unmöglich gewesen wäre, sie abzutragen, ohne die sowieso schon brüchige und verletzliche Leinwand zu beschädigen. Diese Überlegung brachte ihn auf eine Idee: Wenn es ihm gelang, die Grundierung und damit das originale Craquelé, das sie aufwies, zu erhalten, würde er die Zeichnung und Struktur dieser feinen Risse wahrscheinlich auch in den darüber aufgetragenen Schichten zum Vorschein bringen können. Der Gedanke war praktisch, die natürliche Craquelé-Entstehung umzudrehen: Mit fortschreitender Trocknung dringen die Risse von den oberflächlichen Schichten des Gemäldes in die Tiefe – VM hatte vor, das Gegenteil zu bewirken. Es handelte sich um einen hochkomplizierten, sehr, sehr schwierigen Vorgang, einen endlosen und lästigen Prozeß, der eine Engelsgeduld und schier übermenschliche Konzentration verlangte, denn man mußte – unter anderem – einem winzigen Farbfragment nach dem anderen mit Wasser und Seife zu Leibe rücken und es mit Bimsstein und Stichel ablösen.

Das Verfahren war erfinderisch und ausgetüftelt, aber VM wußte, daß es kein absolut perfektes Ergebnis garantieren konnte. Es kam durchaus vor, daß die oberen Malschichten am Ende noch Bereiche aufwiesen, in denen das Original-Craquelé nach dem Ausbacken nicht zum Vorschein gekommen war, und da VM keinen Röntgenapparat besaß, um absolut sicher festzustellen, ob die Risse durchgedrungen waren oder nicht, beschloß er zusätzliche Sprünge zu produzieren, indem er die Leinwand um einen Zylinder wickelte, sie zerknitterte, dehnte oder die Rückseite mit dem Daumen bearbeitete. Er bemerkte voll Genugtuung, daß viele der auf solche etwas handwerkliche Art erzeugten Sprünge und Risse die kuriose und passende Neigung hatten, dem Original-Craquelé zu entsprechen, das leider nicht zu erscheinen geruht hatte.

Dann machte er noch eine weitere grundlegende Entdekkung, um die Wirksamkeit seiner Technik zu verbessern. Wenn er die gesamte Malfläche mit einer dünnen Firnisschicht überzog, nachdem er das Bild aus dem Ofen geholt hatte, und diese natürlich trocknen ließ, erschien das Craquelé rascher und gleichmäßiger. Zudem erfüllte der Firnis noch eine andere wichtige Funktion. Irgendwie mußte VM sicherstellen, daß jeder einzelne Riß der gesamten Craquelé-Zeichnung so aussah, als sei er mit Staub, Schmutz und winzigen Abfallpartikeln gefüllt, die sich im Lauf von drei Jahrhunderten dort abgelagert hatten. Also versuchte er, die gesamte gefirniste Fläche mit chinesischer Tusche zu überstreichen, die er auf natürliche Weise trocknen ließ und anschließend zusammen mit dem Firnis mit Alkohol oder Terpentin wieder entfernte. Dabei konstatierte er, daß ein Teil der Tusche durch die Sprünge in der Firnisschicht in die Risse der darunterliegenden Farbschicht eingedrungen war. Überraschend war daran, daß sich die chinesische Tusche nach diesem Prozeß kaum noch vom Staub unterscheiden ließ, wenn sie auch für eine vollkommene Wirkung etwas zu homogen erschien. An diesem Punkt genügte es zur Fertigstellung des Werks, das Gemälde noch einmal dünn mit leicht bräunlichem Firnis zu überziehen.

Am Ende hielt sich VM für fähig, ein gutes Craquelé hervorzubringen – so als würden die Originalrisse der echten Farbe aus dem 17. Jahrhundert wie durch ein Wunder nach dem Ausbakken wieder an der Oberfläche auftauchen. Doch bevor er sich in das Abenteuer des *Christus in Emmaus* stürzte, begann VM etwa Mitte 1935 Probekompositionen auszuführen, wobei er die Originalfarben Vermeers und auch anderer alter Meister benutzte, für die er ein viel schwächeres Interesse hegte. Dabei entstanden unter anderem vier Gemälde, die nie auf den Markt kamen; sie wurden erst zehn Jahre später von dem holländischen Polizeiinspektor Wooning in der halbverlassenen Villa gefunden, die VM nach seinem Weggang aus Roquebrun in Nizza gemietet hatte. Es handelte sich um eine *Trinkende Frau* in der Manier von Frans Hals (signiert *F. H.*), ein kleines, unvollendetes *Männerbildnis*, das zwar nicht signiert, aber eindeutig von Ter Borch inspiriert ist, und um zwei (ebenfalls unsignierte) Vermeers: eine *Notenleserin* und eine *Lautenspielerin*, letztere unvollendet.

Daß VM nicht einmal versuchte, sie zu verkaufen, obwohl sie als geradezu exzellente Fälschungen zu betrachten waren, bestätigt nur die Ernsthaftigkeit und Konsequenz seiner Absichten und seinen manischen Perfektionismus. Sie waren alle mit größter Sorgfalt auf Originalleinwände aus dem 17. Jahrhundert gemalt, von denen bis auf die Grundierung sämtliche Farbe nach dem Phenolformaldehyd-Rezept penibel entfernt worden war. Das Craquelé war gut gelungen, und die verwendeten Pigmente entsprachen denen des 17. Jahrhunderts, abgesehen von dem (bis ins 18. Jahrhundert unbekannten) Kobaltblau der *Notenleserin*. Insbesondere die beiden Vermeers waren hervorragende Kompositionen und von guter technischer Qualität, auch wenn das Craquelé der *Lautenspielerin* eher den Eindruck erweckte, daß es durch Rollen der Leinwand erzeugt worden war und sich nicht selbsttätig beim Ausbackprozeß entwickelt hatte.

Die unvollendete *Lautenspielerin*, die klare Bezüge zu Vermeers *Musikstunde* aufweist, zeigt eine sitzende junge Frau beim Stimmen eines lautenähnlichen Instruments. Ein Spiegel zeigt ihren von einer Haube bedeckten Hinterkopf, die rechteckigen Bodenfliesen und etwa die Hälfte des Stillebens auf dem Tisch neben ihr – ein Notenblatt und eine Obstschale. Die Lichtquelle ist reinster Vermeer: ein vorhangloses Fenster links im Bild. Bei der *Notenleserin*, Vermeers *Briefleserin* nachempfunden, sitzt eine junge Frau im Profil am Tisch und betrachtet aufmerksam ein

Notenblatt. An der Wand hinter ihr hängt ein großes, gerahmtes Gemälde. Die Lichtquelle ist wie gewohnt eine natürliche – ein Fenster links im Bild –, denn Vermeer hatte keinerlei Interesse an *chiaroscuro*, Halbschatten, Fackelschein oder Kerzenflackern. Das Gesicht der Frau ist beinahe eine Kopie des Gesichts der *Frau in Blau,* und das Haarband ist so gut wie identisch, auch wenn VM eine Perlenkette und einen großen Ohrring hinzufügte. Auch das Kleid ist äußerst ähnlich, und die Frau sieht sogar schwanger aus.

Kurz und gut, die beiden Vermeers schienen dem Original so nahe, daß VM keinerlei Schwierigkeiten gehabt hätte, sie bei einem Antiquar zu plazieren, einen guten Gewinn zu erzielen und sich so zumindest teilweise schadlos zu halten für die Auslagen, die er gehabt hatte, um seine Technik zu entwickeln und zu konsolidieren. Doch VM konnte sich nicht damit zufriedengeben, eine Fälschung zu produzieren, die nur als leidlich gutes Werk eines Meisters des 17. Jahrhunderts anerkannt worden wäre. Sein Plan war, wie wir wissen, viel kühner und ehrgeiziger: Er wollte ein Meisterwerk von höchstem ästhetischen Wert und historischer Tragweite schaffen. Die beiden Vermeers, die er gemalt hatte, waren dem Sujet und der Komposition nach den berühmtesten und meistbewunderten Werken des Meisters aus Delft zu ähnlich und entsprachen zu eifrig dem gewohnten Bild, das Publikum und Fachleute sich von Vermeer gemacht hatten. Kurz, es waren exakt die Bilder, die ein talentierter und technisch versierter Fälscher geliefert hätte: VM war aber gar nicht daran interessiert, bloß ein brillanter Fälscher zu werden. Im Gegenteil, mehr als alles andere auf der Welt wollte er ein großer Maler sein: ein Künstler, der fähig war, es mit dem genialen Talent Vermeers aufzunehmen.

8

Über zwei Jahrhunderte lang war es recht schwierig, Gemälde von Vermeer zu verkaufen. Häufig wurden sie sogar als Werke von Pieter de Hooch, Gerrit Ter Borch, Gabriel Metsu und Frans van Mieris ausgegeben. Die *Briefleserin am offenen Fenster*, heute in der Gemäldegalerie Dresden, wurde 1724 von August III., Kurfürst von Sachsen, erworben – in der felsenfesten und ungetrübten Überzeugung, es handele sich um einen Rembrandt. 1783 dagegen beschloß man, einen Stich davon anfertigen zu lassen, weil man es für einen Govaert Flinck hielt. *Der Soldat und das lachende Mädchen* wurde 1861 auf einer Versteigerung in London als Werk Pieter de Hoochs verkauft und diesem dann auch auf den beiden Pariser Versteigerungen von 1866 und 1881 zugeschrieben. Als solches erwarben es der Sammler Samuel S. Joseph und später der Kunsthändler Knoedler aus New York, dem es der Koks- und Stahlkönig Henry Clay Frick 1911 abkaufte.

Das Mädchen mit dem Weinglas, zur Zeit Napoleons I. als Kriegsbeute nach Paris gebracht, wurde lange für ein Gemälde von Jacob van der Meer gehalten, und es war der Kritiker Thoré-Bürger, der es im Jahr 1860 Vermeer van Delft zuschrieb (und es *La coquette* taufte). Die *Junge Frau mit Wasserkanne am Fenster* aus dem Metropolitan Museum wurde 1877 auf der Versteigerung Vernon als Werk von Gabriel Metsu verkauft. Zehn Jahre später, als Henry G. Marquand sie bei dem Pariser Händler Pillet erwarb, hielt man sie für einen de Hooch. 1888 wollte Marquand sie dem Metropolitan Museum überlassen, und so wurde das

Gemälde schließlich zum ersten Vermeer, der in einer öffentlichen Sammlung in den Vereinigten Staaten zu sehen war.

Auch die *Perlenwägerin* war Gabriel Metsu zugeschrieben, als 1825 die Sammlung des verstorbenen Königs von Bayern, Maximilian I., versteigert wurde. Die *Musikstunde* galt als ein Frans van Mieris, als sie zur Sammlung des englischen Konsuls in Venedig, Joseph Smith, gehörte, die 1762 an König Georg III. verkauft wurde: So ging das Gemälde in die Sammlung des englischen Königshauses über und ist heute im Buckingham Palace ausgestellt. Die *Allegorie der Malerei* wurde 1813 durch Vermittlung eines Sattlers für fünfzig österreichische Gulden von Graf Johann Rudolf Czernin erworben, der überzeugt war, es handele sich um einen de Hooch. 1938 jedoch, als Adolf Hitler es reklamierte, um es in seiner Alpenfestung in Berchtesgaden aufzuhängen, war es willkommenerweise wieder zu einem Vermeer geworden.

Falsche oder irrige Zuschreibungen waren somit bis vor gar nicht langer Zeit an der Tagesordnung, auch weil die Produktion des Meisters von Delft außerordentlich gering war. Von einer sowieso nicht sehr hohen Gesamtzahl – laut zuverlässigen Schätzungen malte Vermeer etwa fünfzig Gemälde in zwanzig Jahren: also kaum mehr als zwei Werke pro Jahr – haben nur vierunddreißig Bilder überlebt, die mit begründeter Sicherheit Vermeer zugeschrieben werden können. Vier oder fünf davon sind allerdings sehr umstritten. Darüber hinaus hat Vermeer nicht alle seine Gemälde signiert (und manchmal sind die Signaturen auf den Bildern gefälscht): Das hat, auch wenn die Signatur für die Bestimmung der Urheberschaft eines Gemäldes nicht essentiell ist, die jeder Zuschreibung innewohnenden Schwierigkeiten noch vergrößert. Auch die Datierungen von Vermeers Bildern sind bis heute ungesichert, eher vage und beruhen auf Vermutungen und Stilanalysen, denn nur die *Kupplerin* (zudem nicht eindeutig ein Vermeer) weist ein gesichertes Datum auf (1656). Die auf dem *Astronom* (1668) und auf dem *Geograph* (1669) angebrachten Daten sind höchstwahrscheinlich gefälscht, in einer späteren Epoche hinzugefügt – wie übrigens auch die Signaturen.

Andererseits sind einige originale Vermeers verloren gegangen – im Nichts verschwunden, zum guten Teil, weil sie lange als Bilder von geringem Wert betrachtet wurden. 1784 zum Beispiel versuchte der Kunsthändler Joseph Paillet vergeblich, Ludwig XVI. von Frankreich zum Kauf des *Astronomen* von Vermeer zu bewegen. Doch auch wenn um die Mitte des 18. Jahrhunderts ein Königshaus, eine Familie oder ein Museum einen Vermeer erworben hätte, ohne es zu wissen – etwa infolge einer zweifelhaften oder falschen Zuschreibung –, hätten sie es auf jeden Fall vorgezogen, ihn für ein Werk aus der »Schule de Hoochs« oder eines »unbekannten Meisters« zu halten. Auf diese Weise hätte die falsche Zuschreibung natürlich die offiziellen Weihen erhalten, und folglich wäre ein weiterer Vermeer für immer *verschwunden.* Noch bis Mitte des 19. Jahrhunderts wäre ein ernsthafter Sammler wohl nicht sonderlich glücklich gewesen zu erfahren, der soeben für teures Geld erstandene de Hooch sei ein Vermeer – ein Maler, von dem er aller Wahrscheinlichkeit nach noch nie gehört hatte. Doch sogar nachdem Vermeer von Thoré-Bürger beim Pariser Salon von 1866 weidlich »wiederentdeckt« worden war, wurde *Das Mädchen mit dem Perlenohrring* – eines der faszinierendsten Bilder Vermeers – 1882 bei einer öffentlichen Versteigerung von dem Sammler Arnoldus Andries des Tombe für den lächerlichen Preis von zwei Gulden erworben.

Ausschlaggebend beteiligt an der Aufwertung des Meisters von Delft war Étienne-Joseph-Théophile Thoré, der unter dem Pseudonym William Bürger schrieb (und später der Einfachheit halber Thoré-Bürger genannt wurde). Er war Rechtsanwalt und Journalist, Sozialist, ein Freund Proudhons und Revolutionär von 1848. Ins Exil gezwungen, widmete er sich der Kunstkritik und stellte unter anderem Nachforschungen über Vermeer in den Sammlungen von Dresden, Brüssel, Wien, Den Haag, Braunschweig und Berlin an. Ihm verdanken wir übrigens auch die suggestivste Bezeichnung für Vermeer: die *Sphinx von Delft*. Unermüdlich und begeistert drängte Thoré-Bürger begüterte Freunde wie Casimir Périer, Baron Cremer und James de Rothschild, einige Gemälde von Vermeer zu erstehen. Andere, wie die entzückende *Junge Dame mit Perlenhalsband*, hatte er selbst gekauft. Darüber hinaus schrieb er in der »Gazette des Beaux-Arts« 1866 drei grundlegende illustrierte Artikel – insgesamt achtundfünfzig Seiten. »Es ist, als käme das Licht bei Vermeer aus den Gemälden selbst«, kommentierte er voll Bewunderung. »Einmal suchte jemand Herrn Double zu Haus auf, wo *Der Soldat und das lachende Mädchen* auf einer Staffelei stand, und ging hinter das Bild, um nachzusehen, woher das strahlende Licht des offenen Fensters kam.«

Thoré-Bürger war der Autor einer der ersten rekonstruierten Biographien Vermeers, die sich später als recht phantasievoll erwies. Nur allzu großzügig und emsig im Auffinden verschwundener Signaturen, edierte er den ersten kommentierten Katalog der Werke Vermeers, schrieb aber dem Meister von Delft gleich vierundsiebzig Bilder zu, darunter Werke von Metsu, de Hooch, Koedijck, Eglon van der Neer und Jan Vermeer van Haarlem. Von Vermeers Hand, behauptete er, stamme auch das *Rustic Cottage*, das er 1866 im Pariser Salon ausstellte. Schade nur, daß es von Derk Jan van der Laan gemalt worden war. Bei dieser Gelegenheit war es der einflußreichste Experte in Sachen Vermeer, der das Bild vielmehr van der Laan zuschrieb, einem Patrizier und Laienmaler, gebürtig aus Zwolle, der gern und mit Erfolg nicht nur Vermeers Technik, sondern – in einigen Fällen – auch dessen Signatur nachahmte. Empört schrieb Bredius damals die folgenden, prophetischen Worte: »Welche Ketzerei, ein Bild aus dem 18. oder 19. Jahrhundert mit einem Vermeer zu verwechseln!«

Nach zweihundert Jahren fast völligen Dunkels begannen Ende des 19. Jahrhunderts in allen Ecken Europas vergessene Werke Vermeers aufzutauchen. Ja, im Verlauf weniger Jahre war Vermeer sogar schon in Amerika angekommen: der *Jungen Frau mit Wasserkanne am Fenster*, dem Geschenk Marquands an das Metropolitan Museum, folgte *Das Konzert*, das Isabella Stewart Gardner 1892 persönlich bei der Versteigerung der Sammlung Thoré-Bürger erwarb (am 18. März 1990 aus Fenway Court in Boston entwendet, ist dies das einzige, mit Sicherheit Vermeer zugeschriebene Gemälde, das nicht mehr wiedergefunden wurde). Das Ereignis weckte den Neid von J. Pierpont Morgan, der eine legendäre Persönlichkeit und als Sammler ein Rivale der Gardner war. Als daher 1907 der Antiquar G.S. Hellmann Morgan die *Briefschreiberin in Gelb* von Vermeer anbot, ließ sich der Besitzer der U.S. Steel Corporation – ein Trust mit einem Kapitalwert von Milliarden Dollar – herbei, ihn nachts um drei zu empfangen. Im Gegensatz zu Isabella Stewart Gardner kannte Morgan die jüngsten Veröffentlichungen über den Meister von Delft nicht, im Gegenteil, er hatte praktisch noch nie von ihm gehört: Aber er wußte, daß seine Konkurrentin ein Werk des geheimnisvollen Künstlers gekauft hatte, und das genügte ihm.

Die massige Gestalt auf einem Himmelbett ausgestreckt,

rauchte der bekannteste Kunstliebhaber der Welt eine stinkende Zigarre und plante mit seinem bevorzugten Berater, Joseph Duveen, den Kauf der gesamten Sammlung Swenigodoroski (eine wunderbare Sammlung byzantinischer Emailarbeiten). Seit Monaten verfolgte Hellmann Morgan zu Wasser und zu Lande. Er hatte sich im selben Hotel in Aix-en-Provence eingemietet, in dem der Magnat seine Thermalkur absolvierte. Er hatte ihn bei einer Kreuzfahrt auf dem Nil verfolgt, den Morgan mit seinem Flußdampfer hinauffuhr. Er hatte sich wochenlang vor einem der zahllosen englischen Wohnsitze des Finanziers auf die Lauer gelegt und dabei sowohl vor dem Tor von Prince's Gate wie auch am Eingang des Parks von Dover House biwakiert. Zur Vorbereitung auf diese überaus heikle Begegnung hatte Hellmann sogar bei dem Spielhölleninhaber Dick Cainfield, dem Erfinder von Morgans Lieblingssolitär, Unterricht genommen, um sich in die Geheimnisse der von dem Millionär bevorzugten Kartenspiele einweihen zu lassen.

Als es Hellmann jedoch mit einem begreiflichen Zittern in der Stimme endlich gelang, ihm das Geschäft vorzuschlagen, verzog sich Morgans grimmiges Gesicht - herabhängender Schnauzbart, durch eine Krankheit angeschwollene Nase - zu einer erheiterten Grimasse. Dann erklärte der Magnat, der Amerika zweimal vor dem finanziellen Desaster gerettet hatte, dem verblüfften Hellmann, daß ein Londoner Händler versucht hatte, ihm ein Gemälde von Ghirlandaio unterzujubeln, indem er es als einen Raffael ausgab. Der Händler hatte gesagt: »Mr. Morgan, alle Kritiker behaupten, dieses Bild sei nicht von Raffael, aber Sie und ich wissen, daß es doch von ihm ist.« Morgan hatte ihm einen verschwörerischen Blick zugeworfen und geantwortet: »Es ist ein Ghirlandaio, aber packen Sie ihn mir trotzdem ein.« Von der amüsanten Anekdote ermutigt, forderte Hellmann hunderttausend Dollar auf die Hand. Der gierige

Morgan zuckte nicht mit der Wimper. Er wußte, daß die Fälscher seit dem 15. Jahrhundert Bilder nachahmten, was das Zeug hielt, aber diese Überlegung bremste ihn nicht. »Ich nehme es«, sagte er.

Dem großen amerikanischen Publikum jedoch wurde Vermeer erst durch die denkwürdige Hudson-Fulton-Ausstellung im Jahre 1909 im Metropolitan Museum in New York zugänglich gemacht, organisiert von Wilhelm Valentiner, der auch die Einführung für den Katalog schrieb. Unter anderem wurden siebenunddreißig Rembrandts ausgestellt, zwanzig Hals' und nur sechs Vermeers – die aber waren mehr als genug, um die zunehmende Berühmtheit des halb unbekannten Meisters aus Delft weiter zu festigen. Folglich wuchs – auch dank der unbedingten Wertschätzung berühmter Schriftsteller wie Marcel Proust – Vermeers Fama in den zwanziger und dreißiger Jahren unaufhörlich. Bis der *Sphinx von Delft* 1935 eine große Einzelausstellung in Rotterdam gewidmet wurde. Der Autor des Katalogs, Dirk Hannema, schrieb, daß sich – zusammen mit der Rembrandts – »die Gestalt Vermeers über alle anderen Künstler des großartigen 17. Jahrhunderts erhob«. Sechs der fünfzehn von Hannema in Rotterdam ausgestellten Werke stammten leider nicht von der Hand Vermeers, doch die internationalen Weihen hatte er nun erhalten.

9

Ich hörte, daß an jenem Tag ein Todesfall eingetreten war, der mir großen Kummer bereitete, der Tod Bergottes. Bekanntlich hatte seine Krankheit schon ziemlich lange gewährt. (...) Seit Jahren hatte Bergotte seine Wohnung nicht mehr verlassen. Im übrigen hatte er niemals die Gesellschaft geliebt oder nur für einen einzigen Tag, um sie dann zu verachten wie alles übrige, auf ganz die gleiche Art sogar, die ihm eigentümlich war, nämlich nicht etwas zu verachten, weil man es nicht erlangen kann, sondern gerade dann, wenn man es erlangt hat. Er lebte so einfach, daß niemand ahnte, wie reich er eigentlich war, und hätte man es gewußt, so hätte man sich dennoch getäuscht, denn man hätte ihn für geizig gehalten, während niemand so freigebig war wie er. (...)

Ich habe schon erwähnt, daß Bergotte nicht mehr aus dem Haus ging, und wenn er eine Stunde in seinem Zimmer aufstand, so nur in Schals und Plaids, in alles eingehüllt, womit man sich bedeckt, wenn man sich großer Kälte aussetzen oder den Zug nehmen will. Er entschuldigte sich deswegen bei den wenigen Freunden, die er noch zu sich vorließ, und bemerkte heiter, indem er auf Plaids und Decken wies: »Was wollen Sie, mein Lieber, schon Anaxagoras hat gesagt, das Leben sei eine Reise.« (...)

In den Monaten, die seinem Tod vorausgingen, litt Bergotte häufig an Schlaflosigkeit und, was noch schlimmer war, sobald er einschlief, an Alpträumen, die beim Wiedererwachen bewirkten, daß er es vermied, noch einmal einzuschlafen. (...) Schließlich veranstaltete die Natur, sobald in seinem Schlaf hinlängliches Dunkel herrschte, etwas wie eine Probe ohne Kostüm jenes Schlaganfalls, der ihn dahinraffen sollte: Bergotte fuhr im Wagen durch die Einfahrt des neuen Hauses der Swanns und wollte aussteigen. Ein betäubender Schwindelanfall nagelte ihn auf der Bank fest, der Con-

cierge versuchte, ihm beim Aussteigen behilflich zu sein, aber er blieb sitzen, konnte sich nicht erheben oder nur die Beine strecken. (...)

Er starb unter den folgenden Umständen: Ein verhältnismäßig leichter Anfall von Urämie war die Ursache, daß ihm Ruhe verordnet worden war. Doch ein Kritiker hatte geschrieben, daß Vermeers ANSICHT VON DELFT *(die das Museum im Haag für eine Ausstellung holländischer Kunst leihweise zur Verfügung gestellt hatte), ein Bild, das er liebte und sehr gut zu kennen meinte, ein kleines gelbes Mauerstück (an das er sich nicht erinnerte) enthalte, das so gut gemalt sei, daß es für sich allein betrachtet einem kostbaren chinesischen Kunstwerk gleichkomme, von einer Schönheit, die sich selbst genüge, und Bergotte aß ein paar Kartoffeln, verließ das Haus und trat in den Ausstellungssaal. Schon auf den ersten Stufen, die er zu ersteigen hatte, wurde er von Schwindel erfaßt. Er ging an mehreren Bildern vorbei und hatte den Eindruck der Dürre und Nutzlosigkeit einer so erkünstelten Kunst, die sich mit dem Fluten von Luft und Sonne in einem venezianischen Palast oder einem einfachen Haus am Meeresufer nicht messen konnte. Endlich stand er vor dem Vermeer, den er strahlender in Erinnerung hatte, noch verschiedener von allem, was er sonst kannte, auf dem er aber dank dem Artikel des Kritikers zum erstenmal kleine blaugekleidete Figürchen wahrnahm, ferner, daß der Sand rosig gefärbt war, und endlich auch die kostbare Materie des ganz kleinen gelben Mauerstücks. Das Schwindelgefühl nahm zu; er heftete seine Blicke – wie ein Kind auf einen gelben Schmetterling, den es gern festhalten möchte – auf das kostbare kleine Mauerstück. So hätte ich schreiben sollen, sagte er sich. Meine letzten Bücher sind zu dürr, ich hätte die Farbe in mehreren Schichten auftragen, hätte meine Sprache so kostbar machen sollen, wie dieses kleine gelbe Mauerstück es ist. Indessen entging ihm die Schwere seines Schwindelgefühls nicht. In einer himmlischen Waage sah er auf der einen Seite sein eigenes Leben, während die andere Schale das kleine so trefflich in Gelb gemalte Mauerstück enthielt. Er spürte, daß er unvorsichtigerweise das erste für das zweite hingegeben hatte. Ich möchte doch nicht, sagte er sich, für die Abendzeitungen die Sensation dieser Ausstellung sein. Er sprach mehrmals vor sich hin: »Kleines gelbes Mauer-*

stück mit einem Dachvorsprung, kleines gelbes Mauerstück.« Im gleichen Augenblick sank er auf ein Rundsofa nieder; ebenso rasch dachte er nicht mehr, daß sein Leben auf dem Spiel stehe, sondern in wiederkehrendem Optimismus beruhigte er sich: Es ist nur eine Verdauungsstörung, die Kartoffeln waren nicht ganz gar, es ist weiter nichts. Ein neuer Schlag streckte ihn nieder, er rollte vom Sofa auf den Boden, wo die hinzueilenden Besucher und Aufseher ihn umstanden. Er war tot.

Die Szene von Bergottes Tod ist eine der anspielungsreichsten und metaphorischsten in Marcel Prousts gesamter *Recherche*. Ein Abschnitt, der zu Recht weithin Berühmtheit erlangen sollte, den Proust in seinen letzten beiden Lebensjahren ausgearbeitet hatte und den er dann unbedingt in seinem endlosen Roman unterbringen wollte. Auch deshalb ist Proust der Schriftsteller, der mehr als jeder andere mit der Gestalt Vermeers in Zusammenhang gebracht wird, und mit der Zeit ist diese enge Verbindung geradezu unauflöslich geworden. Proust hat nicht nur entscheidend dazu beigetragen, Vermeers Ruhm zu festigen, sondern er hat den Meister von Delft zum erhabensten Symbol der Heiligkeit der Kunst gemacht. Und zu diesem Zweck hat er sich vor allem der Szene von Bergottes Tod bedient. Die Szene fand schließlich ihren Platz im ersten Teil von *La Prisonnière*. Das Material, aus dem sich dieser Band der *Recherche* zusammensetzt, wurde zwischen Ende 1915 und 1918 geschrieben, aber den Titel bekam das Buch – in Prousts Korrespondenz – erst ab dem 15. Mai 1922. Eine der bedeutendsten Episoden jedoch, die dem Manuskript hinzugefügt wurden – auch sehr viel später als die endgültige Einfügung des *septuor* von Vinteuil in die *soirée* bei den Verdurin –, ist eben die über den Tod Bergottes, die Proust erst Ende Mai 1921 schrieb, nachdem er die Hauptelemente dazu im Cahier 62 notiert hatte.

Noch heute bestehen starke Zweifel in Bezug auf das

berühmte *kleine gelbe Mauerstück mit einem Dachvorsprung*, von dem Bergotte spricht, und tatsächlich ist es recht schwierig, es mit Sicherheit auf der *Ansicht von Delft* zu erkennen. Es wurde sogar behauptet, daß das fragliche Mauerstück gar nicht vorhanden, sondern Prousts überschwenglicher Vorstellungskraft entsprungen sei. Wie auch immer, als Proust starb – am Samstag, den 18. November 1922, abends – korrigierte er gerade verbissen die dritte handschriftliche Fassung von *La Prisonnière*: Er war auf Seite 136 angekommen und, welch ein Zufall, mit den entscheidenden Passagen über Bergottes Tod befaßt. Dem Anschein nach bildet dieser nur eine kurze Abschweifung, ohne die Hauptstränge der Geschichte zu tangieren. Doch das symbolträchtige und faszinierende Thema, um das sich die Szene dreht – das umstrittene und erhellende Verhältnis von Kunst und Leben, Schöpfung und Ewigkeit –, macht daraus einen der Höhepunkte in Prousts gesamtem Werk, und es ist nicht verwunderlich, daß er bis zuletzt daran feilte. Die intensive Aufmerksamkeit, die Proust auf die Episode von Bergottes Tod verwendet, erscheint um so bewegender, wenn man bedenkt, daß die fragliche Passage, wie es in der *Recherche* häufig geschieht, zwar indirekt, aber auf, gelinde gesagt, beeindruckende Weise autobiographisch gefärbt ist. Noch größere Bedeutung gewinnt die Sache, wenn man bedenkt, daß die Todesursache von Bergotte, ein Schlaganfall, praktisch die gleiche ist wie bei Vermeer.

Die Dinge spielten sich mehr oder weniger so ab: Am 24. Mai 1921 um neun Uhr morgens – normalerweise die Zeit, um die er schlafen ging – ließ Marcel Proust Odilon Albaret, den Mann seiner Haushälterin Céleste, zu sich ins Schlafzimmer rufen. Proust erklärte Albaret, Chauffeur und Mechaniker seines Vertrauens, er solle das Taxi nehmen und Jean-Louis Vaudoyer abholen, den Freund und Kunstkritiker, mit dem er, Proust, die

Ausstellung im Jeu de Paume besuchen wolle. Odilon nickte und verschwand am Ende des Flurs. Proust wickelte sich eine Wolldecke mit Schottenkaro wie einen Turban um den Kopf und begann wieder in Vaudoyers Artikel in der Zeitschrift »L'Opinion« zu blättern – ein exzellenter Aufsatz, der ihn tief bewegt hatte. Auch weil ihn der Gedanke, erneut Vermeers *Ansicht von Delft* zu bewundern, begeisterte und ihm ein paar nur noch seltene Funken Glück bescherte. Seit er – am 18. Oktober 1902 – jenes Meisterwerk im Mauritshuis in Den Haag gesehen hatte, war Proust überzeugt, daß es sich um das schönste Gemälde der Welt handelte. Und daher erinnerte er sich stets mit besonderer Freude an jenen Nachmittag vor achtzehn Jahren, die letzte Etappe einer schönen Reise durch Holland mit seinem lieben Freund, Graf Bertrand de Salignac-Fénelon. Auch weil Fénelon ihn – leider – wenige Monate später seiner kostbaren Gesellschaft beraubt und an der Gare de Lyon den Orient-Express bestiegen hatte, um bei der französischen Botschaft in Konstantinopel das Amt eines Attachés anzutreten.

Die Reise nach Holland hatte sich spontan ergeben, denn eigentlich wollte Proust nichts davon wissen, Paris zu verlassen. Dann aber hatten er und Fénelon die Seiten von Fromentin über die alten holländischen und flämischen Meister in dem Band *Les maîtres d'autrefois* gelesen und waren losgefahren. In Amsterdam waren sie im Hôtel de l'Europe abgestiegen, das Proust entsetzlich teuer fand, auch wenn er dank des Heizungssystems mit Heißwasserrohren während des gesamten Aufenthalts nicht einen einzigen Asthmaanfall erlitt. Um die zehn Francs für ein Essen an der Table d'hôte zu sparen, hatte Fénelon sich bald in billige Kneipen geflüchtet, während Proust fastete und hingerissen die Möwen beobachtete, die schwebend den zäh an den Pflastersteinen der Straßen haftenden Meeresgeruch atmeten. In Delft hatte er bezaubert die Bäume betrachtet, die in der

Kälte des nordischen Herbstes die Blätter abgeworfen hatten und mit ihren kahlen Zweigen gegen die Spiegel schlugen, die an den spitzgiebeligen Häusern zu beiden Seiten des Kanals hingen. Aber das Aufregendste an der ganzen Reise war natürlich die Betrachtung des Gemäldes von Vermeer.

Nach dem Besuch im Mauritshuis besaß Proust keinen roten Heller mehr: Er schrieb seinen Eltern, daß er bestohlen worden war, und am 20. Oktober kehrten er und Fénelon nach Paris zurück. Aber die Begeisterung für Vermeer blieb, und so fand schließlich auch der Meister von Delft unvermeidlich Eingang in seinen Roman. Als Proust begonnen hatte, ihn zu schreiben, war er sich noch unsicher gewesen, welche seiner Figuren denn seine Leidenschaft für Vermeer erben sollte. Zu Anfang hatte er gedacht, sie dem Herzog von Guermantes zuzuschreiben, doch dann hatte er die Szene konzipiert, in der der Erzähler den Herzog fragt, ob er die *Ansicht von Delft* bewundert habe, und dieser hochnäsig und selbstgefällig erwidert: »Nun, wenn man sie gesehen haben muß, werde ich sie schon gesehen haben!« Zuweilen leben die Romanfiguren ein Eigenleben, sie reagieren auf dem Papier, als wären sie reale Personen, und vereiteln die Absichten des Autors. Nein: Herzog von Guermantes war nicht der Richtige, um eine besondere Verehrung für Vermeer zu hegen – das war vielmehr Charles Swann.

Begierig, mehr über sein Lieblingsbild zu erfahren, hatte Proust zum hundertsten Mal den schönen Band von Vanzype über Vermeer gelesen, den er kurz zuvor erworben hatte. Und so hatte er seinen flüchtigen Eindruck bestätigt gefunden: Die *Ansicht von Delft* war ein ungewöhnliches Bild in der Produktion Vermeers, der im allgemeinen mehr an weiblichen Figuren in Innenräumen interessiert zu sein schien. Darüber hinaus war das Gemälde über ein Jahrhundert verschwunden gewesen, zwischen der Dissius-Versteigerung im Jahr 1696 und der Stinstra-Versteigerung 1822. König Wilhelm I. persönlich hatte auf Drängen des Direktors des Rijksmuseums den finanziellen Beitrag für den Kauf gewährt: Doch kaum hatte der holländische Staat sich das Bild gesichert, hatte der König überraschend verfügt, es solle in der Sammlung Seiner Majestät im Mauritshuis in Den Haag ausgestellt werden, obgleich dessen Direktor Johan Steengracht sich keineswegs begeistert gezeigt hatte, da er Vermeers Gemälde ungewöhnlich und zu groß fand.

Nicht zufrieden, seinen Vanzype wieder aufgefrischt zu haben, hatte Proust auch die Artikel fast auswendig gelernt, die Léon Daudet in der »Action Française« und Clotilde Misme in der »Gazette des Beaux-Arts« der Ausstellung im Jeu de Paume gewidmet hatten. Doch erst dank Vaudoyers Artikel mit dem Titel »Le mystérieux Vermeer« waren ihm die bewundernswertesten Details der *Ansicht von Delft* wieder in den Sinn gekommen. Der golden schimmernde Sand im Vordergrund. Die regenschweren Wolken oben am grenzenlosen Himmel. Die verschwommene Spiegelung des Schiedamer Tors und des Rotterdamer Tors im stahlblauen Kanal. Die schräg von der Sonne erleuchtete Stadt. Und vor allem die Kostbarkeit des kleinen gelben Mauerstücks, das Vermeer mit der unglaublichen Geschicklichkeit und Raffinesse eines chinesischen Kunstwerks gemalt hatte.

Vaudoyer hatte oft mit ihm über den asiatischen Einfluß auf Vermeers Werk gesprochen. 1602 hatte sich die Niederländisch-Indische Kompanie in Batavia niedergelassen, was regen Handelsaustausch mit dem Mutterland begünstigte, und so war es nicht verwunderlich, daß Vermeer Gelegenheit gehabt hatte, in privaten Delfter Sammlungen indonesische Kunstgegenstände zu bewundern. Auch Vermeer selbst hatte einige Mädchenporträts »nach türkischer Art« gemalt, mit bunten, über der Stirn geknoteten Turbanen. Vermeers Onkel war zweimal nach Indonesien aufgebrochen, um sein Glück zu machen, und schließlich dort geblieben. Viele holländische Künstler – wie Michael Sweerts, der in Goa gestorben war – hatten sich im fernen Osten niedergelassen. Rembrandt hatte Mogul-Miniaturen kopiert. Nach Vaudoyer lag in Vermeers handwerklichem Können eine Art chinesische Geduld, eine Fähigkeit, die Detailversessenheit der eigenen Arbeitsweise zu verschleiern, die sich sonst nur in den Malereien, den Lackarbeiten, den Steinschnitzereien und dem Schmelz der Glasuren orientalischer Keramiken fand. Diese Worte hatten ihren Eindruck auf Proust nicht verfehlt, der seit jeher für die Faszination des östlichen Denkens und der östlichen Kunst empfänglich war: Es wirkt, als seien Vermeers erlesene »Chinoiserien« dazu erfunden, Prousts ästhetischem Empfinden zu schmeicheln. Nicht verwunderlich also, wenn der Besuch der Ausstellung im Jeu de Paume plötzlich zu einem der wenigen Wünsche geworden war, die Proust sich noch erfüllen wollte. In dem Billet an Vaudoyer, das er Odilon Albaret anvertraut hatte, hatte er geschrieben: »Wollen Sie einen Toten wie mich hinbegleiten, der sich auf Ihren Arm stützen wird?«

Während er darauf wartete, daß Odilon mit seinem Taxi von der verdienstvollen Leihfirma Unic – eine wunderbare Idee, geboren aus dem kommerziellen Genie der Rothschilds – zurückkam, hüllte Proust sich in einen Schal und wanderte nervös durch die Wohnung im fünften Stock in der Rue Hamelin 44, in die er am 1. Oktober 1919 gezogen war. Sie sollte sein letztes Refugium sein, und vielleicht wußte er es: Deshalb hatte er die Polsterer und Elektriker am 30. September bis ein Uhr nachts arbeiten lassen, bevor er sich entschloß, es in Besitz zu nehmen. Die Straße war sehr ruhig, ein wenig langweilig und ein wenig unheimlich. Sie führte den Hang hinunter, der von der Avenue

Kléber auf halbem Weg zwischen dem Arc de Triomphe und dem Trocadéro endete. Auf der anderen Seite der Seine erkannte man undeutlich das riesige Metallgerippe des Eiffelturms. In der Straße wohnten eine Prinzessin, fünf Marquis, sechs Gräfinnen und ein Baron. Madame Standish lebte direkt an der Ecke zur Rue de Belloy. Der Eigentümer des Hauses, Monsieur Virat - dessen Name im »Bottin Mondain« neben dem der Adeligen stand -, besaß die Bäckerei im Erdgeschoß und ein Schloß in der Seine-et-Marne. Prousts teilmöblierte Wohnung, die er gern als »eine Höhle, in die gerade das Bett paßt«, bezeichnete, kostete ihn 16.000 Francs Miete pro Jahr. Kaum hatte er sich in dieser Eremitenklause niedergelassen, schenkte Proust den Kindern, die pausenlos im Obergeschoß tobten, bequeme Filzpantoffeln, damit ihm bei dem unerträglichen Poltern jener ewig trappelnden Schritte nicht der Kopf platzte.

Manchmal, wenn er sich die unendliche Trostlosigkeit jener Wohnung vor Augen führte, die ihm so winzig und kahl vorkam, machte er sich im Geist Vorwürfe dafür, die Möbel seiner Eltern verkauft zu haben: ein sinnloses, absurdes Opfer, fand er. Er hätte sie behalten und aufs Land ziehen können, vielleicht in eine viel größere und stillere Behausung. Doch er war an Paris gefesselt, auch wenn er inzwischen die Rue Hamelin immer seltener verließ. Er war ein Sklave seiner Sonnenuntergänge und seiner Gespenster, seiner Drogen und seines Champagners. Paris war der Boulevard seiner Einsamkeit. Es erinnerte ihn jeden Tag an seine Hinfälligkeit, seine Verzweiflung. An den Ekel und das Grauen vor dem schon gelebten Leben und dem, was noch vor ihm lag. Und vor sich selbst, falls es ihm nicht gelingen würde, diese Hölle und diesen Alptraum in etwas Schönes, etwas Dauerhaftes zu verwandeln.

Dann jedoch tröstete er sich mit dem Gedanken, daß es ihm

nach Jahren vergeblicher Versuche endlich gelungen war, das Überflüssige aus seinem Leben zu verbannen. Und dafür mußte er gerade seiner undefinierbaren Krankheit dankbar sein, weil sie ihn gezwungen hatte, für die Welt zu sterben. Die schrecklichste Krankheit ist das Leben, glaubte er sagen zu können. Wäre er nicht krank geworden, hätte er wahrscheinlich keine einzige erwähnenswerte Zeile geschrieben. Die hundert Personen und die tausend Ideen, die seinen Geist bewohnten, wären in der eisigen Leere seiner Existenz verschwunden. Jetzt dagegen, in der engen Wohnung in der Rue Hamelin, hatte er alles, was er brauchte: das Messingbett seiner Kindheit, die aufgehäuften Manuskripte auf dem Bambustischchen und auf dem Kaminsims. Seine Worte, seine Erinnerungen, seine Bücher, seine Gestalten, die Einsamkeit, die Nacht.

Odilon und Vaudoyer kamen nicht, und Proust legte sich zum dritten Mal wieder ins Bett. Vollkommen angekleidet, ohne sich wenigstens Handschuhe, Schuhe und Pelzmantel auszuziehen (allerdings herrschte im Zimmer auch sibirische Kälte). Das unerwartete Knacken eines Möbels ließ ihn aufschrecken. Er dachte zurück an Swanns Studie über Vermeer, die mehrmals in der *Recherche* zitiert wurde: sie nicht geschrieben zu haben, bedauerte er über alles. Daher stand er wieder auf, ging zum Bücherschrank, holte sich den Band von Vanzype und ließ sich wieder aufs Bett fallen. Erneut blätterte er Seite um Seite um. Die *Sphinx von Delft* ... Es war kein Zufall, so schien es ihm, wenn beinah alle Gemälde Vermeers immer weitere Fragen aufgeworfen hatten, die zumeist unbeantwortet bleiben mußten. Zum Beispiel hatte niemand je eine überzeugende Erklärung für den Haß gefunden, den Vermeer für das Alter empfand. Nie hatte er es dargestellt, sondern stets entschlossen vermieden, Personen zu malen, deren Jugend schon verblüht war.

Doch Vermeer fesselte Proust besonders deshalb so sehr, weil er weiterhin einer der rätselhaftesten, vieldeutigsten und unzugänglichsten Maler der gesamten Kunstgeschichte blieb. Rund um den schwer faßbaren Meister von Delft schien alles in der Schwebe zu sein, fragwürdig, unbestimmt. Unbeschreiblich und geheimnisvoll. Die gelungensten Szenen Vermeers hatten nichts Explizites, nichts Belehrendes. Die subtile Atmosphäre, die verschleiernde Abstraktion der Werke Vermeers öffneten jeder Deutung, jeder Lesart, aber auch jeder Täuschung und Mystifikation Tür und Tor. Manche Kritiker und auch Vanzype selbst behaupteten zum Beispiel, daß viele allgemein der Jugendphase Vermeers zugeschriebene Werke – also die *Kupplerin*, das *Schlafende Mädchen*, der *Soldat und das lachende Mädchen*, *Herr und Dame beim Wein* und das *Mädchen mit dem Weinglas*, alle etwa zwischen 1654 und 1660 angesiedelt – nicht nur galante Verführungsszenen darstellten, sondern käufliche Liebe zum Gegenstand hätten und sich in eleganten, edel eingerichteten Bordellen abspielten. Eine recht ungewöhnliche Wahl für einen dem Anschein nach so nüchternen, bescheidenen und zurückhaltenden Maler, der soeben geheiratet hatte und sich anschickte, eine Menge Kinder in die Welt zu setzen.

Proust las weiter in Vanzypes Buch. Er war durchaus mit dem Autor einverstanden, wenn dieser vermerkte, Vermeer sei ein Genie der virtuosen Ausführung, seine Stärke liege im Detail, in seiner Präzision eines Goldschmieds und der wunderbaren Leuchtkraft seiner Farben. Proust hätte jedoch noch Vermeers – seiner Meinung nach sehr ausgeprägtes – Bewußtsein hinzugefügt, daß der kreative Impuls aus der beschwörenden Betrachtung der Welt entstehe, aus dem Realismus der Vision, und nicht aus der banalen Reproduktion der Geschehnisse. An den schönsten Gemälden Vermeers beeindruckte ihn vor allem die Ungreifbarkeit der Bedeutung und die Theatralik der Komposition. Gleichzeitig jedoch wirkten die emblematischen Szenen des Meisters von Delft wie durchs Schlüsselloch beobachtet, vielleicht, weil Vermeer sich der *Camera obscura* oder des umgedrehten Teleskops bedient hatte. Wie auch immer, der Maler, der sie auf die Leinwand gebannt hatte, ließ einen irgendwie an einen Spion denken.

Es gab einen Passus in Vanzypes Buch, der Proust beim Wiederlesen jedesmal aufs neue tief beeindruckte. Vanzype sprach darin vom undurchsichtigen Verlauf der Karriere des jungen Vermeer. Genauer gesagt, von einem der umstrittenen Frühwerke, dem *Christus bei Maria und Martha*. Proust hielt dieses Bild schon immer für das psychologisch aufschlußreichste Werk aus Vermeers erster Phase. Martha ist darauf dargestellt, wie sie einen Korb mit Brot hereinträgt, während Maria in der Haltung einer frommen Zuhörerin zu Füßen Christi sitzt. Vermeer zeigt den Augenblick, der auf Marthas Frage folgt: »Herr, ist es dir gleichgültig, daß meine Schwester mich dir allein dienen läßt. Sag ihr, daß sie mir helfen soll.« Jesus weist auf Maria und antwortet: »Martha, Martha, du hast viel Sorge und Mühe; eins aber ist not. Maria hat das gute Teil erwählt; das soll nicht von ihr genommen werden.« (Lukas, 10, 40-42)

Nach Vanzype war die Parallele zwischen dieser biblischen Geschichte und Vermeers Familienleben durchaus naheliegend. Der Künstler war in einem Haus aufgewachsen, in dem Mutter und Schwester »schwer vom Dienen niedergedrückt« waren, genau das, was der heilige Lukas über Martha sagt. Der Sohn Joannis, Kind nicht mehr junger Eltern, war von der täglichen Arbeit befreit worden, damit er seine Begabung entwickeln konnte. Deshalb brauchte man sich nicht zu wundern, wenn Vermeer seine bevorzugte Stellung in der Familie in ein Gemälde umgesetzt hatte, auf dem Christus von anbetenden Frauen umgeben erscheint, Symbol der *vita contemplativa*, des Lebens für die Kunst und die geistige Betrachtung, das in den Augen des jungen Vermeer viel wünschenswerter erscheinen mußte als das mühevolle, hektische Leben seines Vaters Reynier, eines Gastwirts, dessen arme Frau Digna praktisch gezwungen war, als Magd zu dienen.

Proust fand diese These sehr verlockend, wenn auch durchaus fragwürdig, und manchmal hatte er überlegt, sie in den Mittelpunkt von Swanns biographischer und künstlerischer Studie über Vermeer zu stellen. Er hatte sich ein paar Notizen gemacht, in denen er Interpretationen wie die von Vanzype als allzu psychologisierend anprangerte. Proust war keineswegs überzeugt, daß ein Genie (so jung es auch sein mochte), und noch dazu ein Genie der Aussparung und der Mehrdeutigkeit wie Vermeer, sich selbst im Gewand Christi dargestellt hätte. Die Idee fand er banal. Naheliegend, vorhersehbar. Er hätte sich wohl eher in der Gestalt Marias gemalt, denn sie verkörpert die *vita contemplativa* im Gegensatz zur *vita activa*, die von Martha symbolisiert wird. Maria hat das einzig nötige Teil erwählt, das beste Teil (die Kunst), das nicht von ihr genommen werden soll. Sie ist eine Frau, die beschlossen hat, ihrem Ideal zu dienen, sich ihrem Werk zu weihen, das Leben ihrer Aufgabe zu opfern. Genau wie Vermeer van Delft – und genau wie Proust selbst natürlich.

Leider war es Proust allerdings nie gelungen, Swanns Studie über Vermeer auch nur zu skizzieren. Er hatte oft nachgedacht über das wenige, was er zu Papier gebracht hatte, die spärlichen Anspielungen auf das Thema.

Freilich, wenn Odette gegangen war, lächelte Swann bei dem Gedanken an ihre Worte, daß ihr die Zeit so lang werde, bis er ihr erlaube, wieder zu ihm zu kommen; er erinnerte sich an die besorgte, schüchterne Miene, mit der sie ihn einmal bat, daß es doch nicht zu lange dauern möge, und ihre gleich-

zeitig in ängstlichem Flehen auf ihn gerichteten Blicke, die sie so rührend erscheinen ließen unter dem Strauß aus künstlichen Stiefmütterchen an ihrem runden weißen Strohhut mit den Kinnbändern aus schwarzem Samt. »Und Sie«, hatte sie hinzugesetzt, »kommen wohl gar nicht einmal zu mir zum Tee?« Er hatte laufende Arbeiten vorgeschützt, eine Studie über Vermeer van Delft, die er in Wirklichkeit vor Jahren aufgegeben hatte. »Ich verstehe ja, daß ich armes Geschöpf nicht gegen so große Gelehrte wie Sie aufkommen kann«, hatte sie zur Antwort gegeben. »Ich käme mir vor wie der Frosch vor dem Areopag. Und dabei würde ich mich so gern bilden, Wissen erwerben, eingeweiht sein. Ich denke es mir riesig amüsant, in alten Büchern zu stöbern und die Nase in vergilbtes Papier zu stecken«, hatte sie mit der selbstzufriedenen Miene einer eleganten Frau hinzugefügt, die von sich behauptet, es sei ihr größtes Vergnügen, ohne Angst vor Verunreinigung schmutzige Dinge anzufassen und zum Beispiel beim Kochen selbst »mit Hand anzulegen«. »Sie werden über mich lachen, aber von diesem Maler, der Ihnen keine Zeit für mich läßt (sie meinte Vermeer damit), habe ich noch nie etwas gehört; lebt er noch? Kann man in Paris Bilder von ihm sehen, ich möchte mir doch so gern vorstellen können, was Ihnen am Herzen liegt, ich möchte erraten, was sich hinter dieser großen Stirn zuträgt, die immer so viel denkt, und mir sagen können: Aha! Damit beschäftigt er sich jetzt. Es wäre wunderbar, mit Ihrer Arbeit verbunden zu sein.«

Doch was Proust seit Jahren quälte, war der zweite Abschnitt, der ganz mit Bleistift angestrichen war in dem alten Vorab-Exemplar von *Du côté de chez Swann,* dem mit der Widmung des Verlegers Grasset. *An gewissen, jedoch seltenen Tagen kam sie nachmittags zu ihm und unterbrach ihn in seinen Träumereien oder bei der Arbeit an seiner Studie über Vermeer, die er wieder aufgenommen hatte. Es wurde ihm dann gemeldet, Madame de Crécy warte auf ihn im kleinen Salon. Er suchte sie dort auf, und wenn er die Tür öffnete, glitt beim Anblick Swanns über Odettes rosiges Gesicht – in dem es die Form des Mundes, den Blick der Augen, die Rundungen der Wangen veränderte – ein Lächeln. (...) Daß sie nicht intelligent sei, war ihm vollkommen klar. Als sie ihm sagte, sie hätte es so gern, daß er mit ihr über die großen Dichter spreche, hatte sie sich vorgestellt, sie werde durch ihn im Handumdrehen heroische und romantische Couplets in der Art des Vicomte von Borelli, womöglich noch rührendere, kennenlernen. Über Vermeer van Delft fragte sie ihn aus, ob er um eine Frau gelitten, ob eine Frau ihn inspiriert habe, und als Swann ihr gestand, daß man darüber nichts wisse, hatte sie jedes Interesse an dem Maler verloren.*

Eine Frau ... Vanzype schrieb, die Frauen in Vermeers Jugendwerk seien Prostituierte, Kupplerinnen, betrunkene Mägde, Ehebrecherinnen, von Offizieren verführte Mädchen. Proust war felsenfest überzeugt, daß Vermeer, abgesehen von einer Treue zur Ikonographie der Zeit, diese Wahl getroffen hatte, um auf sich selbst anzuspielen. Um an einer Art untergründiger Autobiographie zu arbeiten, um den Widerschein eines begrabenen, dunklen, geheimen Ichs zu malen. Genau wie er selbst es gewöhnlich mit den Personen seines Buches machte – und mit dem Erzähler, Marcel. In der Literatur hieß das »Transpositionsprinzip«. Aber auch die Malerei ist eine kombinatorische Kunst. Ist analog, metaphorisch. Arbeitet mit Anspielungen und Symbolen, wie die Psychologie.

Jahrelang hatte sich Proust gewünscht, Swann möge etwas über Vermeer schreiben, was auch immer. Anfangs dachte er eher an einen typischen kunsthistorischen Essay, doch allmählich hatte er seine Meinung geändert und sogar erwogen, daraus einen neuen Erzählstrang zu entwickeln. Doch wie die wenig intelligente Odette schon geahnt hatte, mußte in der Geschichte eine Frau eine Rolle spielen. Es war, vom Gesichtspunkt des Romans her gesehen, einfach nicht möglich, etwas Interessantes zu schreiben, ohne daß eine weibliche Figur vorkam. Diese Frau aber hatte Proust sich nie vorstellen können.

Plötzlich hallte ein Donner wider wie ein Schuß. Proust zuckte zusammen und hörte auf, mit offenen Augen zu träumen. Er war wieder in der Rue Hamelin, am Morgen des 24. Mai 1921. Ein Gewitter war losgebrochen, und ein Sturmwind fegte durch Paris. Das Warten war nervenaufreibend, aber in Wirklichkeit war Odilon Albaret noch nicht länger als eineinhalb Stunden fort. Proust schauderte und nieste mehrmals heftig und unheilvoll. Er hatte ständig Halsentzündungen, unablässigen Husten und eine ewige, gräßliche Erkältung, die jeden Augenblick in eine Lungenentzündung umschlagen konnte. Pneumokokken vermutlich. Er hustete dreitausend Mal am Tag – und noch dazu schwitzte er durch diese Tortur wie wild. Alle seine Kleider verströmten nun einen herben, unangenehmen Geruch. Proust wand sich unter den Decken, mühsam wickelte er sich einen Schal und ein Plaid um den Kopf. Als er einmal versehentlich unaufgelöstes Adrenalin zu sich genommen hatte, hatte er sich den Magen verätzt: Seitdem aß er nur noch etwas Obst, Spargel und Kartoffeln, trank nur Milch und manchmal ein Glas eiskaltes Bier – daher war er extrem schwach. Schlaflosigkeit zerstörte ihn: Gelang es ihm aber, selten, doch einzuschlafen, quälten ihn so schreckliche Alpträume, daß er sich zwang, einige Tage lang gar nicht mehr zu schlafen. Seine Asthmaanfälle wurden immer heftiger, er litt an fürchterlichen Schwindelgefühlen, so daß er ständig das Gleichgewicht verlor. Wenn er es einmal wagte, das Bett zu verlassen, drehte sich alles um ihn, und er brach zusammen.

Sein Gedächtnis war eine Mauer, die ihn vor dem Einbruch des Nichts schützte, aber sie begann zu bröckeln, und er konnte nicht einmal mehr die Worte richtig artikulieren. Zu Recht warfen die Ärzte ihm den abwechselnden Mißbrauch von Narkotika und Aufputschmitteln vor und tadelten ihn für seine bizarre Gewohnheit, die Waschzettel zu sammeln, die den Arzneipackungen beigelegt waren. Doch das waren Nebensächlichkeiten. Die traurige Wahrheit war, daß Proust genau wußte, daß er, wie seine Romanfigur Bergotte, an einer schweren chronischen Urämie litt: einer Stoffwechselstörung, die nicht von einem Nierenleiden, sondern von einer nicht näher bezeichneten Dysfunktion des zentralen Nervensystems herrührte und vielleicht wirklich von den Drogen verursacht war. Darüber hinaus spürte er, daß sich bald ein Abszeß an seiner Lunge bilden und eine Blutvergiftung nach sich ziehen würde. Auch weil er die dummen Kampferölspritzen ablehnen würde, die Doktor Bize ihm gewiß aufoktroyieren wollte – und er würde zwar alle verschriebenen Medikamente besorgen lassen, aber nichts davon einnehmen.

Gewiß, die Krankheit wurde leider auch noch durch die Ritzen im Schornstein des offenen Kamins begünstigt, durch die Kohlenmonoxyddämpfe in die Wohnung drangen und ihn zu vergiften drohten. So hatte er, auch wenn es wohl kaum einen verfroreneren Menschen gab als ihn, Céleste strenge Order erteilt, ja nie ein Feuer anzuzünden: In seinem Schlafzimmer mußte Grabeskälte herrschen. Sowieso würde bald keine Menschenseele mehr seine Wohnung betreten: weder Ärzte noch Krankenpfleger, und auch nicht sein Bruder Robert, der ihn in die Piccioni-Klinik einliefern lassen wollte. Proust schlief auch deshalb nicht mehr, weil er fürchtete, die Pfleger aus der Klinik würden plötzlich in der Rue Hamelin auftauchen und ihn mit Gewalt fortschleppen. Nein, niemand durfte mehr zu ihm – nur Céleste. Sie war immer da, stand kerzengerade am Kopfende des Bettes. Starr, düster, fahl wie ein Gespenst an die Schwelle des Zimmers gekettet. Ein absolutes Beispiel, allen zur Warnung. Sie war der einzige Mensch auf der Welt, der ihn verstehen konnte, und hatte den Auftrag, ihn keine Sekunde allein zu lassen. So würde er bis zum Ende weitermachen und sich um alles kümmern, um die teuflischen Druckfahnen seiner Bücher ebenso wie um die Reaktionen der Presse. Er würde sogar verlangen, daß Gallimard, sein unantastbarer Verleger, dafür sorgen sollte, daß die positiven Besprechungen im Pressespiegel der anderen Gazetten zitiert würden. Und unterdessen mußte Céleste alle fernhalten, die ihn daran hindern wollten, bis zuletzt zu arbeiten, seine Aufgabe zu Ende zu bringen. Die ihn daran hindern wollten zu leben.

Odilon Albaret und Jean-Louis Vaudoyer kamen um elf. Plötzlich tauchten sie hinter den blauen Bettvorhängen auf, die die Tür des Zimmers verbargen. Vaudoyer schenkte Proust eine Schachtel Pralinen von Boissier. Odilon, untadelig in seinem glänzenden, grauen Regenmantel, nahm die Mütze ab und reichte ihm ein Eis, das er soeben im Ritz geholt hatte. Noch einmal war Proust von Vaudoyers melancholischem, romantischen Ausdruck betroffen, vor allem aber von seinem schlaff herabhängenden Schnauzbart. Vaudoyer wiederum erinnerte Prousts leidende und fast makabre Miene an die Zeit, als sie zusammen in die Oper gingen – mit Reynoldo Hahn, Cocteau und Robert de Montesquiou –, um die russischen Ballettabende Diaghilews zu sehen. In dem künstlichen Licht hatte der kleine, gelenkige Marcel Proust ihm Angst gemacht mit seinem nunmehr entstellten Gesicht, den vorstehenden Augen mit den dunklen Ringen und seinem Pelzmantel mitten im Mai.

Proust entschuldigte sich mit einer Stimme, die nur noch ein Flüstern war, und sagte, er müsse wohl aussehen wie eine verblühte Gardenie. Dann stand er vorsichtig vom Bett auf und reichte Vaudoyer seine riesige, schwammige Hand. Vaudoyer betrachtete jenes bleiche, abgezehrte, von einem schwarzen Bart umrahmte Gesicht, die zu langen Haare und die verdrehten Augen, die ins Leere starrten oder vielleicht auf etwas, das nur Proust sehen konnte. Dann fand er sich bereit, zusammen Gustave Vanzypes Buch *Jan Vermeer van Delft* anzuschauen, das einunddreißig schöne Reproduktionen der Werke des holländischen Meisters enthielt. Er bemerkte, daß Proust begann, automatisch die Einzelheiten zu memorieren, die ihm nützlich sein konnten, um die Szene von Bergottes Tod in der Ausstellung im Jeu de Paume zu beschreiben, von der er soeben gesprochen hatte: daß er sich so sehr wünsche, sie in seinen Roman aufzunehmen, und daß ihm schiene, er habe sie schon ziemlich genau im Kopf. Proust erklärte ihm, daß Bergotte, der Schriftsteller, dieselbe Ausstellung im Jeu de Paume besichtigen würde, die er, Proust, mit Vaudoyer an diesem Tag aufsuchen wollte. Und dort würde Bergotte an einem Schlaganfall sterben, nachdem er Vermeers *Ansicht von Delft* bewundert hatte.

Vaudoyer war, als ahne er, daß die Geschichte vom Tod der Romanfigur metaphorisch die Geschichte des nicht mehr fernen Todes des Autors erzählte. Und doch war Vermeer das heimliche Vorbild seines Lebens oder zumindest des Lebens, das Proust gerne geführt hätte und nur zum Teil führen konnte – abgeschieden und fruchtbar, bescheiden, aber leuchtend, gut verbracht in asketischer Ausübung der Kunst. Vorher jedoch empfand Proust – um diese wesentliche Szene zu schreiben – kurioserweise das Bedürfnis, die Ausstellung tatsächlich zu besuchen. Vaudoyer fragte ihn behutsam und unauffällig, ob die Ärzte ihm nicht etwa Bettruhe verordnet hätten. Statt einer Antwort schnaufte Proust, legte den Band von Vanzype aufs Bett, griff nach seinem Hut, warf sich einen Pelz über die Schultern, öffnete die Tür und ging mit entschlossenem Schritt auf die Treppe zu. Er wollte nicht wie manche alten Leute behandelt werden, die sich nach einem Oberschenkelhalsbruch in einer passiven, amorphen Existenz dahinschleppen, die nur eine mehr oder weniger lange Vorbereitung auf den unvermeidlichen Tod ist.

Nach der ersten Stufe erlitt Proust einen Schwindelanfall. Er brach über dem Geländer zusammen wie vom Blitz getroffen und sank mit einem Röcheln zu Boden. Er versuchte, wieder aufzustehen, blieb aber mit angezogenen Knien sitzen. Vaudoyer eilte zu ihm, um ihm aufzuhelfen, aber Odilon Albaret war schneller. Als es ihm gelungen war, Proust wieder auf die Füße zu stellen, fragte der Chauffeur ihn, ob Céleste ihm eine Adrenalinspritze geben solle. Proust schüttelte den Kopf, rollte die schon von der Droge geweiteten Pupillen, reichte Vaudoyer den Arm und begann, mit entnervender Langsamkeit die Stufen hinabzugehen. Er schwankte und keuchte wie ein Blasebalg. Seit fünfzehn Jahren kündigte er den Freunden jeden Tag seinen baldigen Tod an. Längst glaubte niemand mehr daran, außer ihm selbst.

Nein, kein Adrenalin. Diesen Tag würde er der Betrachtung widmen. Und der Rettung – denn nur die Kunst kann uns vor Chaos, Verschwendung und Öde bewahren. Deshalb gab es keine Zukunft mehr. Gab es die Welt nicht mehr. Gab es das wirkliche Leben nicht mehr. Es gab nun nur noch das Buch, das viel wahrer war als die Wirklichkeit. Denn das wirkliche Leben ist viel schlechter aufgebaut als ein guter Roman. Im wirklichen Leben Marcel Prousts war längst alles unecht, es gab niemanden mehr, es gab nichts mehr. Im gespenstischen Grau seiner Existenz war nur noch die Kunst vorhanden, nur die Kunst gab es noch – und die Kunst ist der Versuch, den ein Mensch wagt, sich der Welt und seiner selbst zu bemächtigen durch das Bild, das er davon zu geben vermag. Er mußte nur sein Werk vollenden – korrigieren, verbessern, ausfeilen, retuschieren. Mehr Feinarbeit war nötig, mehr Raffinesse. Wie Vermeer mußte er mehrere Farbschichten auftragen, wenn er seine Sätze kostbarer machen wollte. Das Fahnenlesen, die Hinzufügungen und Revisionen erschöpften ihn, doch diese Tätigkeit war sein einziger Lebenssinn. Und das einzige Heilmittel gegen seine Leiden. Auch wenn er sich nicht mehr vor dem Asthma fürchtete und seine schlimmsten Feinde besiegt hatte: die Trägheit, die Frivolität. Den Mangel an Willenskraft. Alles war ihm gleichgültig geworden: er strebte einzig das Ende des Buches an und dann Ruhe, die große Ruhe, die bald kommen mußte.

Aber nicht heute, noch nicht. Heute würde Bergotte sterben, eine der Gestalten aus seinem Buch. Ein Teil von ihm. Es ist lästig, mehr als einmal zu sterben. Für Marcel Proust dagegen würde es auch ein glücklicher Tag sein - vielleicht der letzte. Ein Tag, geweiht dem schönsten Bild der Welt und einem großen Künstler, über den zu schreiben ihm nun endlich gelingen würde - und der sich auch durch seine Seiten eines Tages den Weg zur Unsterblichkeit würde bahnen können. Der aber vielleicht viel lieber für immer unbekannt geblieben wäre, gerade nur identifiziert unter dem Namen Vermeer.

10

Die wichtigste Entscheidung, die VM fällen mußte, um seinen unglaublichen Plan voranzutreiben, drehte sich um das Sujet des Werkes, das er fälschen würde. Das war das wahre Dilemma. Der Dreh- und Angelpunkt der gesamten Angelegenheit. Will heißen: Nachdem er ein für allemal beschlossen hatte, daß er keinen typischen Vermeer malen, sondern einen ganz neuen Vermeer kreieren würde, wie sollte dieser Vermeer dann aussehen? Nach über zwei Jahrhunderten des Vergessens war der Meister von Delft zu einem Fixstern am Firmament der Kunst aufgestiegen. Daher würde jede neue Entdeckung nicht etwa Verdacht, sondern nur Begeisterung hervorrufen. Einen verschwundenen Vermeer wiederzufinden war allmählich zur wahren Obsession für Kritiker und Sammler geworden. Aber welchen Vermeer? Der berühmteste Vermeer war der Genre-Maler, der Meister der Interieurs mit weiblichen Figuren, der höchste Interpret der bürgerlichen Manier. Die *Junge Dame mit Perlenhalsband*, die *Dame mit Dienstmagd*, die *Briefleserin in Blau* – das waren klassische Sujets bei Vermeer. Ihre Ausstrahlung jedoch beruhte gewiß nicht auf Erfindung, denn diese Sujets waren keineswegs originell und zeigten daher keinerlei substantielle Neuigkeit.

Die Motive und Themen der Bilder Vermeers sind absolut die gleichen wie die seiner Zeitgenossen Ter Borch, de Hooch, Dou, Maes, Metsu und van Mieris. Wie Vincent van Gogh im August 1888 an seinen Bruder Theo schrieb, besaß Vermeer – darin den anderen holländischen Malern ähnlich – »keine Phantasie, aber außerordentlich viel Geschmack und einen untrüglichen Sinn für Komposition«. Abgesehen von den beiden Ansichten von Delft und einigen Porträts, zeigen Vermeers Gemälde Figuren, die in sehr ähnlichen Räumen dargestellt und mit Hausarbeit, Musizieren, Briefelesen und -schreiben beschäftigt sind. Von Vermeers Zeitgenossen schon weidlich ausgebeutete Szenen, reine Formeln, die der Meister genial zu transzendieren versteht, wie er auch genial seine Quellen erneuert und verwandelt, auch wenn er es akzeptiert, die gängigen Schemata zu reproduzieren, um das Problem des *Inhalts* seiner Gemälde (und damit der Verkäuflichkeit) zu lösen – wobei er ein dem seiner Zeitgenossen haushoch überlegenes stilistisches Niveau erreicht.

Der wirklich originelle und revolutionäre Zug des *Genremalers* Vermeer besteht im emotionalen Abstand von den Figuren und in der fast gänzlichen Beseitigung überflüssiger, sich wiederholender, banaler Details – ja sogar der Erzählung selbst, die auf eine Anspielung reduziert ist. Die traumhafte Unwirklichkeit der geometrischen Kompositionen steht im Widerspruch zur scheinbaren Alltäglichkeit der Szenen: gestörte Idyllen, die Vermeer durch eine erlesene und blendende Vollkommenheit des Bildes erzielt, wie bei der berühmten *Briefschreiberin und Dienstmagd*. Dieses Gemälde hat übrigens auch eine recht abenteuerliche Geschichte. Es gehörte zur Beit Collection, die in Blessington, Irland, im Russborough House untergebracht ist, und wurde im Lauf von dreißig Jahren gleich zweimal gestohlen: 1974 von Militanten der IRA (und nach einer Woche wieder sichergestellt) und am 21. Mai 1986 von gewöhnlichen Kriminellen aus Dublin. Darauf folgten jahrelange geheime Verhandlungen und internationale Untersuchungen, bis das Gemälde am 1. September 1993 am Flughafen von Deurne in Belgien endgültig sichergestellt wurde. Es ist eines der beiden Bilder (das andere ist die *Gitarrenspielerin*, die ebenfalls 1974 gestohlen und dann, in Zeitungspapier gewickelt, in einer Londoner Kirche wiedergefunden wurde), die Vermeers Witwe dem Bäcker van Buyten am 27. Januar 1676 als Garantie für eine Schuld von 617 Gulden überließ.

Unvergeßlich ist auf dem eng verwandten Bild *Dame mit Dienstmagd und Brief* aus der Frick Collection in New York die Wirkung der Figuren, die sich von dem einheitlich dunklen Hintergrund des Gemäldes abheben. Die *Dame* trägt die berühmte gelbe Satinjacke mit Pelzbesatz aus dem nach dem Tod des Malers angefertigten Inventar (diese Jacke ist noch auf weiteren fünf Bildern des Meisters zu sehen) und gehört gewiß zu den Bildern Vermeers, die sich unauslöschlich einprägen. Eine leuchtende Erfindung, die für immer im Gedächtnis bleibt dank der Haltung der rechten Hand, die auf dem Blatt liegt, die Feder zwischen Daumen und Zeigefinger, der linken Hand, die ausgestreckt das Kinn berührt, und des gepünktelten Bandes, das sich zur Zierde um ihren Knoten schlängelt – ein visueller Blitz, der über die bedrohliche Düsternis des Hintergrunds zuckt.

Keinerlei plumper Versuch, den Betrachter zu verblüffen, bei Vermeer. Sondern intensive Arbeit, um die Komposition kontrolliert und vollendet zu gestalten. Als akkurater und gewissenhafter Maler widmet der Meister von Delft seine besondere Aufmerksamkeit der Perspektive, er konstruiert sie überraschenderweise anhand eines empirischen Systems, das auch Künstler wie de Hooch, Dou und Metsu anwenden. In die schon grundierte Leinwand sticht er in Korrespondenz zum Fluchtpunkt eine Stecknadel und befestigt daran einen mit Gips getränkten Bindfaden, den er braucht, um korrekte orthogonale Linien zu erzeugen (auf der *Allegorie des Glaubens* kann man das Stecknadelloch noch heute mit bloßem Auge erkennen). In Wirklichkeit erschafft Vermeer durch die Sublimierung der Oberfläche der Dinge seine hyperreale und daher imaginäre Welt, die ungreifbare, irrationale Welt der Vision. Eine Welt, die vor allem dank der unglaublichen Reinheit und Harmonie der Farben verklärt wird.

Die Aktion ist auf ein Mindestmaß reduziert – in der Schwebe, uneindeutig, unbestimmt. Die Bedeutung ist kaum wahrnehmbar, ungewiß. Der Fluchtpunkt des Bildes liegt fast immer hinter einer Art Barriere, die zwischen dem Betrachter und der Szene aufgerichtet ist. Die Fliesen der Fußböden, stets diagonal gezeichnet, verleihen der Darstellung eine hypnotische Aura. Die Bilder sind klassisch, glanzvoll und evozieren den Traum von einer im verzauberten Reich der Stille aufgehobenen, von allen Schlacken gereinigten Zeit, in der das alltägliche Leben die Form der Ewigkeit annimmt. Vermeer ist unübertrefflich darin, den wunderbaren Widerschein eines Augenblicks zeitlos zu gestalten: am besten bezeugt dies eins seiner schönsten Gemälde, die *Briefleserin in Blau.* Vielleicht ist sie sogar das kostbarste der Werke Vermeers, auf denen eine einzelne Frauengestalt porträtiert ist, beim Ausüben einer ganz einfachen Tätigkeit und völlig in ihre Gedanken versunken.

Es ist, als wollte dieses erlesene Bild, zarte Symphonie über eine einzige Farbe, die Idee nahelegen, daß der Meister von Delft mehr als alles auf der Welt etwas Immaterielles liebte: eine Farbe nämlich. Die Farbe Blau. Vielleicht war sie für Vermeer das Symbol für etwas Größeres – eine Art chiffrierter Botschaft. Wer weiß. Jedenfalls orchestriert Vermeer auf der *Briefleserin in Blau* rund um seine Lieblingsfarbe seine erlesenste Komposition. Nüchtern, beinahe kahl, ohne aufgerollte Tischtücher und sogar ohne das übliche bleiverglaste Fenster an der linken Zimmerwand. Tisch und Stühle sind nebensächliche Gegenstände, auffallend ist die große Landkarte an der Wand – eine weniger genau ausgeführte Version als die auf dem Bild *Der Soldat und das lachende Mädchen*, eine Karte von Holland und Westfriesland, 1620 von Balthasar Floriszoon van Berckenrode gezeichnet und einige Jahre später von Willem Janszoon Blaeu veröffentlicht.

Die Figur der Frau unter der Jacke ist majestätisch, stattlich, ja geradezu korpulent. Vielleicht ist die Frau schwanger: Als erster behauptete dies übrigens wiederum Vincent van Gogh in einem Brief an Émile Bernard aus dem Jahr 1888. Das Gesicht ist dem der *Briefleserin am offenen Fenster* äußerst ähnlich, einem weiteren bezaubernden, melancholischen und verträumten Bild Vermeers. Doch bei der *Briefleserin in Blau* ist der Ausdruck noch mehr in der Schwebe, wie einer unergründlichen Sorge enthoben, während dagegen die Darstellung der Hände, die den Brief halten, eine gewisse latente Spannung verrät. Auch weil der Brief unerwartet eingetroffen sein muß, denn um ihn zu lesen, hat die Frau ihre Toilette unterbrochen und ihre Perlen auf dem Tisch abgelegt, wo ein zweites Blatt des Briefes sie halb verdeckt.

Die *Briefleserin in Blau* ist eines der Gemälde, die uns das Geheimnis der Kunst Vermeers am besten mitteilen. Ein Geheimnis, das der Liebhaber seiner Bilder zwar erahnen, aber nie wirklich verstehen kann. Deshalb lebt der geheimnisvolle Vermeer jeden Tag neu. Mehr als zweihundert Jahre nach seinem Tod berührt Vermeer uns immer noch so sehr, weil seine Bilder – vielleicht – rückwärts gewandte Sehnsucht, unmögliche Liebe, Einsamkeit evozieren. Weil seine rätselhaften, stillen Gestalten traumhafte Darstellungen der Schönheit, der Leidenschaft, der Ewigkeit sind – das, was alle undeutlich und unbewußt suchen, ohne es je finden zu können.

Denn auf den Bildern von Vermeer ist das Ende offen, doch unterdessen verwandelt sich das Rätsel in Licht. So haben seine beinahe unbewegten, scheinbar ausdruckslosen Szenen - ein metaphysischer Käfig aus Beschränkung und Disziplin, delikatem Gleichgewicht und vager Melancholie - letztlich den Geschmack der Moderne getroffen, gewöhnt an die schwierige Deutung der Gefühle. Sowie an den Primat der Ästhetik, die Abwesenheit eines Kommentars oder einer Botschaft, die unterdrückte psychische Spannung. Vermeer ist modern dank des subtilen Zweifels, den er in Bezug auf die Realität weckt, kaschiert unter einem gänzlichen Mangel an Emphase, einer besessenen Präzision der Details. Und dies sowie die wunderbare ästhetische Qualität seiner Bilder und Farben hat den *bürgerlichen* Vermeer auf die Dauer zum Lieblingsmaler des 20. Jahrhunderts gemacht.

Doch wie VM bestens wußte, gab es noch einen anderen Vermeer. Dem Publikum der Kunstliebhaber zwar kaum bekannt, von der einflußreichen Zunft der Fachleute aber sehr geschätzt. Anfang des 20. Jahrhunderts nämlich begann sich unter den Vermeer-Forschern die Idee zu verbreiten, daß der Meister von Delft in jungen Jahren ein Maler von »Geschichten« gewesen sei, beeinflußt von der italienischen Kunst. Im Lauf der Jahre setzte sich diese Theorie immer nachdrücklicher durch, bis sie die Oberhand gewann und als sicher vorausgesetzt wurde, daß die vier Gemälde, auf die sie sich stützte - *Diana mit ihren Gefährtinnen, Santa Prassede, Bei der Kupplerin* und *Christus bei Maria und Martha* -, zweifellos Vermeers Hand zuzuschreiben waren. Um die These eines *narrativen* jungen Vermeer zu erhärten - die zwar verführerisch, aber durch keinerlei Archivbeweise belegt war -, wurde manchmal auf Bibelszenen hingewiesen, die auf berühmten Bildern des Meistern von Delft den Hintergrund zieren, wie etwa die *Auffindung Moses*, die hinter der *Briefschreiberin und Dienstmagd* an der Wand hängt. Die scharfsinnige These lautete nun, daß es sich um Wiedergaben von Jugendbildern handeln könnte, die Vermeer geschaffen hatte, als er noch ein »Geschichten«-Maler war, bevor er sich der neuen, eleganten und bürgerlichen Manier verschrieb, und die er also gewissermaßen benutzte, um sich selbst zu zitieren, so ähnlich wie ein Schriftsteller einen Abschnitt aus einem alten, nie veröffentlichten Buch in einen späteren Roman einarbeitet.

Daneben nannte man auch zwei verlorengegangene Werke des Meisters von Delft. Das erste, das mythologische *Jupiter, Venus und Merkur*, wurde 1761 versteigert, zusammen mit dem Besitz eines Edelmanns aus Delft, Gerard van Berckel. Das zweite wurde in dem am 27. Juni 1657 in Amsterdam erstellten Vermögensinventar des Kunsthändlers Johannes de Renialme als *Person, die ein Grab besucht* bezeichnet und *van der Meer* zugeschrieben. De Renialme war für seine ständigen Reisen zwischen Amsterdam und Delft bekannt. Er hatte den Verkauf einiger Werke von Rembrandt betreut, und es war ihm gelungen, *Christus und die Ehebrecherin* für 1600 Gulden zu plazieren. Er besaß Gemälde von Jacopo Bassano, Tintoretto und Tizian – italienischen Künstlern, die der junge Vermeer gewiß bewunderte, auch wenn er entschlossen war, sich nicht von ihnen beeinflussen zu lassen. Hervorragende Vermeer-Forscher wie Blankert und Montias beziehen sich auf dieses verschwundene Gemälde, das sie *Besuch der drei heiligen Frauen am Grab Christi* nennen, und behaupten, der von Renialme bezahlte Preis – zwanzig Gulden – sei ziemlich hoch gewesen für einen jungen, noch unbekannten Maler. In Wirklichkeit stellten zwanzig Gulden eine eher niedrige Summe dar, und außerdem steht keineswegs fest, daß der fragliche Vermeer tatsächlich der von Delft ist.

Abgesehen von den vier vorher zitierten Werken muß man bedenken, daß es noch mindestens achtzehn weitere Gemälde gibt, die von Mal zu Mal mehr oder weniger fälschlicherweise

Vermeer zugeschrieben wurden. Am bekanntesten sind zweifellos die beiden »amerikanischen« (in Wirklichkeit vielleicht französischen) Vermeers, das *Mädchen mit rotem Hut* und das *Mädchen mit Flöte*. Das erste wurde 1822 in Paris auf einer Versteigerung für zweihundert Franken verkauft. Es gehörte zur Sammlung des Baron Atthalin, dann der Kunstgalerie Knoedler & Co. in New York, dann dem berühmten Sammler und Bankier Andrew Mellon, Schatzminister unter drei amerikanischen Präsidenten. Mellon kaufte das Bild 1924 für 290.000 Dollar zu dem Zweck, es in seiner Prachtresidenz in der Massachusetts Avenue in Washington auf den Flügel zu stellen. Im Jahr 1937 überließ er es dann der von ihm gegründeten National Gallery. Auf Holz – und nicht wie alle anderen authentischen Werke Vermeers auf Leinwand – gemalt, wurde es auf ein umgedrehtes Männerbildnis in Rembrandtschem Stil gemalt, einer Figur mit fließendem, glattem Haarschopf und breitkrempigem Hut. Während einer der besten Vermeer-Experten, Arthur Wheelock Jr., es weiterhin als echt betrachtet (und das umgedrehte Porträt darunter Carel Fabritius zuschreibt), hielt der ebenso bedeutende Albert Blankert es für eine Fälschung, die Anfang des 19. Jahrhunderts in Frankreich hergestellt wurde. Genau wie das *Mädchen mit Flöte*, ebenfalls auf Holz gemalt, das von dem allgegenwärtigen Abraham Bredius in der Sammlung De Gretz in Brüssel entdeckt und zwischen 1906 und 1907 im Mauritshuis in Den Haag ausgestellt wurde. Mehrfach überarbeitet und verändert (wahrscheinlich gab es auf der Originalversion gar keine Flöte), erwarb es der Pariser Kunsthändler Jonas für 25.000 Gulden von der Witwe De Gretz, die beim Kauf vierunddreißig Gulden dafür hingeblättert hatte. Das kleine Gemälde war dann Teil der Sammlung August Janssen in Amsterdam, wurde 1919 von der Galerie Goudstikker und dann von Knoedler & Co. angeboten, bis es von Joseph Widener gekauft wurde, der es 1942 der National Gallery in Washington schenkte.

Die vier Gemälde Vermeers in angeblich *narrativer Manier* wurden alle in jüngerer Zeit entdeckt: Sie kamen zwischen 1741 (*Die Kupplerin*) und 1943 (*Santa Prassede*) ans Licht und tauchen in keinem Dokument oder Versteigerungskatalog des 17. Jahrhunderts auf. So ungleich, wie sie sind, könnten sie sehr wohl von der Hand vier verschiedener Künstler stammen und später einzig durch die Signaturen geeint worden sein, die alle in unterschiedlicher Schrift ausgeführt und eindeutig (außer einer vielleicht) im Nachhinein hinzugefügt wurden.

Diana mit ihren Gefährtinnen tauchte in der Galerie Dirksen in Den Haag auf – wo N.D. Goldsmid sie für 175 Gulden erwarb – und wurde dann am 4. Mai 1876 in Paris bei der Goldsmid-Versteigerung als ein Nicolas Maes zugeschriebenes Werk verkauft, da es die (später als Fälschung betrachtete) Signatur dieses Rembrandt-Schülers trug, der ein Bewunderer De Hoochs und auf Porträts sowie stille Interieurs mit weiblichen Figuren spezialisiert war. Danach kaufte der holländische Staat das Bild für das Mauritshuis und bezahlte zehntausend Francs dafür. 1883 als mutmaßlicher Vermeer katalogisiert, galt es dann erneut als ein Werk von Nicolas Maes, dann von Jan Vermeer von Utrecht; seit 1901 wurde es endgültig Vermeer van Delft zugeschrieben.

Santa Prassede wurde 1943 von einem belgischen Flüchtling, Jacob Reder, der mit Bildern handelte, in einem kleinen Auktionssaal in New York entdeckt. Nach Reders Tod beschloß dessen Witwe, das Gemälde an einen New Yorker Kunsthändler zu verkaufen, der seine Tätigkeit dann nach Los Angeles verlegte. Danach wurde das Bild 1990 von der Barbara Piasecka Johnson Collection in Princeton erworben. Es handelt sich um die Kopie eines Gemäldes von Felice Ficherelli (1605–ca. 1669), datierbar auf etwa 1654, die – ebenfalls vollkommen verschieden von jedem anderen, mit Sicherheit Vermeer zugeschriebenen Bild – wahrscheinlich von einem nordischen Künstler ausgeführt wurde, der versuchte, das florentinische Original treu zu imitieren. Der einzige wesentliche Unterschied besteht in dem goldenen Kruzifix, das die Heilige in Händen hält und das vielleicht auf Geheiß der Kirche oder des Klosters hinzugefügt wurde, welche die Kopie in Auftrag gegeben hatten.

Die *Kupplerin* aus der Staatlichen Gemäldegalerie in Dresden war Teil der Sammlung Wallenstein und ging 1741 in die Sammlung des Kurfürsten von Sachsen über. In dem Dresdner Katalog von 1765 wurde sie als Werk eines nicht näher bezeichneten Jean van der Meer aufgeführt, im Katalog von 1782 als Gemälde von van der Meer aus Haarlem und in dem von 1826 als Bild von Jacques van der Meer aus Utrecht. Es war Thoré-Bürger, der 1860 einen Vermeer van Delft daraus machte, und es ist nicht gesagt, daß es keiner sei (Signatur und Datum – 1656 – sind alt). Gesichert ist, daß die von dem Caravaggio-Anhänger Dirck van Baburen gemalte *Kupplerin* 1622 Eigentum von Vermeers Schwiegermutter wurde und daß Vermeer sie danach in seinem Bilderlager verwahrte und sie als dekoratives Element auf zweien seiner Gemälde im Hintergrund wiedergab, dem *Konzert* und der *Sitzenden Virginalspielerin*. Doch mehr als mit Baburens Gemälde, mit dem es nur die Geste des jungen Mannes gemein hat, der dem Mädchen eine Münze hinhält, weist diese *Kupplerin* Berührungspunkte mit dem Stil von Nicolas Maes und Frans van Mieris auf: um sie zu bewundern, nahm Auguste Renoir sogar eine anstrengende Reise nach Deutschland auf sich.

Der *Christus bei Maria und Martha* tauchte im Jahre 1900 gewissermaßen aus dem Nichts auf, als ein englischer Antiquar ihn der Familie Abbott aus Bristol abkaufte und acht Pfund dafür bezahlte. Im April 1901 wurde das Bild dann von den Kunsthändlern Forbes & Paterson ausgestellt, als Nr. 1 im Katalog – und dort war als Eigentümer ein Mr. W. A. Coats, ein schottischer Textilindustrieller, genannt. Erst damals kam bei einer Restaurierung die geheimnisvolle (wahrscheinlich gefälschte) Signatur unten links auf dem Schemel ans Licht. Coats selbst schloß das Gemälde unter der Nr. 37 in seinen Katalog in Skelmorlie Castle ein, und 1927 wurde es von seinen beiden Kindern der National Gallery of Scotland in Edinburgh vererbt. Gelehrte wie Wheelock und Montias datieren es ungefähr auf 1654–55 und stellen einen stilistischen Zusammenhang mit den Künstlern der Utrechter Schule her, insbesondere mit Abraham Bloemaert und Hendrick Ter Brugghen. Die einzigen Vermeerschen Elemente des Gemäldes sind nämlich ganz offenbar nur der gewohnte kräftig gemusterte Teppich und Marthas Gesicht; es gleicht dem des *Schlafenden Mädchens* – chronologisch gesehen das erste Bild, das, wie wir uns erinnern, mit absoluter Sicherheit Vermeer zugeschrieben werden kann.

Nach Meinung des erfahrenen Kritikers Swillens, um nur ein Beispiel zu nennen, hat *Christus bei Maria und Martha* mit den authentischen Werken Vermeers rein gar nichts gemeinsam, es ist vielmehr jedem anderen bekannten Gemälde des Meisters von Delft völlig fremd – im Geist wie in der Konzeption, in der technischen Ausführung wie im Ausdruck. Weit davon entfernt, das jugendliche Experiment eines späteren großen Malers zu sein, wirkt es eher wie eine Kopie, in italianisierendem Stil ausgeführt nach dem Original eines – nicht identifizierten – unbedeutenderen italienischen Meisters. Nach Goldscheider (1967) handelt es sich um ein gängiges Sujet, das im 17. und 18. Jahrhundert für viele Studien verwendet wurde. Die angegebenen Quellen sind unterschiedlich: Bernardo Cavallino, Andrea Vaccaro und Alessandro Allori, aber auch der Flame Erasmus

Quellinus und Jan Steen, der um 1655 ebenfalls einen *Christus bei Maria und Martha* malte.

Daß das Gemälde 1901 trotz der deutlichen Unterschiede in Stil (und Sujet), die es zu einer Art Unikum im Repertoire des Meisters von Delft machten, Vermeer zugeschrieben wurde, ist Abraham Bredius zu verdanken. Längst gehörte er zu den größten, vertrauenswürdigsten, geschätztesten und bekanntesten Kunstexperten von ganz Europa und vertrat schon seit geraumer Zeit die Auffassung, daß es möglicherweise eine *italienische* Phase in Vermeers Schaffen gegeben habe. Bredius' These hatte scharfe Polemiken und hitzige Diskussionen entfacht, zum Teil in Bezug auf die korrekte Deutung und Lesart des Sujets des Bildes im Licht der ungesicherten Biographie Vermeers – wie wir in dem Kapitel über Proust gesehen haben, zogen sich diese Debatten über Jahre hin. Wie auch immer, nachdem die Zuschreibung des *Christus bei Maria und Martha* überaus strittig war, blieb der zentrale Punkt der Auseinandersetzung folgender: Falls es sich wirklich um einen Vermeer handelte, nun gut, dann schien es sich – da es im protestantischen Holland um die Mitte des 17. Jahrhunderts nur wenige Beispiele religiöser Malerei gab – ganz zufällig um einen Vermeer von grundlegender Bedeutung zu handeln, der Licht in die kryptische Laufbahn des Malers bringen konnte.

Nach Bredius zeigte dieses Gemälde nämlich, daß der junge Vermeer sich nicht darauf beschränkt hatte, den Stil der Utrechter Caravaggio-Anhänger – wie Dirck van Baburen mit seiner *Kupplerin* von 1622 – aufzunehmen, sondern durch Italien gereist (eine Reise, für die allerdings keinerlei dokumentarische Beweise existierten) und direkt von Caravaggio und dessen Epigonen beeinflußt worden war. Nach seiner Rückkehr nach Holland hatte er eine Reihe von Werken mit religiösem Sujet gemalt, von denen *Christus bei Maria und Martha* als einziges überlebt hatte. Falls jedoch zufälligerweise oder wie durch Zauberei ein weiteres Stück aus der geheimnisvollen Serie auftauchen sollte, wären Experten wie Bredius überglücklich, eine solche Entdeckung zugunsten ihrer Theorien zu verbuchen und auszulegen.

So kam es, daß VM beschloß, eines der verlorengegangenen Werke dieses unbekannten Vermeer zu malen. Eins jener *religiösen* Bilder, die Kritiker und Kunsthistoriker wie Bredius immer – vergeblich – wiederzufinden gehofft hatten. Die Figuren würden beinahe lebensgroß sein, genau wie auf dem *Christus bei Maria und Martha* – dem wahren Grundstein des gesamten Fälschungsprojekts von VM. Sowohl die Komposition wie auch die Maltechnik würden eindeutige Analogien zu dem Bild aus Edinburgh aufweisen. So würden sich die unvermeidlichen Diskussionen um Einzelheiten drehen und die Aufmerksamkeit der Fachleute von der Hauptfrage ablenken – ob nämlich das soeben entdeckte Gemälde tatsächlich von der Hand Vermeers stammte.

VM war sich sicher, daß es niemandem je einfallen würde, einen so anomalen, so weit von jedem Kanon entfernten Vermeer für eine Fälschung zu halten. Im Gegenteil, die Wahrscheinlichkeit, daß ein der »Vulgata« des Meisters von Delft entsprechend aufgebautes Bild entlarvt würde, war viel größer. Und gab es ein besseres Sujet für diesen religiösen Vermeer als die Erscheinung des auferstandenen Christus vor den beiden Jüngern in Emmaus? Eine Szene von großer Dramatik, die schon von herausragenden Künstlern wie Rubens, Rembrandt und (welch ein Zufall) Caravaggio dargestellt worden war; dieser hatte zwei Versionen davon gemalt, und eine hatte VM persönlich in Rom besichtigt, bevor das Bild in der Brera-Pinakothek landete. Der vermutete Einfluß Caravaggios auf Vermeer war ein Thema, das Kritiker und Kunstbegeisterte der ganzen Welt beschäftigte. Kein Zweifel: Ein solches Gemälde würde sich geradezu anbieten, dem *narrativen* Vermeer zugeschrieben zu werden. Einem Double, das mindestens so faszinierend und geheimnisvoll war wie das Original. Auch weil es diesen doppelten Vermeer vielleicht nie gegeben hatte.

11

Im Sommer 1936 verließ VM Roquebrune und fuhr mit Jo zu den Olympischen Spielen nach Berlin – ein wunderbarer Urlaub, den er von langer Hand geplant hatte, doch hatte er befürchtet, er könne ihn sich nicht leisten. Jetzt aber waren die unglaublich komplexen und zeitraubenden Vorarbeiten, die ihn so lange in Anspruch genommen hatten, erfolgversprechend abgeschlossen, und zudem hatten ihm die verhaßten Porträts, die er in letzter Zeit weiterhin gemalt hatte, immer beachtlichere Summen eingebracht. Bei Anbruch des schicksalsträchtigen Jahres 1936 war VM in Wirklichkeit ein relativ wohlhabender Mann: Die vier langen Jahre waren nicht umsonst gewesen. So konnte er sich endlich eine vergnügliche, angenehme Pause gönnen, eine kurze Phase vollkommener Untätigkeit im Rahmen einer arbeitsreichen, dunklen, mit der asketischen Strenge eines Einsiedlers gelebten Existenz. Anschließend würde er natürlich gekräftigt an die Côte d'Azur zurückkehren, um sich der wichtigsten und schwierigsten Herausforderung seines Lebens und seiner Laufbahn zu stellen.

Nach der Rückkehr aus dem Urlaub in Berlin mit Jo begann VM also, das Originalgemälde aus dem 17. Jahrhundert, eine *Auferstehung des Lazarus* (Werk eines nicht identifizierten Zeitgenossen von Vermeer) zu bearbeiten, das er zu dem recht günstigen Preis von fünfzig Pfund erworben hatte. Das Bild war noch auf den originalen Spannrahmen aufgezogen und wies ein wunderbar verästeltes gleichmäßiges Alters-Craquelé auf. Als erstes mußte nun die Leinwand vom Rahmen abgenommen werden, an dem sie mit handgeschmiedeten Originalnägeln aus dem 17. Jahrhundert und kleinen, schon sehr morschen Lederfleckchen befestigt war (denn dieser war zu zerbrechlich und kostbar, um den monatelangen Arbeitsprozeß sowie drei oder vier Trocknungen im Ofen zu überstehen). Nachdem er den Spannrahmen in Sicherheit gebracht hatte, zog VM die Leinwand auf eine Sperrholzplatte auf und machte sich daran, die Originalfarbe abzutragen: eine zeitraubende und langweilige Arbeit, an deren Ende er gezwungen war, offensichtliche Spuren des Originalgemäldes stehenzulassen. Es erwies sich als unmöglich, den Kopf einer der Figuren auf dem *Lazarus*-Bild zu entfernen, den einer Frau mit Kopfbedeckung, da die alte Farbe unvorhergesehen zäh an der Leinwand haftete und daher die Gefahr bestand, diese zu beschädigen oder das Craquelé auszulöschen. Zuletzt blieb der Kopf ziemlich sichtbar und tauchte dann auch deutlich auf den zehn Jahre später gemachten Röntgenaufnahmen des *Christus in Emmaus* auf, etwas links über dem weißen Krug auf dem Tisch.

Bevor er nach Jahren sorgfältiger Vorbereitungen endlich zu malen begann, mußte VM jedoch noch eine Frage lösen, die nicht weniger komplex war als die Dinge, die ihn bis jetzt beschäftigt hatten: die Frage der Komposition. Das Hauptproblem bestand darin, daß er ohne Modelle würde arbeiten müssen. Dies galt vor allem für die Figuren, viel weniger für die Gegenstände, denn im Lauf der Jahre hatte VM zu diesem Zweck eine Menge Material aus dem 17. Jahrhundert erworben. Für den *Christus in Emmaus* zum Beispiel wollte er einen weißen Krug verwenden, den er in der Folge noch öfter einbezog – auch weil auf zahlreichen Bildern Vermeers ein weißer Krug zu sehen ist.

Einzig im Lukas-Evangelium (24, 13–32) wird die Geschichte des Mahles in Emmaus erzählt, doch gibt sie sehr wenig Aufschluß über die beiden Jünger – nur einer, Kleophas, wird namentlich genannt, obwohl gerade er sonst nirgends in den Evangelien vorkommt. Jedenfalls erkennen Kleophas und sein unbekannter Gefährte Christus bei ihrer Begegnung auf dem langen Weg nach Emmaus nicht. Dann aber setzen sie sich mit ihm zu Tisch. »Da nahm er das Brot, dankte, brach's und gab's ihnen. Da wurden ihre Augen geöffnet, und sie erkannten ihn. Und er verschwand vor ihnen.« Caravaggio hatte den dramatischen Augenblick dargestellt, in dem Christus die Hand hebt, um das Brot zu segnen – den Augenblick, in dem er sich zu erkennen gibt. VM wählte in etwa den gleichen Augenblick, verlegte die Handlung aber nach rückwärts, auf eine Sekunde vor jenen Augenblick, denn Christus' Zeigefinger ist noch nicht gestreckt, um den Segen zu erteilen.

Die Begebenheit, die ja ein faszinierendes Thema, nämlich das Verhältnis zwischen Glauben und Vision behandelt, war in der Malerei schon unzählige Male dargestellt worden. Rubens hatte sich 1610 damit befaßt und eine Szene gemalt, die auf halbem Weg zwischen den beiden Versionen Caravaggios liegt und die betonte Dynamik der ersten mit der monumentalen Plastizität der zweiten verbindet. Nach Rubens' Gemälde stellte der Kupferstecher Willem van Swanenburg einen Stich her, der in Holland weite Verbreitung fand und die Versionen des *Christus in Emmaus* beeinflußte, die von den Utrechter Caravaggio-Anhängern produziert wurden, uns mittlerweile wohlbekannten Malern wie Hendrick Ter Brugghen (1616) und Abraham Bloemaert (1623). 1627 war Rembrandt an der Reihe, der zu jener Zeit mit extremen Lichteffekten experimentierte und gar keine Lust mehr zeigte, sich den in Karel van Manders *Schilderboek* dargelegten Regeln anzupassen.

Eingedenk des Lobes, das Plinius Apelles ausgesprochen hatte, weil er »die Hand von einem Bild zu lassen verstand«, und begierig, Werke hervorzubringen, die große, erfolgreiche Präzisionsmaler wie Gerrit van Honthorst und Pieter Lastman sich gar nicht hätten vorstellen können, schuf Rembrandt aus der Emmaus-Episode ein sensationelles, revolutionäres Bild, das sich vollkommen von den vorherigen Versionen abhebt. Christus wird zur reinen Erscheinung, gespenstisch und leuchtend, ein geheimnisvoller Schatten – auf eine kahle Bretterwand projiziert –, der in der Dunkelheit, in die die ganze Szene getaucht ist, einen Lichtschein um sich verbreitet und aussendet (das Licht der Offenbarung). Entstanden aus der außerordentlichen Intuition, den gesamten Lukas-Vers zu kommentieren, dessen zweiter Teil von seinen Vorgängern stets vernachlässigt worden war (»Da wurden ihre Augen geöffnet, und sie erkannten ihn. *Und er verschwand vor ihnen.*«), und konzipiert als unmögliche Herausforderung – eine Figur darzustellen, die anwesend, aber schon im Verschwinden begriffen ist –, eignet Rembrandts Gemälde, das gewollt roh und unfertig erscheint, eine so bestürzende Originalität, daß es für sich Geschichte machte, und darüber hinaus besitzt es eine sowohl Rubens als auch Caravaggio unbekannte übernatürliche Atmosphäre.

Die Komposition von VMs *Christus in Emmaus* dagegen ist einfach, streng, ökonomisch. Über den Tisch ist ein weißes Tischtuch gebreitet, darauf stehen ein Krug, zwei leere Gläser und drei Zinnteller. Auf einem Teller liegen die beiden Brote, die Christus gleich segnen wird. Lichtquelle ist ein Fenster oben links, rein schematisch als leuchtendes Rechteck dargestellt. Hinter Christus und dem Jünger zur Rechten steht eine junge Magd. Christus blickt mit halb geschlossenen Augen nach unten. Der Jünger zur Linken sitzt mit dem Rücken zum Betrachter, und sein Gesicht ist nicht zu erkennen, während der Jünger zur Rechten im Profil abgebildet ist.

Auf dem *Emmausmahl*, das Caravaggio um 1601 für Ciriaco Mattei malte, ist Christus sehr jung und bartlos. Das Bild zeigt ebenfalls vier Gestalten, doch die Stelle der Magd vertritt hier ein Wirt mit Kappe auf dem Kopf. Es ist ein sehr bewegtes Bild voller gestikulierender Arme und staunender Gesichter. Die Version von 1606 malte Caravaggio, als er sich auf den Besitzungen des Fürsten Marzio Colonna südlich von Rom versteckt hielt, um einer Verurteilung wegen des Mordes zu entgehen, den er nach einer Rauferei beim Paumespiel begangen hatte. Sie ist düsterer und nüchterner, und die Figuren sind nun fünf. Der Koch oder Schankwirt ist geblieben, auch wenn er steifer und runzliger aussieht, und hinter ihm ist eine alte Magd aufgetaucht (die allerdings auch seine Frau sein könnte). Caravaggios Figuren sind sehr realistisch: Der Jünger zur Rechten (auf dem Gemälde von 1606) ist ein von der Sonne gegerbter Bauer mit großen Ohren und großen, knotigen Händen. VMs Figuren dagegen sind ätherisch, asketisch, fast wie Traumgestalten. Bei Caravaggio ist die Szene, auch auf dem gedämpfteren Bild aus dem Jahr 1606, auf jeden Fall dramatisch, plastisch. Kleophas' Staunen beim Wiedererkennen Christi ist so deutlich, daß er sich sogar vorbeugt und dabei am Tisch festklammert, während der andere Jünger seine Verwunderung angesichts der göttlichen Offenbarung betont, indem er die Hände mit gestreckten, gespreizten Fingern hebt. Nichts von alledem bei VM: Anstelle der Bewegung herrscht absolute Stasis. Der Jünger zur Rechten und die junge Magd beschränken sich darauf, die hieratische Christusgestalt mit Gelassenheit, ja mit träumerischem Blick zu betrachten.

Zwar ist VM natürlich nicht Rembrandt, doch handelt es sich jedenfalls um eine zumindest originelle und ungewöhnliche Art, die Episode darzustellen. Im übrigen ist kaum zu übersehen, daß das Antlitz des Jüngers zur Rechten eine gewisse

Ähnlichkeit mit dem des Vermeerschen *Astronomen* aufweist – aller Wahrscheinlichkeit nach ein gewollter Effekt. Zudem erinnert das Profil an das der Christusgestalt auf dem Bild *Christus bei Maria und Martha*; wie wir wissen, wurde dieses von Bredius (aber in jüngerer Zeit auch von Wheelock) Vermeer zugeschrieben. Die dunklen Augenringe und die schweren Lider bei der jungen Magd und bei Christus sind ein charakteristischer Zug VMs und auch auf seinen mit eigenem Namen signierten Bildern sehr verbreitet. Das Gewand Christi ist ultramarinblau, ebenso das Tuch unter der Tischdecke. Der Jünger zur Rechten trägt Orange, der zur Linken Grau. Die Hände Christi sind außergewöhnlich sorgfältig ausgeführt, während der linke Arm des Jüngers zur Rechten ganz im Gegenteil zwischen Ellbogen und Schulter unter dem Gewand zu verschwinden scheint.

Das Antlitz Christi – edel, prägnant, vergeistigt – diente auch als Vorbild für alle weiteren fünf Vermeers, die VM noch malte. Er selbst hat erzählt, daß er eines Tages in der Villa Primavera allein zu Haus war. Er hörte es an der Tür klopfen, ging öffnen und fand sich »Auge in Auge mit Jesus Christus«. Als er sich von seiner Überraschung erholt hatte, entdeckte er, daß der unerwartete Besucher nicht Gottes Sohn persönlich war, sondern ein italienischer Landstreicher, der nach einigen Monaten Gelegenheitsarbeit in Frankreich in seine Heimat zurückkehrte. Der Mann wollte betteln. VM forderte ihn auf hereinzukommen, wog das Für und Wider ab, überlegte eine Weile und bat ihn dann, ihm Modell zu stehen. Der Landstreicher blieb etliche Tage in der Villa Primavera und wurde von VM fürstlich bewirtet – auch wenn er darauf beharrte, nur Roggenbrot mit Knoblauch essen zu wollen. Als VM ihm verriet, daß er ihn als Modell für Jesus Christus ausgewählt hatte, zuckte sein Gast zusammen, errötete, bekreuzigte sich und sagte, Jesus Christus werde vielleicht nicht sonderlich froh sein, mit dem Gesicht eines Vagabunden dargestellt zu werden.

Es war im beginnenden Frühling 1937, als VM letzte Hand an den *Christus in Emmaus* legte. Er mußte nur noch entscheiden, ob er das Bild signieren wollte oder nicht – diese Frage beschäftigte ihn lange. Die Signatur ist kein wichtiger Beweis, wenn es um die Zuschreibung eines Bildes geht. Darüber hinaus würde VM, indem er sein Bild mit Vermeers Namenszug signierte, eine kriminelle Handlung begehen: Würde er entdeckt, könnte der Käufer ihn vor Gericht bringen, und der Hauptanklagepunkt gegen ihn wäre eben jener, die Unterschrift gefälscht zu haben. Außerdem wußte VM, daß das Bild, wenn er es ohne Signatur präsentierte, bei Kritikern und Fachleuten, die Spürsinn, Scharfsichtigkeit und Einfühlungsvermögen zu ihrem Rüstzeug erklären, höchstwahrscheinlich auf noch fruchtbareren Boden fallen würde.

Abgesehen von den – relativ seltenen – Fällen, in denen die Herkunft eines Kunstwerks genau belegt und zertifiziert ist, gilt es stets als schwieriges Unterfangen, die Echtheit eines Werkes zweifelsfrei festzustellen. Daher entscheiden fast immer Geschmack und subjektive Meinung des Experten darüber, ob ein Bild unter den in einem Museum ausgestellten Werken rangieren darf oder auf ewig in einem Depot verschimmeln muß, ob es die beträchtliche Summe wert ist, die ein Sammler für den Erwerb zu zahlen bereit ist, oder ob man es für einen wertlosen alten Schinken halten soll. Diese unvermeidliche Ermessensspanne bei der kritischen Einschätzung kann eine perverse Spirale in Gang setzen. Fälscher geben sich ja – aus verständlichen Gründen – gewöhnlich nicht als Urheber der Fälschungen aus, die sie produzieren, und wenn ein Fachmann von Rang festlegt, ein umstrittenes Gemälde sei zum Beispiel durchaus ein Vermeer, so kann er von einem anderen, wenn auch gleichrangigen Fachmann nur schwer widerlegt werden. Letzterer wird eine gegenteilige Meinung vertreten, an der Zuschreibung des Bildes aber nichts ändern können. Wenn also ein bedeutendes Museum einen neuen Vermeer ausstellt, *wird* dieses Gemälde - auch wenn es nicht stimmt - automatisch und in jedem Sinn ein echter Vermeer.

Wenn man aber eine Fälschung für einen alten Meister halten kann, so kann man ebenso einen alten Meister für eine Fälschung halten. 1922, um nur einen einzigen Fall zu nennen, wurde aus dem großherzoglichen Museum in Weimar ein Selbstbildnis von Rembrandt gestohlen, das aus dem Jahr 1643 stammte. Dieses Gemälde von unschätzbarem Wert gelangte in den Besitz eines Klempners deutscher Herkunft, Leo Ernst, der in Dayton, Ohio, lebte. Ernst würde später erklären, er habe das Bild 1934 für ein paar Pfennig einem nicht näher bekannten Matrosen abgekauft, der auf einem ebenso unbekannten Schiff angeheuert habe. Als Ernsts Frau das Bild zufällig in einem alten, staubigen Koffer fand, den ihr Mann auf dem Speicher aufbewahrte, sagte der Klempner: »Das ist nur wertloses Zeug, das mir ein Betrüger angedreht hat.« Nun hatte Ernsts Frau in Dayton aber die Kunstschule besucht und kam zu dem Schluß, es sei ein wertvolles Gemälde. Sie zeigte es allen Antiquaren und Kunsthändlern New Yorks, und alle antworteten empört, ihrem untrüglichen Instinkt zufolge handle es sich um eine schlecht ausgeführte Fälschung oder höchstens um eine Kopie. Erst 1966, als die Ernsts nach jahrelangen Nachforschungen eine Zeitung aus der damaligen Zeit fanden, in der das 1922 in Weimar gestohlene Bild genauestens beschrieben war, änderten dieselben Fachleute, die zuvor befragt worden waren, ihre Meinung und bejubelten die Wiederentdeckung eines vergessenen Meisterwerks. Hätte die Frau des Klempners aus Dayton - einfache ehemalige Studentin einer Kunstschule – nicht ihrem eigenen Instinkt vertraut, wäre der Rembrandt kein Rembrandt gewesen, sondern ein elender alter Schinken, der keine Aufmerksamkeit verdiente.

VM entging es also nicht, daß die Kritiker ohne eine Signatur, die seine gesamte Operation explizit für authentisch erklärte, die Entdeckung eines verlorenen Vermeers paradoxerweise noch faszinierender und aufregender gefunden hätten. In seinem Artikel im »Burlington Magazine« verkündete Abraham Bredius später: »Es hätte der wundervoll erhaltenen Signatur *I. V. Meer* [...] gar nicht bedurft, um uns zu überzeugen, daß wir hier ein Meisterwerk – ich möchte fast sagen: d a s Meisterwerk – des Johannes Vermeer van Delft vor uns haben.« Aber zuletzt dachte VM, sein *Christus in Emmaus* sei sämtlichen allgemein anerkannten Vermeers doch zu unähnlich, um auch noch dieses Risiko einzugehen. Nachdem er nun beschlossen hatte, das Bild zu signieren, blieb noch die Frage, wie.

Vier Vermeers weisen nur die Initialen *I. V. M.* auf. Drei sind mit *I. V. Meer* gezeichnet (wobei *V* und *M* eine Ligatur bilden). Drei einfach mit *Meer*. Zwei davon, darunter *Christus bei Maria und Martha,* haben ein kleines *v* unter dem *M*. Eines trägt den vollständigen Nachnamen: *I. Ver-Meer*. Alle anderen Bilder tragen den Namenszug, bei dem die Initialen ein klassisches Monogramm bilden: *Meer* mit einem großen *I* über dem *M*, während das *V* von den beiden mittleren Schrägstrichen des *M* gebildet wird. In fünf dieser Fälle endet das *r* am Schluß mit einer Art Schnörkel. VM, der schließlich alle seine Fälschungen einschließlich der beiden de Hoochs signierte (diese mit den Initialen *P. D. H.*), benutzte bei allen seinen Vermeers die klassische Monogrammformel, und dreimal – aber nicht bei dem *Christus in Emmaus* – fügte er am Fuß des *r* den Schnörkel hinzu.

Ein Kuriosum: Obgleich die Chronologie der Gemälde Vermeers zum großen Teil auf Vermutungen beruht, wird angenommen, daß der Meister aus Delft die klassische Monogrammsignatur bis 1662 nicht, danach aber nur noch sie benutzt habe. Dies würde bezeugen, daß VM seinen *Christus in Emmaus* keineswegs als ein Jugendwerk Vermeers ausgeben wollte, auch weil er, im Gegensatz zu dem verhaßten Bredius, die Meinung vertrat, die angebliche »biblische Phase« des Meisters – also der *Christus bei Maria und Martha* – könnte die letzte seiner Laufbahn gewesen sein.

Vermeer verwandte große Sorgfalt auf seine Unterschrift, und VM stand ihm in nichts nach. Technisch gesehen war die Nachahmung der Signatur des Meisters von Delft für ihn sogar bei weitem die schwierigste Aufgabe, weil jeder Buchstabe einzeln mit dem Pinsel schwungvoll in einem Zug ausgeführt werden mußte, flüssig, ohne Zögern, Absetzen oder Nachbesserungen. Einmal begonnen – nach endlosen, nervtötenden Vorbereitungsübungen –, mußte er die Signatur in wenigen Augenblikken vollenden. Vielleicht half ihm die große, ja fast übernatürliche Ähnlichkeit seiner eigenen Initialen mit denen Vermeers. Bei einer Prüfung von VMs Unterschrift zu der Zeit, als er die Fälschungen malte, könnte man auch konstatieren, daß die Art und Weise, wie er die beiden *ee* und das *r* von *Meegeren* schrieb, beinahe identisch war mit der von Vermeers Autograph (das mag man nennen, wie man will: Aneignung wie durch Geisterhand, Identifikation, Metamorphose). Wie auch immer, VM signierte den *Christus in Emmaus* mit der Formel, die *Meer* und das große *I* über dem *M* vorsieht, und benutzte eine Mischung aus Bleiweiß, Ocker, Phenolformaldehyd, Fliederöl und Benzol.

Nun schob VM die Leinwand noch einmal zum Trocknen in den Elektroofen, den er selbst für diesen Zweck gebaut hatte.

Als er die Tür geschlossen und den Thermostat auf 105° Celsius eingestellt hatte, blieb ihm nichts weiter übrig, als gut zwei Stunden lang nervös zu warten, gequält von der schrecklichen Vorstellung, sein außerordentliches Meisterwerk – die Frucht von vier Jahren unsäglicher Mühe – könnte womöglich in Flammen aufgehen oder irreparablen Schaden nehmen. Besonders das Bleiweiß neigte gefährlich zur Verfärbung, was Tischtuch und Krug ruiniert hätte. Doch als er die Leinwand endlich aus dem Ofen herauszog und bei Tageslicht prüfte, bemerkte VM zu seiner größten Erleichterung, daß nicht nur keine Katastrophe eingetreten war, sondern die Arbeit geradezu vollkommen wirkte. Die Farben waren beinahe unverändert, die Malerei war durch und durch getrocknet, das kostbare Craquelé war von selbst aus der untersten Schicht des Originalgemäldes bis an die Oberfläche durchgedrungen.

Seine unbändige Begeisterung zügelnd, überzog VM das Gemälde mit einer dünnen Firnisschicht und ließ sie auf natürliche Weise trocknen, um so das Auftauchen weiterer Sprünge und Risse zu begünstigen. Dann rollte er die Leinwand zur Sicherheit noch um einen Zylinder, zerknitterte sie und bearbeitete mit geübtem Daumen die Rückseite, um auch an den wenigen Stellen des Gemäldes, wo sie noch fehlten, feine Risse zu erzeugen. Anschließend machte er sich an die schmerzliche Prozedur, die ganze leuchtende Bildfläche mit einer Schicht chinesischer Tusche zu überdecken, um im Craquelé die Wirkung von Staub und Schmutz zu erzielen. Als die Tusche getrocknet war, entfernte er sie sorgfältigst zusammen mit dem Firnis und trug eine neue, bräunliche Firnisschicht auf, die er ebenfalls trocknen ließ.

Ein Gemälde aus dem 17. Jahrhundert ist bei näherem Hinsehen fast nie ganz unbeschädigt, und folglich weisen sehr viele Bilder aus jener Zeit Spuren von Restaurierungen auf. Im Fall

Vermeers machten die leicht löslichen Firnisse, die die verschiedenen Malschichten trennen, seine Werke sehr verletzlich: Im Laufe verschiedener, mehr oder weniger ungeschickter Reinigungen verloren sie häufig ihre Lasur. Schließlich sind nur elf der auf uns gekommenen Gemälde des Meisters von Delft in relativ gutem Zustand erhalten geblieben. Die übrigen Werke Vermeers wurden unterschiedlich restauriert, manche mehrmals und zu drastisch, so daß die nuancierten Umrisse beschädigt wurden und die originalen Pinselstriche längst nicht mehr so gut erkennbar sind. Um nur ein Beispiel anzuführen: Das berühmte *Mädchen mit dem Perlenohrring*, von vielen Forschern als »Mona Lisa des Nordens« bezeichnet, wurde so vielen und so fragwürdigen Eingriffen unterzogen, daß es zuletzt in einen erbärmlichen Zustand geriet, der einem kompletten Verfall nahekam.

Da er sich des Problems bewußt war, kratzte VM an zahlreichen kleinen Stellen des *Christus in Emmaus* die obere Farbschicht (hier und da bis auf die Grundierung) ab, und einmal – am Knöchelgelenk von Christi rechtem Ringfinger – beschädigte er sogar die Leinwand, die etwas einriß. Danach besserte er das Ganze nicht allzu geschickt wieder aus: Trotzdem fiel das Resultat selbst einem Experten von Rang wie Bredius nicht auf, und er schrieb über das Bild, es sei »ohne eine Spur von Restaurierung, als hätte es gerade erst das Atelier des Meisters verlassen«. Nach dem Verkauf an das Boymans Museum allerdings hielt man VMs Ausbesserungen dort für das Werk eines Pfuschers, ließ sie entfernen und betraute Luitwieler, den besten Restaurator Rotterdams, damit. Jedenfalls nahm VM, als er die vorgebliche Restaurierung beendet hatte, das Bild von seiner provisorischen Sperrholzunterlage ab und zog es wieder auf den alten Spannrahmen auf, wozu er die Originalnägel und die alten Lederflecken benutzte. Jetzt war das Werk halb vollbracht. Der *Christus in Emmaus* war bereit für die Endphase des Plans.

12

Vor allem mußte VM für den *Christus in Emmaus* nun ein Echtheits-Zertifikat von einem anerkannten Vermeer-Experten beschaffen. Er brauchte eine unumstrittene Kapazität mit so viel Autorität und Prestige, daß selbst die skeptischsten Kollegen das Urteil nicht anzweifeln würden. Es war nicht schwierig, den idealen Mann dafür auszumachen: Die Rede ist selbstverständlich von Dr. Abraham Bredius. Abgesehen von allem, was schon über ihn gesagt wurde, war die Renaissance Vermeers in der Tat zum guten Teil Bredius zu verdanken, dem bekanntesten Kenner der holländischen Malerei des 17. Jahrhunderts. Im Jahrzehnt zwischen 1870 bis 1880 hatte ein französischer Gelehrter, Henry Havard, begonnen, in den Geburts- und Sterberegistern der Alten und der Neuen Kirche in Delft nach Informationen über Vermeer und dessen Familie zu fahnden, unterstützt vom Konservator der örtlichen Archive, Soutendam. Zwischen 1880 und 1920 aber hatte Bredius die Notariatsarchive von Delft durchforstet und war auf etliche bedeutende Dokumente in Bezug auf Vermeer gestoßen.

Darunter war das erste Dokument, in dem der Name des Künstlers auftaucht – nach dem Taufschein natürlich. Es handelte sich um eine Akte des Notars Rank, datiert vom 5. April 1653, aus der hervorging, daß der Kapitän Bartholomeus Melling und der Maler Leonard Bramer auf Bitten von Jan Reynierszoon (d. h. Jan Vermeer) und dessen Verlobter Catharina Bolnes bei ihm vorgesprochen hatten. Die beiden hatten bezeugt, daß Maria Thins, Catharinas Mutter, sich am Tag zuvor geweigert habe, die Zustimmungserklärung zu unterschreiben, um das Aufgebot für die Hochzeit ihrer Tochter mit dem jungen Vermeer zu bestellen, der zum damaligen Zeitpunkt einundzwanzig Jahre alt war. Dann jedoch habe sie es sich anders überlegt und sich bereit erklärt, das Aufgebot veröffentlichen zu lassen.

Der Ehevertrag allerdings war verloren gegangen. In den holländischen Archiven gab es damals keinerlei Katalogisierungs- und Klassifizierungssystem, und die Dokumente zirkulierten mit bestürzender Leichtfertigkeit. Bredius selbst hatte es ganz normal gefunden, die Originalschriftstücke mit nach Hause oder ins Hotel zu nehmen, um sie abzuschreiben und die interessantesten Passagen mit Blaustift zu unterstreichen. Doch abgesehen von Fragen der Methode spielte er bei der Wiederentdeckung Vermeers vielleicht sogar eine noch wichtigere Rolle als Thoré-Bürger, und ohne seine akribischen und sorgfältigen Recherchen hätten spätere Forscher kaum Material gehabt, um weiterzuarbeiten. Außerdem beeinflußte, wie wir wissen, eine Tatsache von größter Tragweite VMs Wahl: Bredius hatte das Bild *Christus bei Maria und Martha* entdeckt und immer wieder betont, es müsse noch weitere »biblische« Vermeers geben. Also würde er mit offenen Armen ein Bild aufnehmen, das seine Lieblingstheorie bestätigte und die umstrittene Zuschreibung des 1901 gefundenen Gemäldes an Vermeer festigte, denn viele unbelehrbare Kritiker meinten noch immer, es stamme keineswegs von der Hand des Meisters aus Delft. Der *Christus in Emmaus* war genau das Meisterwerk, auf das Bredius schon seit Jahren wartete und das er nun – da er die Achtzig überschritten hatte – kaum noch zu entdecken hoffte. Deshalb würde er in dieser wundersamen Auffindung eine Art Gottesgabe sehen, und daneben natürlich die würdige Krönung einer brillanten akademischen Laufbahn.

Bredius war mehr Kunsthistoriker als Kritiker: Aber wir wissen, daß sein Wort in Holland seit mindestens fünfzig Jahren Gesetz war. Ein paarmal war auch er bei Zuschreibungen einem Irrtum aufgesessen, doch sah man darin läßliche Sünden, die sofort vergessen waren. Ein von Bredius ausgestelltes Echtheits-Zertifikat würde also beim Verkauf des *Christus in Emmaus* größtes Gewicht haben. Und da es sowieso ein Hauptziel von VMs ganzer Unternehmung war, die Fachleute zu narren und in Verruf zu bringen, hätte seine Wahl nicht treffender ausfallen können. Außerdem war Bredius ein alter, streitbarer Gegner VMs: Unermüdlich hatte er seine Arbeiten verrissen, und VM hielt ihn - nicht ganz zu Unrecht - für einen der Hauptverantwortlichen seines Mißerfolgs als Maler. Bredius war unterdessen sehr alt (dreiundachtzig) und fast erblindet. Durch einen bizarren Zufall hatte auch er sich an die Côte d'Azur zurückgezogen und lebte in Monaco - nur wenige Kilometer von Roquebrune entfernt.

VM war sicher, daß sich Bredius bestens an ihn erinnerte: Aufgrund der heftigen Antipathie, die zwischen ihnen aufgeflammt war, konnte er ihn also nicht persönlich ansprechen - Bredius durfte ja keinesfalls wissen, daß VM irgendwie in die Angelegenheit verwickelt war. Er mußte daher einen Mittelsmann finden, der einen untadeligen Ruf genoß, dessen Integrität außer Frage stand und der somit in gewisser Weise die Rolle eines Bürgen übernehmen konnte. In Holland hatte VM freundschaftliche Beziehungen zu Dr. G. A. Boon gepflegt, einem Parlamentsabgeordneten, Anwalt und Kunstliebhaber. VM erfuhr, daß Boon auf Urlaub in Paris war, stieg in den Zug und reiste ihm nach, im Gepäck den in einer Kiste verpackten *Christus in Emmaus*.

Natürlich hatte er sich eine nette Geschichte über die geheimnisvolle Herkunft des Bildes ausgedacht. Als er Boon traf, eröffnete er ihm, er habe es von einer Freundin erhalten, einer gewissen Mavroeke, Sprößling einer alten holländischen Familie, die einige Jahrzehnte zuvor das Schloß ihrer Ahnen in Westland verlassen habe, um sich mit einer Kollektion von einhundertzweiundsechzig alten Meistern, darunter mehrere Rembrandts, Hals', El Grecos und Holbeins, in Italien niederzulassen. Nach dem Tod des Vaters sei die Sammlung zwischen Mavroeke und einem alten Cousin namens Germain aufgeteilt worden. Mavroeke lebe in der Gegend von Como, begebe sich aber häufig an die Côte d'Azur. Sie habe eine Tochter, die in Straßburg ansässig sei, der alte Cousin Germain dagegen wohne in Frankreich, irgendwo im Midi. Mavroeke wolle Italien verlassen und habe VM beauftragt, einige ihrer Gemälde zu verkaufen. Bei der Besichtigung dieser Werke sei VM eines aufgefallen, das ganz einem Vermeer gleiche. Da die faschistische Regierung den Export solcher Werke behindere, habe er das Bild aus Italien herausgeschmuggelt und jetzt in Paris dabei. Er versuche nun, eine Expertise zu bekommen: Dr. Bredius sei der geeignetste Mann dafür, doch aus offensichtlichen Gründen könne VM ihn nicht persönlich ansprechen. Falls sich das Bild aber als echt herausstelle, könne es durchaus 100.000 Pfund wert sein. Ob Boon bereit wäre, sich mit Dr. Bredius in Verbindung zu setzen? Bei einem Verkauf werde er selbstverständlich eine angemessene Provision erhalten. Man dürfe auch nicht vergessen, daß Boon, wenn er den Auftrag annehme, auch eine große, patriotische Tat vollbringen und dazu beitragen werde, ein holländisches Meisterwerk, einen wahren nationalen Schatz, aus den Händen der Faschisten zu retten.

Als er merkte, daß Boon einer Mitarbeit nicht abgeneigt zu sein schien, schlug VM ihm vor, Bredius nichts von Mavroekes Geschichte und dem Herausschmuggeln des Bildes aus Italien zu erzählen. Er solle sich vielmehr als Rechtsbeistand der Tochter und gesetzlichen Erbin eines namenlosen französischen Geschäftsmannes ausgeben: Dieser sei kürzlich gestorben, davor aber mit einer (ebenfalls verstorbenen) Holländerin verheiratet gewesen, die vor vierzig Jahren aus ihrem Landsitz in Westland eine große Zahl von Ölgemälden in ein Schloß im Midi mitgebracht habe. Nun sei seine Klientin finanziell in Schwierigkeiten geraten, brauche Geld und habe ihn konsultiert, um den Verkauf einiger Werke zu organisieren, die ehrlich gestanden nicht sonderlich interessant seien, abgesehen von einem. Boon solle behaupten, er sei auf dieses besondere Gemälde gestoßen, als er zufällig einen großen Schrank im Vorraum eines Schlafzimmers im Schloß geöffnet habe, das so gut wie nie benutzt werde. Der Vater seiner Klientin habe das Bild in den Schrank verbannt, weil er es immer häßlich gefunden habe – dies würde auch erklären, warum nie einer der Schloßbesucher auf das Vorhandensein eines mutmaßlichen, ja sogar signierten Meisterwerks aufmerksam geworden sei. Boon habe – fuhr VM mit seiner ausgeklügelten Version fort – das Bild eingehend geprüft und sei zu der Überzeugung gelangt, daß es sich um einen Vermeer handle. Seine Klientin wolle es von einem Fachmann begutachten lassen, verlange aber, daß die traurigen Umstände, die sie dazu zwangen, einen Teil des Familienvermögens zu veräußern, nicht bekannt würden, und wolle daher unbedingt anonym bleiben.

Beeindruckt von der Prüfung des *Christus in Emmaus*, den VM ihm zudem nachdrücklich anpries, und vielleicht auch aus patriotischen Gründen, in der ehrlichen Überzeugung, eine verdienstvolle Tat gegen die Faschisten zu vollziehen, erklärte Boon sich bereit, Bredius einen Haufen phantasievoller Lügenmärchen aufzutischen (Boon war überzeugt, die wahre Geschichte sei die – ebenfalls erfundene – von Mavroeke). Am

30. August 1937 schrieb er an Bredius und bat ihn um ein Treffen in Monaco. Der Kunsthistoriker war einverstanden: Wenige Tage später platzte Boon bei ihm herein und öffnete die Kiste, die den angeblichen Vermeer enthielt. Als Bredius das Gemälde sah, überkam ihn eine noch heftigere Emotion als damals, als er den ersten Blick auf *Christus bei Maria und Martha* geworfen hatte. Er wußte jedoch, daß er sich nicht mit einer so oberflächlichen Reaktion begnügen durfte, auch wenn er sie als Offenbarung empfand. Daher bat er Boon, er möge ihm das Bild ein paar Tage dalassen, um es in Ruhe in Augenschein nehmen zu können.

Diese zwei Tage waren ausschlaggebend für das Schicksal VMs und seiner komplizierten und einfallsreichen Intrige. Äußerte Bredius auch nur den geringsten Zweifel an dem Bild, wären vier Jahre härtester Arbeit mit einem Schlag umsonst gewesen. Die Nachricht, daß an dem *Christus in Emmaus* etwas »faul« sei (um einen Ausdruck aus dem Jargon der Kunsthändler zu benutzen), hätte sich blitzartig herumgesprochen, und das hätte für VMs raffinierten Plan das Ende bedeutet. Doch Bredius, obgleich mittlerweile halb blind, bemerkte vor allem, daß der hölzerne Spannrahmen, die Rückseite der Leinwand, die Nägel und sogar die Lederflecken ganz sicher alt waren. Daraufhin wandte er sich den ausschlaggebenden Aspekten des Gemäldes zu: Sujet, Bildaufbau, Pinselstrich, Technik. Anfangs war er lebhaft beeindruckt von den *pointillés* auf den Broten. Dann begann er, nacheinander alle Köder zu entdecken und zu schlucken, die VM für ihn ausgelegt hatte: das religiöse Thema, das an Caravaggio angelehnte Sujet, die fast lebensgroßen Figuren, der dem *Astronomen* nachempfundene Jünger, die Signatur. Die Farben waren reiner Vermeer – ultramarin, orange –, und das Craquelé war so vollkommen, daß sich keinerlei Verdacht regte. Nach einer eher raschen Prüfung hielt Bredius die Frage der Echtheit des Bildes schon für beantwortet und ging dazu über, sich vielmehr mit den revolutionären Perspektiven zu beschäftigen, die die berauschende Entdeckung dieses Bildes auf dem Feld der Vermeer-Forschung eröffneten. Nach achtundvierzig Stunden rief der betagte Kunsthistoriker Boon wieder zu sich und sagte ihm, wie begeistert er von dem Werk sei. Er bat um die Erlaubnis, es fotografieren zu lassen. Anschließend schrieb er auf die Rückseite des Abzugs ein Echtheitsgutachten und unterzeichnete mit seinem Namen.

»Dieses herrliche Werk Vermeers, des großen Vermeer van Delft, ist – Gott sei Dank – aus dem Dunkel aufgetaucht, in dem es jahrelang gedämmert hat, makellos, als hätte es soeben erst die Werkstatt des Künstlers verlassen. Sein Gegenstand steht in Vermeers Oeuvre nahezu einzigartig da; eine Tiefe der Empfindung strahlt uns daraus entgegen, wie wir sie in keinem seiner anderen Werke spüren. Ich konnte meine Ergriffenheit beim ersten Anblick dieses Meisterwerks nur schwer zurückhalten, und so wird es vielen ergehen, dessen bin ich sicher, die in den Genuß kommen werden, es zu betrachten. Komposition, Ausdruck, Farbe – alles wirkt zusammen und bildet eine Einheit von höchster Kunst und Schönheit.«

Bredius, September 1937.

13

Ende September 1937 kehrte Dr. Boon nach Paris zurück und deponierte den *Christus in Emmaus* beim Crédit Lyonnais. Hier wurde das Bild am 4. Oktober von einem Vertrauensmann des bekanntesten Kunsthändlers der Welt, Duveen, besichtigt, der am nächsten Tag prompt an das New Yorker Büro kabelte: HEUTE IN BANK GROSSEN VERMEER GESEHEN ETWA VIER MAL DREI FUSS CHRISTUS IN EMMAUS VERMUTLICH PRIVATBESITZ GUTACHTEN VON BREDIUS DER ARTIKEL BURLINGTON MAGAZINE NOVEMBER SCHREIBT STOP PREIS NEUNTAUSEND PFUND STOP BILD ERBAERMLICH SCHLECHTE FAELSCHUNG STOP. Wenige Monate später, in der allgemeinen Begeisterung, die der neue Vermeer des Boymans Museums auslöste, war diese niederschmetternde Nachricht längst vergessen. Im Augenblick jedoch verbreitete sich das Gerücht in Windeseile bei allen Antiquaren von Paris. Der *Christus in Emmaus* wurde von einer Menge Fachleute geschätzt, aber niemand kaufte ihn. VMs wachsende Besorgnis wurde zerstreut, als Abraham Bredius' rettender Artikel im »Burlington Magazine« erschien. Wie vorausgesehen, erregte der Artikel großes Aufsehen, obwohl er von einer sehr schlechten Reproduktion des Gemäldes begleitet war.

»Welch wunderbarer Augenblick im Leben eines Kunstliebhabers, wenn er sich plötzlich dem bisher unbekannten Gemälde eines großen Meisters gegenüber sieht, das unberührt, noch auf der Originalleinwand und ohne eine Spur von Restaurierung ist, als hätte es eben erst die Werkstatt des Malers verlassen. Es hätte der wundervollen Signatur *I. V. Meer* und des *pointillé* auf den Broten, die Christus zu segnen im Begriff ist, gar nicht bedurft, um uns zu überzeugen, daß wir hier ein Meisterwerk – ich möchte fast sagen: das Meisterwerk – des Johannes Vermeer van Delft vor uns haben, noch dazu eins seiner größten, ganz anders als alle übrigen Gemälde des Meisters und dennoch unverkennbar seines. Das Sujet ist *Christus und die Jünger in Emmaus*, die Farben sind wundervoll – und charakteristisch: Christus in herrlichem Blau; der Jünger zur Linken, dessen Gesicht von uns abgewandt ist, in einem schönen Grau; der andere Jünger in Gelb – dem Gelb des berühmten Dresdner Vermeer [die *Briefleserin am Fenster*, A.d.A.], aber gedämpft, wie gebrochen, so daß es mit den anderen Farben vollkommen harmoniert. Die Magd ist in tiefes Braun und dunkles Grau gekleidet; ihr Ausdruck ist bewundernswert. Die Ausdruckskraft ist überhaupt die außerordentlichste Eigenschaft dieses einzigartigen Gemäldes. Hervorragend der Kopf Christi, gelassen und traurig, während er all die Leiden überdenkt, die Er, der Sohn Gottes, in seinem irdischen Leben auf sich nehmen mußte, doch auch voll Güte. Etwas an diesem Kopf erinnert mich an die berühmte Studie in der Mailänder Brera-Pinakothek, die man früher für eine Skizze Leonardos zum Christus seines *Abendmahls* gehalten hat. Jesus schickt sich an, das Brot zu brechen, und genau in dem Augenblick werden nach den Worten des Neuen Testaments den Jüngern die Augen geöffnet und sie erkennen Christus, der von den Toten auferstanden vor ihnen sitzt. Der im Profil wiedergegebene Jünger blickt Christus voll stummer, mit Staunen vermischter Anbetung an. In keinem anderen Werk des großen Meisters von Delft finden wir ein solches Maß an Empfindung, ein so tiefes Verständnis einer biblischen Geschichte – ein Gefühl so edler Menschlichkeit, umgesetzt in höchste Kunst. Was die Periode betrifft, in der Vermeer dieses Meisterwerk malte, so glaube ich, es ist seiner frühen

Phase zuzurechnen – in etwa der gleichen Zeit (vielleicht ein wenig später), aus der auch der berühmte Edinburgher *Christus bei Maria und Martha* stammt. Die Reproduktion kann nur eine schwache Ahnung von der herrlichen Leuchtkraft des ungewöhnlichen Farbzusammenklangs dieses wundervollen Gemäldes vermitteln, das von einem der bedeutendsten Meister der Holländischen Schule geschaffen wurde.«

Gestärkt durch das Gutachten einer so anerkannten Autorität wie Bredius, begann VMs eifriger Mittelsmann, Dr. Boon, sich an die führenden Persönlichkeiten der Rotterdamer und Amsterdamer Kunstwelt zu wenden. Während er diesen einflußreichen Leuten den *Christus in Emmaus* zeigte, brachte Boon immer wieder mit Nachdruck ein sehr präzises, einfaches und wirksames Argument vor: daß ein solcher nationaler Schatz so schnell wie möglich dem Vaterland zurückgegeben werden müsse. Wie VM gehofft hatte, dauerte es nicht lange, bis Boon Interessenten fand, die ihm bereitwillig zustimmten. Zu den wichtigsten Persönlichkeiten, mit denen er Kontakt aufnahm, gehörte Dr. Hannema, der Direktor des Boymans Museums, der (wie schon angedeutet) kurz zuvor erst sehr erfolgreich eine große Vermeer-Austellung organisiert hatte. Aber auch D. A. Hoogendijk, der führende und angesehenste Kunsthändler ganz Hollands, war dabei. Dieser überredete den reichen Industriellen W. van der Worm dazu, den größeren Teil des verlangten Preises von 520.000 Gulden zu übernehmen. Den Rest schossen – auf einstimmigen Beschluß aller Mitglieder – die Rembrandt Society und zwei oder drei Privatleute zu, darunter auch Bredius selbst.

Noch vor Ende Dezember hatte diese heterogene Käufergruppe den *Christus in Emmaus* schon dem Boymans Museum anvertraut. Ehe das Bild öffentlich ausgestellt werden konnte, mußte es jedoch gereinigt, restauriert und gerahmt werden. Mit dieser Arbeit wurde Luitwieler, der Doyen der Rotterdamer Restauratoren, betraut, der beschloß, den Spannrahmen auszuwechseln – der alte wurde allerdings in einem Lagerraum des Boymans-Museums aufbewahrt. Luitwieler besserte VMs handwerkliche »Restaurierungen« aus und trug eine neue Schicht Firnis auf, dann montierte er einen modernen Keilrahmen und vervollständigte sein Werk mit einem ansprechenden Bilderrahmen. Nun war der *Christus in Emmaus* bereit, der Welt zur Bewunderung freigegeben zu werden.

Anfang 1938 ließ VM Jo in Roquebrune zurück und begab sich eine Zeitlang nach Holland, um den Verkauf des *Christus in Emmaus* aus der Nähe zu verfolgen. Als er den vollen Erfolg seiner Unternehmung konstatiert hatte, wollte er sich die köstliche Gelegenheit nicht entgehen lassen, selbst das Boymans-Museum aufzusuchen, um den neuen Vermeer zu bestaunen, der Publikum und Kritiker in Begeisterung versetzte und Ströme von Besuchern anzog. Das Bild hing in der großen, anläßlich des Jubiläums der Königin Wilhelmina von Holland vom Boymans veranstalteten Ausstellung auf dem Ehrenplatz im Hauptsaal: eine robuste Seilabsperrung hinderte die Menge daran, zu nahe an das Meisterwerk heranzutreten und es womöglich zu beschädigen. VM wappnete sich mit Geduld und fand sich damit ab, daß er über eine halbe Stunde brauchte, bis er sich durch die Menschenmassen nach vorne durchgedrängt hatte. Dort wollte er dann seinen Triumph bis zur Neige auskosten und versuchte, sich über das Seil zu beugen, um aus nächster Nähe die Bereiche des Gemäldes zu betrachten, die Luitwieler gereinigt und restauriert hatte. Sogleich forderte ihn ein grimmiger Aufseher in Uniform nachdrücklich auf zurückzutreten.

VM tat, als gehorchte er, blieb aber in Wirklichkeit stocksteif an seinem Platz stehen und musterte das Bild. Er war in Begleitung eines Jugendfreunds, und nachdem er das Gemälde einige Sekunden begutachtet hatte, sagte er zu diesem im Brustton der Überzeugung, dieser neue Vermeer sei eine Fälschung. Genau das, *eine Fälschung* – und noch dazu eine ziemlich schlechte: Er selbst würde gewiß eine viel, viel bessere herstellen können. »Es ist eine Fälschung«, bekräftigte VM mit lauter Stimme, während sein Freund und viele andere Besucher ihn ungläubig und mit offensichtlicher Skepsis anstarrten. Unerbittlich argumentierte er weiter, es gebe keine biblischen Vermeers, das Bild sei bekanntlich gar keinem ernsthaften wissenschaftlichen Test unterzogen worden, Pinselführung und Komposition seien sichtlich von mangelhafter Qualität. An diesem Punkt wandten sich viele der Umstehenden zu VM um und nannten ihn verrückt und unverschämt. Sein alter Freund sagte empört, VMs Anschuldigungen seien absurd und unwahrscheinlich. Er legte seine gegenteiligen Überzeugungen mit solcher Verbissenheit dar, daß VM selbst schließlich klein beigab. »Schon gut, schon gut«, räumte er großmütig ein. »Letztendlich *könnte* diese grobe Fälschung *ja doch ein Vermeer sein.*«

Einige Monate später war VMs Triumph vollkommen. *En masse* hatten die führenden Vermeer-Experten die Echtheit seiner Fälschung bestätigt, die außerdem zu einem beachtlichen Preis an eines der bedeutendsten holländischen Museen verkauft worden war. Von den in der Boymans-Ausstellung gezeigten Bildern hatte der *Christus in Emmaus* den weitaus größten Beifall gefunden, sowohl bei den Kritikern wie beim Publikum. Er wurde über die gleichwohl herrlichen Werke von Rembrandt, Hals und Grünewald gestellt, zum »geistigen Kern der Ausstellung« erklärt und unter großem Aufsehen in den wichtigsten Zeitungen der Welt abgedruckt. Der *Christus in Emmaus* schien, weit mehr als jeder Rembrandt, als einziges religiöses Gemälde des 17. Jahrhunderts in der Lage zu sein, VMs Zeitgenossen tief zu bewegen. Mit seinem erhabenen Quietismus, der sichtlich keine Zugeständnisse an das Übernatürliche oder Wunderbare machte, vermittelte es das Bild einer zutiefst menschlichen, intimen Spiritualität: das religiöse Ideal des 20. Jahrhunderts. Kein Wunder also, daß die Auffindung des »größten Meisterwerks Vermeers« universellen Widerhall gefunden hatte, daß sie als »Entdeckung des Jahrhunderts« gefeiert und in den – von VMs Erzfeinden herausgegebenen – Fachzeitschriften in höchsten Tönen bejubelt wurde.

Nachdem er die Rache ausgekostet und seine ahnungslosen Verfolger getäuscht und lächerlich gemacht hatte, wäre nun für VM eigentlich der Zeitpunkt gekommen gewesen, die Maske fallenzulassen. Die Beweise hervorzuholen und der Welt ins Gesicht zu schreien, daß er, Han van Meegeren, der Versager, der Verfemte, der Outsider, der Konservative, der gepeinigte, neurotische Rebell sich auf Kosten derer, die sein Genie nicht anerkennen wollten, als überragender Künstler entpuppt hatte. Jedoch geschah nichts von alledem. Im Gegenteil, es folgte dröhnendes Schweigen. VM machte den Mund nicht auf und begann auch nicht, den letzten Teil seines sorgfältig vorbereiteten Plans in die Tat umzusetzen. Er, der idealistische Intellektuelle, der mit bewundernswerter Leidenschaft seine gesamte Existenz dem Traum geopfert hatte, seine großartige schöpferische Begabung anerkannt zu sehen, beschloß, die Wahrheit zu verbergen. Er gab seine feingesponnene Intrige auf – die er bis jetzt ja mit manischer Entschlossenheit betrieben hatte – und verzichtete auf die unbezahlbare Genugtuung, die Urheber des Scheiterns seiner Malerkarriere dem öffentlichen Gespött preiszugeben. Auch der Gedanke, daß ihm sein Schweigen gewiß keine universelle Berühmtheit – und sei es auch als Fälscher – verschaffen würde, bremste ihn nicht. Ebensowenig wie die zwingende Einsicht, daß er dann nicht allseits beweisen konnte, daß seine bescheidene Kunst eines unbedeutenden reaktionären Malers mit dem unnachahmlichen Vermeer auf eine Stufe gestellt worden war. Er beschränkte sich einfach darauf, zwei Drittel der 520.000 Gulden zu kassieren, die die Käufer des *Christus in Emmaus* lockergemacht hatten – den Rest teilten sich Boon und Hoogendijk.

Über Nacht reich geworden, beschloß VM – der fast ein halbes Jahrhundert lang von der Hand in den Mund gelebt hatte –, das Vermögen, das er sich verdient hatte, nun auch zu genießen. Plötzlich hegte er nicht mehr die geringste Absicht, der Welt seine geheime Identität als Fälscher zu offenbaren und dadurch verheißungsvolle Erwerbsmöglichkeiten schwinden zu sehen. Jetzt, da es ihm an Geld gewiß nicht mangelte, wollte er es auch ausgeben. Auf der Rückreise an die Côte d'Azur beschloß er, sich nach Jahren des Einsiedlerlebens eine kurze Phase der Ausschweifung zu gönnen, machte in Paris Station und verbrachte eine Woche im Champagnerrausch mit einer schwedischen Tänzerin, die er in einem Nachtlokal an den Champs-Élysées kennengelernt hatte. Er gab ein Vermögen aus für kleine Geschenke an die üppige Schöne und ein paar unbefangene Kolleginnen von ihr, sowie für ziemlich teure Mitbringsel, erworben aufgrund vager Gewissensbisse, die der Gedanke an Jo in ihm auslöste – seine extravagante, strenge und anspruchsvolle Frau, die ihn mit lobenswerter Geduld in Roquebrune erwartete. Als er endlich an der Côte d'Azur eintraf, erfand er zwei hübsche Geschichten, um seinen plötzlichen Wohlstand zu rechtfertigen, der sofort allen auffiel, wenn er ein Restaurant betrat, mit Jo zum Einkaufen nach Nizza oder Montecarlo fuhr oder die Nächte im Spielcasino verbrachte und übertriebene Summen im Roulette setzte.

Seiner Frau erzählte er, er habe unter den wertlosen Gemälden, die aus Italien über die Villa Primavera geschleust worden waren – sie stammten von einem unbekannten italienischen Verkäufer, der sie in Frankreich an den Mann bringen wollte –, den *Christus in Emmaus* entdeckt. Ein unglaublicher Glücksfall: ein Jan Vermeer van Delft, begraben unter einem Haufen uninteressanter alter Schinken. Natürlich müsse dies geheim bleiben: Wenn den faschistischen Behörden zu Ohren käme, daß ein solches Kunstwerk illegal ausgeführt worden war, würde der Verkäufer ernstlich in Schwierigkeiten geraten – und zwar auch, wenn er behaupten würde, er habe gar nichts davon gewußt, daß der *Christus in Emmaus* ein Vermeer sei. Allen anderen sagte VM im Vertrauen, er habe in der *Loterie Nationale* das große Los gewonnen, so banal sich dieser Einfall auch anhören mochte.

Die freche Behauptung stützte sich auf die Tatsache, daß er – wie VMs Nachbarn und Freunde genau wußten – jede Woche ein Los kaufte. Und wahrhaftig argwöhnten die Nachbarn und Freunde keinen Augenblick, er könne gelogen haben. Auch weil ein Lotto-Gewinner seinen Preis in aller Ruhe bei jeder französischen Bank abheben konnte, ohne daß die Sache an die große Glocke gehängt oder die Polizei aufmerksam würde – dieser war VM ohnehin wohlbekannt, da man ihn irrtümlicherweise des Mordes an einem Mädchen verdächtigt hatte. Im übrigen war VM, abgesehen von ein paar exzentrischen Gewohnheiten, der alten Geschichte mit der Mordanklage, gelegentlichen nächtlichen Ruhestörungen und häufigem übermäßigem Trinken – lauter Eigenheiten, die man einem Künstler durchaus verzieh –, den Ordnungshütern niemals negativ aufgefallen. In Roquebrune sprach man also von Monsieur van Meegeren weiter wie von dem glücklichen Menschen, dem, wie schön für ihn, ein unter gewöhnlichen Sterblichen weit verbreiteter Wunsch in Erfüllung gegangen war.

In den zwei Jahren nach dem Verkauf des *Christus in Emmaus*, also 1938 und 1939, konzentrierte sich VM auf die Produktion von zwei de Hooch-Fälschungen: die *Trinkergesellschaft* und die *Kartenspielergesellschaft*. Letztere weist zahlreiche Berührungspunkte mit einem gesicherten echten de Hooch auf, dem *Holländischen Interieur*, das im Metropolitan Museum in New York ausgestellt ist: das große Fenster mit dem geöffneten hölzernen Fensterladen links im Bild, die Deckenbalken, die Landkarte an der hinteren Wand. Die Ähnlichkeit ist so stark, daß man es fast für eine Kopie halten könnte. Das Mädchen, das auf dem de Hooch am Tisch steht, sitzt auf der Fälschung allerdings rechts vor dem Tisch. Außerdem fügte VM auf der rechten Seite der Komposition eine geöffnete Türe hinzu, die eine Magd bei der Arbeit in einem Zimmer mit kleinem Fenster im Hintergrund einrahmt. Die Szene ähnelt der auf de Hoochs echter *Kartenspielergesellschaft*, die im Buckingham Palace hängt. An eben diesem Bild orientierte sich VM auch für seine *Trinkergesellschaft*, die 1938 hergestellte Fälschung, bei der er mit erstaunlichem technischen Geschick sechs Farbschichten übereinander auftrug und auf dem sowohl die originale Weltkarte aus dem 17. Jahrhundert zu sehen ist, die VM als Vorbild diente, als auch der Krug – ebenfalls aus dem 17. Jahrhundert –, der sein Markenzeichen werden sollte und noch auf zwei weiteren gefälschten Vermeers auftaucht (beide wurden Jahre später in seinem Atelier in Nizza gefunden).

Um seinen de Hooch zu verkaufen, wandte VM sich erneut an Dr. Boon und sagte ihm, es handle sich um ein anderes Stück der aus Italien herausgeschmuggelten Sammlung, die jener Mavroeke gehört habe. Boon nahm zu Pieter de Boer, einem bekannten Händler, Kontakt auf (der nichts mit Karel, Johanna Oerlemans' Ex-Mann, zu tun hatte). Dieser zeigte das Bild Daniel George van Beuningen, dem steinreichen Rotterdamer

Reeder, der ein großzügiger Mäzen und Inhaber der wichtigsten Sammlung alter Meister von ganz Holland war. Van Beuningen erwarb die *Trinkergesellschaft* für 220.000 Gulden und legitimierte auf diese Weise – dank seines unumstrittenen Prestiges – die Zuschreibung an de Hooch.

Unterdessen, im Juli 1938, als der Mietvertrag für die Villa Primavera abgelaufen war, verließen VM und Jo Roquebrune und zogen nach Nizza. Hier wandelte sich sozusagen im Laufe weniger Wochen – auch auf den Wohnsitz bezogen – der Frühling für sie zum Sommer: VM kaufte in bar die Villa Estate, ein großes, schönes Herrenhaus in dem eleganten Viertel Les Arènes de Cimiez, das einmal sehr in Mode gewesen war und seinen Namen den eindrucksvollsten römischen Ruinen von Nizza verdankt. Überragt von dem unverwechselbaren Komplex des Hôtel Regina, voller luxuriöser Villen mit Blick aufs Meer und auf die Stadt, liegt Cimiez im oberen Teil Nizzas, am Fuß der Alpes Maritimes. Villa Estate, von VM zu seiner ständigen Bleibe erkoren, war eine der prächtigsten, mit Marmor verkleidet, auf eigenem Grund, zu dem ein Weinberg, üppige Rosengärten und ein Olivenhain gehörten. Sie umfaßte zwölf Schlafzimmer, fünf Salons im Erdgeschoß – sehr hell und nach Süden gelegen – sowie ein Musikzimmer und eine Bibliothek, die VM in Atelier und Werkstatt verwandelte. Jo hatte endlich Gelegenheit, ihren erlesenen Geschmack (und die Finanzen ihres Mannes) auf die Probe zu stellen, und scheute keine Kosten, um das prunkvolle Haus luxuriös mit Stilmöbeln und wertvollem Dekor auszustatten, war aber zugleich darauf bedacht, die Wände mit VMs Originalgemälden zu tapezieren. Das vornehme Paar erwarb sich sofort das Wohlwollen der Nachbarn, indem es eine Reihe denkwürdiger Einweihungsfeste organisierte.

Als die komplexen Niederlassungsriten vorbei waren,

merkte VM, daß zwei Drittel des mit dem *Christus in Emmaus* verdienten Geldes dahingeschmolzen waren. Die Villa Estate hatte er zu einem relativ gemäßigten Preis erworben, weil sie so riesig und so schwierig zu unterhalten war, daß der mit dem Verkauf beauftragte Makler beschlossen hatte, die Forderungen herabzusetzen, um nur endlich einen Käufer zu finden. Doch Jo hatte als Innenarchitektin einen ziemlichen Größenwahn gezeigt, selbst wenn man zugeben mußte, daß das Ergebnis phantastisch war. Nach einer raschen Rechnung wurde VM klar, daß er höchstens noch zwei Jahre lang die Kosten für den fürstlichen Lebensstil bestreiten konnte, dem seine Frau und er selbst verfallen waren. Und verfallen ist genau das richtige Wort, denn seit einiger Zeit gehörte zum Lebensstil des Ehepaars VM (außer dem immer heftigeren Alkoholkonsum) auch der Gebrauch von Morphium. Wie dem auch sei, mittlerweile war VM sicher, daß er auch die *Trinkergesellschaft* verkaufen würde (was, wie schon gesagt, ein Jahr später eintraf). Abgesehen von de Hooch würde er außerdem bald etwas anderes produzieren – etwas Eklatanteres und Bedeutenderes. Jener geheimnisvolle, obsessive Impuls war wieder da: Der Augenblick war gekommen, sich noch einmal mit Vermeer zu messen.

14

Im Juli 1939 erhielt Dr. Boon, VMs bevorzugter Mittelsmann, einen Brief des Malers, in dem dieser ihm mitteilte, daß er einen weiteren sensationellen Fund gemacht hatte: Er hatte ein großes Gemälde zutage gefördert, ein *Abendmahl*, signiert von Vermeer. Der Brief trug das Datum »Montagnacht, 2. Juli (kurioserweise war der 2. Juli 1939 allerdings kein Montag – und der 3. Juli auch nicht). »Lieber Freund. Letzte Woche tauchte Mavroeke bei uns auf, mit Briefen von ihrer Schwester, darunter einer von großer Wichtigkeit. Darin stand, Mavroekes Cousin Germain, der auf einem Schloß im Midi lebt, wolle sie sehen, da er wegen eines schweren Leidens bald sterben werde (er ist 86 Jahre alt); Mavroeke gehört zu seinen Erben. Die Schwester schrieb, sie habe ein Foto des *Christus in Emmaus* gesehen und wolle noch etwas aus ihrer Sammlung verkaufen. Sie erinnerte sich jedoch auch, bei Germain, dessen Kollektion von derselben Herkunft ist, ein dem *Emmaus*-Bild sehr ähnliches biblisches Gemälde gesehen zu haben, aber viel größer und mit viel mehr Heiligen darauf. Ich bin mit Mavroeke hingefahren: Wir haben zwei Tage mit Suchen verbracht, aber keine Heiligen gefunden – nur Bilder aus viel jüngerer Zeit –, bis uns jemand vom Personal sagte, auf einem Speicher lägen noch einige zusammengerollte Leinwände. Dort haben Mavroeke und ich ein herrliches, sehr bedeutendes Gemälde entdeckt. Es ist ein *Abendmahl*, von Vermeer gemalt, aber viel größer und schöner als das Bild, das jetzt in Rotterdam im Boymans hängt. Die Komposition ist bewegend, ehrwürdig und dramatisch, erhabener als auf allen anderen Bildern des Meisters. Wahrscheinlich handelt es sich um sein letztes Werk, und es ist signiert. Größe: 2,70m auf 1,50m. Nachdem wir es wieder aufgerollt hatten, sind Mavroeke und ich in den Bergen spazieren gegangen und haben die ganze Zeit gelacht wie verrückt. Was tun? Es scheint mir fast unmöglich zu sein, ein solches Bild zu verkaufen, auch wenn es vollkommen ist, wie neugeboren, noch auf der Originalleinwand, ohne alle Schäden, nicht aufgezogen und nicht gerahmt. Stellen Sie sich einen unerhört leidenden Christus vor, einen Johannes von träumerischer Melancholie, einen Petrus ... nein, es läßt sich wirklich nicht beschreiben, welche Symphonie von Empfindungen diese wunderbare Gestalt ausdrückt, die nie zuvor mit solcher Eindringlichkeit gemalt wurde, weder von Leonardo noch von Rembrandt, noch von Velazquez, noch von irgendeinem Meister, der sich an das *Abendmahl* herangewagt hat.«

Einige Wochen nachdem er den Brief an Boon geschrieben hatte, verließ VM Nizza und fuhr mit Jo nach Holland, wahrscheinlich, um den Verkauf des *Abendmahls* persönlich zu verfolgen. Gewiß beabsichtigten die beiden, sehr bald nach Nizza zurückzukehren, denn sie nahmen fast nichts mit und versuchten auch nicht, Villa Estate zu vermieten oder zu verkaufen; das Haus sollte (vom Pförtner abgesehen) leerstehen bis zu dem Augenblick, in dem die italienische Armee es nach dem Fall Frankreichs besetzte, um es als Hauptquartier zu nutzen. Aber der Krieg brachte die Pläne der van Meegerens durcheinander: Er überraschte sie in Holland und zog sich über jede Erwartung in die Länge. Den Begriff »Blitzkrieg« hatte man bis dahin noch nie gehört, doch hätte VM bei seiner Abreise aus Nizza vorhersehen können, daß Frankreich den Nazis in die Hände fallen würde und selbst in Holland die Besatzungstruppen einmarschieren würden, hätte er sich vielleicht nie aus seiner Villa weggerührt.

In Amsterdam eingetroffen, lebten VM und Jo in einem Hotelzimmer. Dann, Anfang 1940, beschlossen sie, das Kriegsende in Holland abzuwarten. Mit dem übriggebliebenen Geld kauften sie ein schönes, stilvolles Landhaus in dem Dorf Laren. Auch aus finanziellen Gründen war VM begierig, sich wieder an die Arbeit zu machen, aber selbstverständlich hatte er den riesigen Ofen nicht mitbringen können, den er in Nizza für die künstliche Alterung seiner Bilder benutzte. Er hatte ihn vielmehr demontiert, um in seiner Abwesenheit keine so sperrigen Beweise zu hinterlassen, auch wenn er glaubte, er werde nicht lange fort sein. Jedenfalls baute er rasch einen neuen und erprobte dessen Tauglichkeit an einem kleinen *Christuskopf*, der ihm auch dazu diente, die Materialien und die neue technische Ausrüstung auszuprobieren. Das Ergebnis war ein sehr sorgfältig ausgeführtes Gemälde, wenn auch von ziemlich einfacher Struktur, da VM sich darauf beschränkte, nur drei Farbschichten übereinander zu malen.

Nach Beendigung dieses unverzichtbaren Experiments begann VM wieder an dem *Abendmahl* zu arbeiten, das in seiner Vorstellung seine ambitionierteste Fälschung werden sollte, denn es beinhaltete auch die Lösung eines sehr kniffligen Problems – nämlich dreizehn Personen um einen Tisch versammelt zu malen. Er gedachte es mit einer streng geometrischen Komposition zu lösen: Er gruppierte vier Apostel stehend hinter dem Tisch, zwei zur Linken und zwei zur Rechten, zwei setzte er links, zwei rechts Christus zur Seite, zwei gegenüber und zwei ans jeweilige Tischende. Dennoch wirkten die Figuren zu gedrängt. Darüber hinaus zeigte VM vom rein technischen Gesichtspunkt her äußerste Verachtung für die Experten, unüberbietbares Selbstvertrauen und gleichzeitig eine beachtliche Verschlechterung gegenüber seinen früheren, perfektionistischen Standards, denn er verzichtete darauf, weite Bereiche des darunterliegenden Bildes abzutragen. Beim Aufbau der Farbstruktur war er dafür so gewissenhaft und fleißig wie eh und je: Auf zwei originale Malschichten legte er drei weitere und darüber eine vierte, graue, die aus Bleiweiß, Kreide und Öl bestand. Diese überdeckte er mit einer schwärzlichen und dann mit einer weißlichen Schicht, und zuletzt überzog er die gesamte Fläche mit chinesischer Tusche.

Nun war das *Abendmahl* bereit, zusammen mit dem *Christuskopf* und der *Kartenspielergesellschaft* von de Hooch auf den Markt zu kommen. So unglaublich und überraschend es klingen mag, die drei Fälschungen wurden im Verlauf von sechs Monaten plaziert und gingen dabei durch die Hände desselben Mittelsmannes und desselben Händlers – und noch dazu wurden zwei vom selben Käufer erworben. VMs bevorzugter Vermittler war allerdings nicht mehr Dr. Boon, der Europa verlassen hatte, um den vorrückenden Nazis zu entkommen: Seinen Platz hatte der Immobilienmakler Strijbis eingenommen. Gebürtig aus Apeldoorn, einer Kleinstadt bei Deventer, kannte er VM von Kindheit auf und zeigte sich sehr zugänglich, als der Freund ihm vorschlug, mit ihm zusammenzuarbeiten, und ihm versicherte, es gehe dabei um eine große Summe. VM sagte Strijbis, er habe eine gewisse Anzahl an Bildern von einer alten holländischen Familie aus Den Haag gekauft, deren jetzige Mitglieder sich in einer sehr mißlichen finanziellen Lage befänden. Bei einer Prüfung der fraglichen Bilder habe er, VM, festgestellt, daß etliche sicherlich wertvoll seien und daher weit mehr Geld einbringen könnten, als er dafür ausgegeben habe. Er erklärte Strijbis, er wolle nicht in die Verkaufsaktion verwickelt werden, und rechtfertigte sich vor dem Immobilienmakler mit den gleichen Gründen, die er auch schon Dr. Boon auf die Nase gebunden hatte. Kurz und gut, die Gemälde könnten mehrere Millionen Gulden wert sein. Falls Strijbis sich bereit erklärte, den Verkauf abzuwickeln, ohne VMs Namen zu nennen, würde dieser ihm sechs Prozent des Gewinns als Provision anbieten.

Im Zuge seiner ehrlichen Maklerlaufbahn und seiner trägen Existenz als ruhiger Bürger hatte sich Strijbis noch nie für Malerei interessiert, er verstand nichts von Kunst und persönlich hätte er bei sich zu Hause niemals Bilder wie die aufgehängt, die VM ihm gerade anbot, um sie an seiner Stelle weiterzuverkaufen. Doch die Verdienstaussichten waren so verlockend, daß Strijbis kaum seinen Ohren traute. Als erstes zeigte VM ihm den *Christuskopf*. Er schlug vor, Strijbis solle ihn Hoogendijk (dem Antiquar, der schon mit dem *Emmaus*-Verkauf befaßt gewesen war) für eine halbe Million Gulden anbieten, eine Summe, die Strijbis so unverhältnismäßig vorkam, daß er nur mit Mühe den Mut aufbrachte, Hoogendijk ein so vermessenes, ja geradezu lächerliches Ansinnen zu unterbreiten. Zum größten Erstaunen des Immobilienmaklers ging Hoogendijk aber gleich in die Falle: Sobald er den *Christuskopf* sah, dachte er sofort an den *Christus in Emmaus* (genau wie VM es vorhergesehen hatte) und hielt ihn außerdem für die Vorstudie zu einem noch unbekannten – oder jedenfalls noch nicht wieder aufgefundenen – Meisterwerk. Als Hoogendijk bei Strijbis nachfragte, wie er daran gekommen sei, erwiderte der Makler eifrig, der Besitzer wolle anonym bleiben, weil er nicht wünsche, daß bekannt werde, daß er das Familienvermögen veräußerte. Hoogendijk beeilte sich, das Bild van Beuningen anzutragen (der schon de Hoochs *Trinkergesellschaft* gekauft hatte). Letzterer machte 475.000 Gulden locker, Hoogendijk behielt 75.000, Strijbis nahm sich aller Wahrscheinlichkeit nach ein Sechstel der verbleibenden Summe, und VM holte schließlich aus der Transaktion die schöne Summe von 330.000 Gulden heraus.

Etwa einen Monat später kam Strijbis wieder zu Hoogendijk und erzählte ihm, er sei – vom Besitzer derselben Sammlung – beauftragt worden, den großen Vermeer zu verkaufen, von dem der *Christuskopf* nur eine Vorstudie darstellte. Dieser Zufall mochte durchaus verdächtig wirken, doch Hoogendijk – der in Wirklichkeit hoffte, genau dieses Gemälde aus dem Nichts auftauchen zu sehen – hatte gleich, nachdem er einen ersten Blick auf das *Abendmahl* geworfen hatte, den Eindruck, ein außergewöhnliches Meisterwerk vor sich zu haben. In aller Heimlichkeit und großer Eile kontaktierte er erneut van Beuningen, zeigte ihm das Bild und nannte als Preis zwei Millionen Gulden. Der Reeder war ein entschieden vermögender Mann, aber aus dem Stegreif eine so riesige Summe aufzubringen war auch für ihn kein Kinderspiel. Er zögerte, erschrak dann, als Hoogendijk sich einen kaum verhüllten Hinweis auf die Möglichkeit entschlüpfen ließ, daß das Meisterwerk den Nazis in die Hände fallen könnte. Die Verhandlungen zogen sich eine Weile hin: Des Feilschens müde, erklärte van Beuningen sich schließlich mit einem Preis von 1.600.000 Gulden einverstanden, sagte aber, er werde Hoogendijk dafür einige Stücke aus seiner eigenen Sammlung überlassen, darunter auch den *Christuskopf*, den er eben erst durch Hoogendijks Vermittlung erstanden hatte.

Drei Monate später erzählte VM Strijbis von der *Kartenspielergesellschaft* von de Hooch. Strijbis beschränkte sich darauf, erneut in Hoogendijks Geschäft vorstellig zu werden. Diesmal ließ sich der Antiquar gar nicht mehr dazu herab, den Immobilienmakler überhaupt nach der Herkunft des Bildes zu fragen: Er setzte voraus, es stamme aus dem unerschöpflichen Fundus der wohlbekannten Sammlung jener nicht näher bezeichneten

»alten holländischen Familie«. Da van Beuningen schon bis zum letzten Tropfen ausgepreßt worden war wie eine Zitrone, wandte sich Hoogendijk an van der Worm. Der Finanzier, der den größten Teil der für den *Christus in Emmaus* geforderten Summe aufgebracht hatte, fand es nicht abartig, 219.000 Gulden für diesen unverkennbaren de Hooch hinzublättern, der durch die Signatur des Meisters nur um so kostbarer wurde.

Dank van Beuningens und van der Worms Leichtgläubigkeit war VM mit zweiundfünfzig Jahren im Verlauf weniger Monate ein schwerreicher Mann geworden; auch Hoogendijk und Strijbis konnten sich durchaus nicht beklagen. Nachdem er zwei Drittel der 2.300.000 Gulden aus dem Verkauf des *Christuskopfs*, des *Abendmahls* und des de Hoochs in bar kassiert hatte, hätte er sich also ins Privatleben zurückziehen und bis ans Ende seiner Tage hemmungslos dem Luxus frönen können – mit jeder neuen, auf den Markt geworfenen Fälschung wuchs sowieso bloß das Risiko, entdeckt zu werden. Schon bisher hatte sich VM gewiß keine Grenzen gesetzt oder Genüsse versagt. Er hatte Unsummen für das Amüsement seiner Frau und einer großen Gruppe Freunde ausgegeben, hatte in seiner Villa oder seinen Lieblingslokalen rauschende Feste veranstaltet, hatte sich zum Mittelpunkt eines Künstler- und Intellektuellenkreises gemacht, der sich fast jede Nacht in Laren versammelte, um endlose Diskussionen über Kunst zu führen, stets begleitet von Gesang, Tanz und legendären Trinkgelagen.

Genau in dem Augenblick jedoch, als ein Zusammentreffen glücklicher Umstände ihm nahezulegen schien, sich eine längere Denkpause zu gönnen, begann VM mit verdoppelter Energie, wieder mit seinen Elektroöfen und seinen Kunstharzen zu hantieren, und realisierte in weniger als zwei Jahren gleich drei neue Vermeer-Fälschungen. Er erlebte einen kreativen Schub, der ihn einfach dazu drängte weiterzumachen, ja seine Bemühungen zu intensivieren – so groß war die Befriedigung, die er beim Malen selbst empfand. Doch beflügelte ihn auch der heftige Wunsch, sich weiter durch die Malerei auszudrücken und die raffinierten Techniken zu vervollkommnen, die er erfunden hatte. Und schließlich auch das Wissen, daß die wichtigsten holländischen Sammler sich um seine Werke rissen – die Werke eines Künstlers, der von den Kritikern niedergemacht und über Jahre um die Möglichkeit gebracht worden war, auch nur in der unbedeutendsten Galerie seines Landes auszustellen. Fest überzeugt, daß seine Bilder in den Käufern die gleiche ästhetische Seligkeit weckten wie die authentischen Vermeers, war VM inzwischen nämlich zu dem Schluß gekommen, er täusche niemanden und das Geld, das er mit Betrug verdiente, stehe ihm zu, weil es ihn für die grausamen Ungerechtigkeiten entschädigte, die er hatte erdulden müssen, und weil es ihm für echte, wunderbare Meisterwerke bezahlt wurde.

Jedenfalls erwies sich VM zumindest als umsichtiger Investor seiner erklecklichen Einnahmen. Vor allem richtete er die Villa in Laren zur vorhersehbaren Freude Jos so prächtig ein, wie man sich nur vorstellen kann. In Zusammenarbeit mit dem treuen Strijbis erwarb er im Lauf von vier Jahren fünfzig Immobilien (Wohnhäuser, Hotels und Nightclubs), fast alle in Amsterdam und Laren. Um das restliche Kapital vor der Inflation zu schützen, eröffnete VM auch einen Antiquitätenhandel und erwarb eine große Anzahl von Kunstwerken, einschließlich mehrerer alter Meister – natürlich alle echt. Außerdem entwickelte er die merkwürdige Angewohnheit, Bündel von Banknoten in den Rohren der Zentralheizung und unter den Bohlen des Fußbodens seiner Villa zu verstecken oder im Garten zu vergraben: Ab und zu wechselte er die Verstecke und erinnerte sich dann oft nicht mehr, wo er das Geld hingetan hatte. Einige Jahre später sollte er seinen Kindern gestehen, daß in Laren - leider irgendwo versteckt - noch viele Packen Geldscheine herumliegen müßten. Um seinen unbegrenzten Wohlstand vor den Freunden zu rechtfertigen, erzählte VM jedenfalls zuerst, er habe aus einem Bilderverkauf großen Profit geschlagen - und das entsprach ja absolut der Wahrheit. Danach grub er noch einmal die unglaubliche Geschichte aus, er habe in der Nationallotterie das große Los gewonnen. Auch diesmal fiel es niemandem ein, seine Behauptungen anzuzweifeln.

15

Gegen Ende des Jahres 1941 begann VM, zwei weitere Vermeer-Fälschungen in Angriff zu nehmen – die *Segnung Jakobs durch Isaak* und *Christus und die Ehebrecherin* –, die er in nur zehn Monaten vollendete. Das Ergebnis bestätigte jedoch unerbittlich, daß VM, vom rein künstlerischen Standpunkt her, keine so glückliche Hand mehr hatte wie bei dem *Christus in Emmaus*. Unter technischen Gesichtspunkten dagegen war die *Segnung Jakobs durch Isaak* untadelig: Das Originalgemälde aus dem 17. Jahrhundert (dessen Sujet unbekannt blieb) wurde vollständig bis auf die Grundierung abgetragen, sorgfältiger sogar als bei *Christus in Emmaus*, und das Craquelé gelang sehr überzeugend. Gleiches läßt sich – leider – nicht für den *Christus und die Ehebrecherin* behaupten: Hier ließ VM große Partien der Originalmalerei stehen (eine Schlachtszene mit Kriegern und Pferden), die später bei der Röntgenuntersuchung deutlich sichtbar wurden, und benutzte darüber hinaus statt Ultramarin Kobaltblau, das im 17. Jahrhundert noch unbekannt war. Die Struktur dagegen ähnelte der des *Isaak*: drei Farbschichten, nämlich die Originalgrundierung, rötlich mit Öl- und Ockeranteilen, eine zweite Schicht mit Leim und Kreide und die Oberflächenschicht mit Spuren von Phenolformaldehyd.

Sonderbarerweise war die Gestalt der Ehebrecherin im Unterschied zu den anderen Figuren (im reinsten VM-Stil) nach dem Muster eines echten Vermeer, der *Briefleserin in Blau* aus dem Rijksmuseum, gemalt, die wie bekannt schon für eine von VMs ersten unverkauften Fälschungen, die *Notenleserin*, als Vorbild gedient hatte. Da viele Kritiker und Forscher (ohne den geringsten Beweis) annahmen, für die *Briefleserin in Blau* habe Vermeer seine Frau Catharina Bolnes als Modell genommen, und VM diese Vermutung gewiß nicht unbekannt war, könnte es wie eine gewisse giftige Ironie seinerseits wirken, daß er einer Ehebrecherin die gleichen Gesichtszüge verlieh. Andere Fachleute dachten allerdings, Catharina Bolnes habe ihr Gesicht auch der Dirne auf dem (Vermeer sowieso unter großen Unsicherheiten zugeschriebenen) Gemälde *Die Kupplerin* geliehen: was wiederum weniger auf VMs Sinn für Humor als vielmehr auf das Privatleben des Meisters von Delft ein besonderes Licht werfen würde.

Für den Verkauf der *Segnung Jakobs durch Isaak* wandte sich VM erneut an den schon erprobten Strijbis, der natürlich wieder zu Hoogendijk ging, und selbiger plazierte das Bild bei van der Worm für die atemberaubende Summe von 1.270.000 Gulden. Da der *Christus und die Ehebrecherin* Hermann Göring auf anderen Wegen angeboten wurde, war der *Isaak* die letzte Fälschung VMs, die durch die Hände des unverwüstlichen Duos aus Kunsthändler und Immobilienmakler ging. Noch bevor der Abschluß mit Göring zustande kam, arbeitete VM jedoch schon an der *Fußwaschung*, die seine letzte Fälschung sein sollte. Plötzlich beschloß er nämlich, seine Tätigkeit zumindest für den Augenblick einzustellen, nachdem er Anfang 1943 Unannehmlichkeiten bekommen hatte, als die holländische Regierung die Besitzer von 1000-Gulden-Scheinen aufforderte, den Behörden genaue Rechenschaft über deren Herkunft abzulegen. VM zog aus seinen Verstecken in Laren etwa eintausendfünfhundert Stück und erklärte, er habe sie durch den Verkauf von Werken Alter Meister erworben. Doch die Behörden schöpften Verdacht und hielten fast zwei Drittel der Scheine zurück, die dem rechtmäßigen Eigentümer nicht mehr zurückerstattet wurden. In den Augen des Finanzamts und der holländischen Staatspolizei wurde VM zu einem Subjekt, das mit größter Aufmerksamkeit überwacht werden mußte.

Deshalb entschied er sich, seine Karriere abrupt mit der *Fußwaschung* zu beenden, die zweifellos seine schlechteste Fälschung ist, jedenfalls ästhetisch gesehen die häßlichste und sogar auf technischer Ebene weniger inspiriert und gelungen als alle anderen. Wenn auf dem vorhergehenden Bild Christus einer Ehebrecherin symbolisch das Seelenheil verspricht, so läßt er hier auf plastische Weise seine Vergebung einer Dirne angedeihen, die damit beschäftigt ist, ihm die Füße zu waschen (genau gesagt den rechten, denn den linken sieht man nicht). VM trug ziemlich große Partien des Originalgemäldes nicht ab (das Bild, von unbekannter Hand, zeigte eine Szene mit Pferden und Reitern) und ließ die Leinwand zu lange im Ofen – oder setzte sie zu großer Hitze aus. So verflüchtigte sich das Öl zu rasch, und auf der Oberfläche entstanden zahlreiche kleine trichterartige Löcher, die VM recht stümperhaft ausbesserte. Diese Fälschung herzustellen erwies sich für VM, nebenbei gesagt, als ziemlich teure Angelegenheit, da das ultramarinblaue Gewand Christi – das mehr als ein Drittel der gesamten Bildfläche einnimmt – eine Unmenge Lapislazuli verschlang, das kostspieligste Material überhaupt. Aber vulgäre finanzielle Probleme bedrängten VM in jenem Augenblick gewiß nicht.

Betrachtet man die Sache unter rein ästhetischen Gesichtspunkten, zeigen VMs letzte Werke, daß der Fälscher aufhörte, im Stil Vermeers zu malen, und schließlich nur noch in seinem eigenen Stil malte. Wenn es möglich war, den *Christus in Emmaus* für einen anomalen, merkwürdigen, ungewöhnlichen Vermeer zu halten, so war die *Fußwaschung* reiner VM. Der *Christus in*

Emmaus stützte sich auf den *Christus bei Maria und Martha*, einen untypischen und umstrittenen Vermeer – den der Meister aus Delft vielleicht überhaupt nicht gemalt hatte. Vielleicht beruhte VMs gesamte Karriere auf einem riesigen Mißverständnis, wenn nicht gar auf der Erfindung eines Vermeer, den es nie gegeben hatte. Doch die *Fußwaschung* erinnerte nicht mehr im entferntesten an die erste große Fälschung VMs, die auf jeden Fall von einem Vermeer inspiriert war, so zweifelhaft er sein mochte. Jetzt versuchte VM nicht mehr, ein Werk zu kopieren und zu fälschen, das einem der größten Maler des 17. Jahrhunderts zugeschrieben werden konnte: Jetzt kopierte und fälschte er nur noch sich selbst.

Es ist klar, daß VM es nach und nach einfach für überflüssig hielt, sich anzustrengen, jene höchsten technischen und ästhetischen Ergebnisse zu erreichen, die er zu Beginn seiner Fälscherlaufbahn als nötig erachtet hatte, um seine Arbeiten zu verkaufen. Wie vielen erfolgreichen Künstlern kam ihm sozusagen die Inspiration abhanden, er verzichtete auf jede Suche nach Originalität, hörte auf, Ansprüche an sich selbst zu stellen – er entspannte sich, wurde faul und ruhte sich auf seinen Lorbeeren aus. Da die Fälschungen, die er produzierte, keinem einzigen genaueren Test unterzogen wurden, von Röntgenuntersuchungen ganz zu schweigen, gab er sich keine Mühe mehr, erstklassige Stücke von untadeliger Qualität und gehobener Machart zu erzeugen. Wenn es genügte, ein biblisches Sujet, auf eine Leinwand aus dem 17. Jahrhundert gemalt, künstlich zu altern und mit einer schönen, mächtig verführerischen Signatur (*I. V. Meer*) zu versehen, um eine Fälschung zu verkaufen, wenn die Käufer bereit waren, ein Vermögen auszugeben für ein Werk, dessen künstlerischer Wert sich einzig und allein aus der angenommenen Identität des Malers herleitete, warum hätte er dann wie ein Verrückter arbeiten sollen, mit der Strenge und

Ernsthaftigkeit von vor einigen Jahren, um das gleiche Resultat zu erzielen? Im Fall der *Fußwaschung*, um nur ein Beispiel zu nennen, zögerten die Experten, die das Bild auf Rechnung des holländischen Staates erwarben – auch wenn sie es für alles andere als ein Meisterwerk hielten –, nicht, einen phantastischen Preis zu akzeptieren, obwohl der Verkäufer, der Kunsthändler de Boer, die beantragte Durchleuchtung ablehnte. Schlimmer noch, nachdem sie es erworben hatten, kümmerten sich dieselben Sachverständigen nicht im geringsten darum, an dem Bild die Überprüfungen und technischen Kontrollen vorzunehmen, an deren Durchführung der Antiquar de Boer sie gehindert hatte.

Wenn anfangs Kenner wie Abraham Bredius bei der Beurteilung von VMs Fälschungen durch ein Werk von höchster technischer und künstlerischer Qualität wie dem *Christus in Emmaus* in die Irre geleitet wurden, so scheint man die Experten, die über die »späten« VMs befanden, doch viel weniger rechtfertigen zu können – denn sie haben Bilder, die noch nachlässiger, unförmiger und schlechter gemalt waren als die, die VM vor aller Augen produziert und mit seinem wahren Namen signiert hatte, mit echten Vermeers verwechselt. Paradoxerweise konnte VM gerade dank des unaufhaltsamen Niedergangs seines Fälscherethos den guten Ruf und das Prestige der sogenannten Fachleute für immer kompromittieren. Allerdings muß eingeräumt werden, daß die Besetzung Hollands durch die Nazis VMs Fortüne beträchtlich begünstigte: Behörden, Museumsdirektoren, Kunsthändler und Sammler fürchteten, daß die Meisterwerke einer nationalen Berühmtheit wie Vermeer einem Zwangsankauf durch irgendeinen eitlen Bonzen des Dritten Reichs zum Opfer fallen könnten. Es bestand sogar die konkrete Gefahr, daß diese unschätzbar wertvollen Werke beschlagnahmt würden. Diese schleichende Angst, die sich nach und nach zu einer regelrechten Psychose auswuchs, schien auch die vollkommene Diskretion und Heimlichkeit zu rechtfertigen, die – von VMs Agenten mit Nachdruck gefordert – die Transaktionen beim Verkauf der Gemälde umgaben. Dadurch wurde im Ambiente der holländischen Kunsthändler die Merkwürdigkeit einer solchen Fülle neuer, den Markt überschwemmender Vermeers nicht voll und ganz wahrgenommen, die um so verdächtiger war, als sie die Gesamtzahl der generell dem Meister von Delft zugeschriebenen Werke in nur sechs Jahren schließlich um etwa ein Siebtel erhöht hätte. Andererseits gab es in Holland so wenige potentielle Käufer eines Vermeers, daß sie sich alle kannten, erbittert mit einander konkurrierten und über die gegenseitigen Schachzüge stets genau Bescheid wußten – was VM erlaubte, die Preise zu erhöhen.

Da VM fand, der bewährte Kanal Strijbis-Hoogendijk sei mittlerweile doch etwas überstrapaziert, dachte er daran, für den Verkauf der *Fußwaschung* einen alten Schulfreund namens Jan Kok einzuspannen, der ebenfalls aus Deventer stammte. Kok, ehemaliger Regierungsbeamter in Niederländisch-Indien, war auf dem Gebiet der Kunst noch weniger bewandert als der unwissende Strijbis: Bis zu dem Tag, an dem VM zu ihm kam und ihm erzählte, er habe in einer »alten Gemäldesammlung« die *Fußwaschung* aufgestöbert, wobei er vorsorglich hinzufügte, das Bild könne gut eine Million Gulden einbringen, hatte Kok noch nie etwas von Vermeer gehört. Als VM erklärte, er könne sich nicht selbst um den Verkauf kümmern, weil er schlechteste Beziehungen zu den Kunsthändlern habe, willigte der Schulfreund ein, das Gemälde der geschätzten Aufmerksamkeit von de Boer zu unterbreiten, der ja schon den falschen de Hooch (die *Trinkergesellschaft*) bei van Beuningen untergebracht hatte, den er vor dem Krieg von Dr. Boon erhalten hatte.

Als de Boer die *Fußwaschung* in Augenschein nahm, dachte er sofort an den *Christus in Emmaus* (es hatte noch einmal funktioniert, genau wie VM es geplant hatte). Er fragte Kok, wo er das Bild gefunden habe, und Kok servierte ihm die gleiche Geschichte, die VM für Strijbis erfunden hatte. De Boer hielt die *Fußwaschung* für ein Werk von so unschätzbarem Wert, daß er meinte, er müsse es dem holländischen Staat anbieten, um ein etwaiges Dazwischenfunken der Nazibehörden zu vermeiden. Er nahm Kontakt zum Rijksmuseum auf, das den Restaurator des *Christus in Emmaus*, Luitwieler, und Dr. de Wild, Autor des Traktats über die Farben bei Vermeer, das VM gerade bei der Arbeit am *Christus in Emmaus* weidlich ausgeschlachtet hatte, mit der Prüfung des Gemäldes beauftragte. Beide äußerten sich sehr positiv über die Qualität des Werks und riefen Dr. Hannema an, den Direktor des Boymans-Museums in Rotterdam, der seinerzeit hauptsächlich für den Erwerb des *Christus in Emmaus* durch die ehrwürdige, von ihm geleitete Institution verantwortlich gezeichnet hatte. Hannema eilte sofort nach Amsterdam: sobald er das Bild bewundern durfte, begriff er, daß er einen echten Vermeer vor sich hatte. Innerhalb weniger Stunden wurde beschlossen, eine Regierungskommission zu bilden und sie zu beauftragen, den angemessensten Preis für einen möglichen Ankauf seitens der holländischen Regierung festzusetzen.

Selbst VM, der seit jeher den visionären Ehrgeiz gehegt hatte, das gesamte künstlerische Establishment seines Landes in Verruf zu bringen, hätte die hochangesehenen und repräsentativen Persönlichkeiten nicht besser auswählen können, die sich einige Tage später im Rijksmuseum versammelten, um ihre gelehrten Meinungen zur *Fußwaschung* kundzutun. Außer Hannema, de Wild und Luitwieler war ein Wissenschaftler von Rang wie Dr. van Schendel zugegen, Generaldirektor und Kurator des

Museums. Außerdem Professor van Gelder von der Universität Utrecht und Dr. van Regteren Altena, geschätzter Professor an der Universität in Amsterdam. Hätte VM darüber hinaus mit eigenen Ohren die bestürzenden Betrachtungen der illustren Sachverständigen anhören können, so hätte er allen Grund gehabt, sich ins Fäustchen zu lachen.

Zum ersten Mal seit den Zeiten des anonymen Agenten Duveens, der den *Christus in Emmaus* besichtigt hatte, bevor er vom Boymans-Museum gekauft wurde, erklärte Dr. Altena nämlich, daß es sich ganz sicher um eine Fälschung handele. Doch seine Kollegen beeilten sich einzuwenden, er übertreibe: Sie bewunderten das Bild keineswegs, und ehrlich gesagt gefalle es letztlich niemandem, im Gegenteil, sie fänden es recht häßlich und unangenehm. Dennoch sei es eindeutig ein Vermeer, und man müsse um jeden Preis vermeiden, daß es in Deutschland lande. Deshalb empfahlen sie der holländischen Regierung, vertreten durch die Person des Professor van Dam, Generalsekretär des Unterrichtsministeriums, diesen recht unattraktiven, aber überaus bedeutenden Vermeer für das Rijksmuseum zu erwerben (wo er allerdings, solange die Nazi-Besatzung dauerte, nicht ausgestellt werden konnte) und den astronomischen Preis von 1.300.000 Gulden dafür zu bezahlen. Und das, obwohl der Kunsthändler de Boer es mit größter Nonchalance abgelehnt hatte, das Werk durchleuchten zu lassen. De Boers Provision betrug gewöhnlich zehn Prozent des Erlöses, da der Käufer aber der holländische Staat war, willigte er ein, sie auf fünf Prozent zu reduzieren (also 65.000 Gulden). Der ungläubige Kok sah plötzlich einen Goldregen von 80.000 Gulden auf sich niedergehen: Für die bescheidene Rolle, die er gespielt hatte, erschien ihm diese Belohnung beinahe unmoralisch, aber er nahm sie doch an.

Als die *Fußwaschung* verkauft und seine glänzende und einträgliche Fälscherkarriere, so meinte er, für immer abgeschlossen war, gab VM Anfang 1945 die Villa in Laren auf, übersiedelte nach Amsterdam und kaufte ein prachtvolles, vierstöckiges Patrizierhaus an der Keizersgracht, in einer von Künstlern und Galeristen sehr geschätzten Gegend, von dem aus man einen der malerischsten, wichtigsten Kanäle der Stadt überblickte. Von Antriebslosigkeit und Untätigkeit verzehrt, besessen von dem Gedanken, er stehe vor dem Ruin, da Polizei und Finanzamt es auf ihn abgesehen hatten, wurde VM zu einem immer eifrigeren, ja geradezu unmäßigen Morphiumkonsumenten. Er war äußerst reizbar und neurotisch, und bald begann er, um die unterschwellige Spannung abzubauen, wieder massiv zu trinken, Nachtlokale zu besuchen, sich mit sehr jungen Bardamen einzulassen und jede Woche die Geliebte zu wechseln. Nachdem Jo ihn mehrmals mit einer Tänzerin im Bett erwischt hatte, reichte sie die Scheidung ein: Doch auch nach dem Ende der deutschen Besatzung wohnte sie weiterhin in dem herrschaftlichen Haus an der Keizersgracht in den beiden für sie reservierten Stockwerken. VM, der sie trotz allem sehr liebte, machte ihr eine offizielle Schenkung in Höhe von 800.000 Gulden. Außerdem besuchte er sie beinahe jeden Tag in ihren prächtigen Gemächern. Zwei Monate später jedoch (Ende Mai, um genau zu sein) erhielt VM selbst Besuch, genau wie er schon längst befürchtete und wie am Anfang dieses Buches geschildert: nämlich von zwei beflissenen Beamten der holländischen Staatspolizei.

16

Auch wenn es sehr schwierig war, die Moral des Reichsmarschalls Hermann Göring zu untergraben, so stürzten ihn die schrecklichen Nachrichten über das Schicksal seiner außerordentlichen Kunstsammlung doch in die schwärzeste Verzweiflung. Obwohl er Gefangener der Alliierten war, gerieten seine Dreistigkeit und theatralische Selbstsicherheit tatsächlich erst ins Wanken, als er erfuhr, daß seine stattliche Kollektion, deren Wert auf fünfzig Millionen Mark geschätzt wurde, dem Feind in die Hände gefallen war. Die Sammlung war am 13. April 1945 nach Berchtesgaden transportiert worden, im Sonderzug des Marschalls, »Asien«, der mit Wandteppichen, Holztäfelungen, Samtsitzen, einer riesengroßen Badewanne, einer perfekt eingerichteten Dunkelkammer für Eitel Lange (Görings persönlichen Fotografen), einer mobilen Krankenstation mit sechs Betten und Operationsraum und einer mit Cremes, Haarwässern, Puderdosen, Zerstäubern, Höhensonne und Solluxlampen vollgestopften Friseurstube ausgestattet war und einen Flachdachgüterwagen mitführte, auf den zwei Ford Mercury, ein Buick, ein La Salle, ein Citroën, ein Ford-Gepäckwagen, ein Mercedes-Jagdwagen und ein geländegängiger Dreiachser geladen waren. Wenige Tage später, noch teilweise voll mit Schätzen, war der Zug von den französisch-marokkanischen Truppen beschlagnahmt worden. Kaum hatte sie den Feind gesichtet, war Fräulein Limberger – Görings Sekretärin – aus dem Zug gesprungen und hatte in Gesellschaft von Walter Hofer, dem bevorzugten Kunsthändler des Reichsmarschalls, überstürzt die

Flucht ergriffen. In der Eile hatten die beiden die voluminösen Inventarlisten zurückgelassen, die Görings betrügerische Transaktionen dokumentierten. Und sein Fahrer war mit einer Kassette auf und davon, die den gesamten Schmuck von Görings Frau Emmy enthielt.

Dann war auf dem Luftweg die 101. Division der US-Armee eingetroffen. First Lieutenant Raymond F. Newkirk hatte Görings Dienstpersonal verhört. Einige Tage danach führte der deutsche Ingenieur, der den Tunnel unter dem Unterstein geplant hatte, Oberleutnant Newkirk durch ein ausgeklügeltes Gewirr von unterirdischen Gängen. Ein Pionierkommando stürmte die Geheimkammer – in Wirklichkeit eine feuchte, ungesunde Höhle –, in der Hermann Göring seine Meisterwerke zusammengepfercht und mit Hilfe kostbarer Gobelins notdürftig vor dem von der Decke tropfenden Wasser geschützt hatte. Unschätzbare Gemälde von Van Dyck, Rubens, Botticelli und Boucher waren darunter, ganz zu schweigen von einem unbekannten Vermeer, einem wundervollen Kopf eines alten Mannes von Rembrandt (der sich dann leider als Fälschung herausstellte, die ein Pariser Händler Göring 1940 angedreht hatte) und der *Infanta Margareta* von Velázquez, dem Prunkstück einer 1941 beschlagnahmten Rothschild-Kollektion.

Schon ab Mitte 1940 hatte Reichsmarschall Göring begonnen, seinen Sammlerappetit zu stillen, und zwar mit solcher Gefräßigkeit, daß die Schäden, die seine Raub- und Habgier verursachten, nie ganz wiedergutgemacht werden konnten – auch wenn später zahlreiche Regierungen und Legionen von Fachleuten über mehrere Jahrzehnte versuchten, die wertvollen Stücke zurückzuholen, die sich der neue Pierpont Morgan angeeignet hatte. Natürlich hatte Göring viele der Kunstwerke bei französischen, belgischen und holländischen Antiquaren und

Händlern auf mehr oder weniger legalem Weg und für horrende Summen erworben – *Venus und Adonis* von Rubens, zum Beispiel. Auch diese wurden jedoch 1945 beschlagnahmt, da sie – theoretisch – den Ursprungsländern hätten zurückgegeben werden müssen. Andererseits hatte sich mehr als ein Händler davor gehütet, Göring eine quittierte Rechnung auszuhändigen, in der Hoffnung, die Kunstwerke später zurückfordern und die kassierte Summe behalten zu können. Der Reichsmarschall war zweifellos ein Verbrecher, ein Räuber, der sich durch absolute Skrupellosigkeit auszeichnete. Doch auch einem Piraten seines Kalibers konnte es manchmal passieren, daß er von einem bescheidenen Pariser Kunsthändler übers Ohr gehauen wurde. »Die Moralvorstellungen dieser Leute«, hatte Göring bei verschiedenen Gelegenheiten angewidert und enttäuscht geäußert, »sind laxer als die eines Pferdehändlers.«

Im Sommer 1940 hatte Göring seinen, wie er meinte, ersten großen Coup gelandet, als sein Mittelsmann in Amsterdam, der bayerische Kunsthändler Alois Miedl, ihm das vorteilhafte »Goudstikker-Geschäft« vorschlug. Es handelte sich um einen reichen holländischen Juden, Besitzer des Schlosses von Nyenrode und einer Sammlung, die aus eintausenddreihundert Gemälden bestand, darunter Bilder von Tintoretto, Cranach und zwei Gauguins. Bevor Hitler Holland angriff, hatte der umsichtige Goudstikker seine Gemäldesammlung einer Schattenfirma überschrieben und einem nichtjüdischen Freund mündlich Prokura erteilt. Dieser war jedoch gestorben, und Goudstikker selbst ertrank bei der Torpedierung des Schiffes, auf dem er flüchten wollte. Seine Witwe, eine ehemalige Sängerin aus Österreich, die in New York lebte, beauftragte einen Rechtsanwalt in Amsterdam, die Sammlung zu verkaufen. Miedl informierte Göring und verlangte ein Darlehen von zwei Millionen Gulden, um die Verhandlungen abzuschließen: Göring erklärte sich einverstanden, im Tausch gegen die besten Stücke. Dreiundfünfzig Bilder landeten dann bei Hitler, der seine Residenz in München damit ausstatten wollte. Göring war natürlich überzeugt, er habe das Geschäft sehr schlau eingefädelt: Erst 1943 sollte er erfahren, daß Miedl ihn hereingelegt und ihm eine deutlich höhere als die vom Anwalt der Witwe geforderte Summe abgeknöpft hatte.

Hauptberater Görings war schon Ende 1940 Walter Hofer, auf dessen Visitenkarte die großspurige Aufschrift *Der Direktor der Kunstsammlungen des Reichsmarschalls* prangte. Hofer war bestimmt kein zimperlicher Typ: Als in Bordeaux die Sammlung von Georges Braque beschlagnahmt wurde, der kein Jude war und daher baldmöglichst wieder in den Besitz seiner Gemälde hätte gelangen müssen, hatte Hofer – stark an Braques Cranach interessiert, weil er die Vorliebe Görings für diesen Maler sehr wohl kannte – Braque zu verstehen gegeben, daß ihm seine Sammlung viel schneller zurückgegeben würde, wenn er sich bereit fände, dem Reichsmarschall seinen Cranach zu verkaufen. Als dagegen die Nazischergen in Paris einen Van Dyck und einen Rubens entdeckten, teilte der eifrige Hofer Göring umgehend mit: »Ich habe mich erkundigt, ob der Besitzer Jude ist. In der Zwischenzeit bleiben die Gemälde natürlich in der Obhut der Bank meines Vertrauens.«

War der zwielichtige Hofer das Hirn, so war sein Freund Alfred Rosenberg, von Hitler beauftragt, die von den Juden auf der Flucht zurückgelassenen Schätze zu beschlagnahmen, der bewaffnete Arm des Reichsmarschalls. Dank der vertraulichen Informationen, die Rosenberg ihm zukommen ließ, konnte Göring sogar schneller zugreifen als die scharfsichtigen und allgegenwärtigen Kunstexperten des Führers, Karl Haberstock und Hans Posse, die den Auftrag hatten, Bilder für die riesige Galerie heranzuschaffen, die Hitler in Linz bauen wollte. So landeten Geld, Gemälde und Juwelen, die in den Tresoren der Juden gefunden wurden, in Kisten, die dann mit einem großen G versehen unter Aufsicht bewaffneter Wachposten auf einen Lastwagen der Luftwaffe, wenn nicht sogar in einen an den Sonderzug des Reichsmarschalls angehängten Güterwagen verladen wurden.

Ein Teil von Görings Schätzen kam aus Italien, dank der guten Dienste Italo Balbos – der italienische General schenkte ihm eine herrliche Marmorkopie der *Venus* von Praxiteles, die bei den Ausgrabungen in Leptis Magna gefunden worden war: Schätzwert zwei Millionen Mark. Aber auch dank Mussolini, der gestattete, daß Göring beim Zoll sehr viel geringere als die realen Werte deklarierte. Sein bevorzugtes Jagdrevier war jedoch – seit September 1940 – Paris, und Göring rühmte sich, die historischen Bauten der Stadt bei den Bombardierungen, die auf die Besetzung Frankreichs folgten, gnädig verschont zu haben. Am Eingang zum Louvre, in der Galerie des Jeu de Paume, wurden vier Jahre lang die Kunstwerke ausgestellt, die Rosenberg bei jüdischen »Flüchtlingen« wie Lazare Wildenstein, Madame Heilbronn, Sarah Rosenstein und den Gebrüdern Hamburger beschlagnahmt hatte – Werke, die Göring zuerst inventarisieren und für seine Privatsammlung sichten und dann verpacken und mit Hilfe der Luftwaffe nach Deutschland schicken ließ. Der Reichsmarschall brüstete sich gerne damit, wie erfolgreich er die von den Juden versteckten Kunstschätze an sich gerafft hatte. Mit dem größten Vergnügen erinnerte er sich zum Beispiel an die glänzende Operation im August '41, als eine Funkereinheit der Marine, die in einem Schloß im Bois de Boulogne untergebracht war, in einem zugemauerten Raum das soundsovielte Depot der Rothschilds entdeckte: entzückende französische und holländische Gemälde aus dem 18. und 19. Jahrhundert. Er bestritt auch keineswegs, auf Bestechung zurückgegriffen und ganze Scharen von schon recht willfährigen Sachverständigen mit Geld und Geschenken geschmiert sowie französische Polizisten benutzt zu haben, um das »Diebesgut« in teuflisch raffinierten Verstecken aufzuspüren. Doch meinte er von sich, er könne durchaus auch großmütig sein: Es rührte ihn fast zu Tränen, wenn er erzählte, wie er den holländischen Juden Nathan Katz mit Frau und Kindern heimlich in die Schweiz hatte emigrieren lassen – selbstverständlich im Tausch gegen zahlreiche, beim Schweizer Konsul in Den Haag deponierte Meisterwerke.

Im allgemeinen traf Göring ohne Vorankündigung mit seinem Sonderzug in Paris ein. Manchmal erschien er in einen weißen Seidenmantel gehüllt, mit Juwelen behangen, an der Kopfbedeckung das Abzeichen des Hubertushirschs mit einem Hakenkreuz aus Perlen im Geweih. Er bestellte General Hanesse zu sich und ließ sich Beutel voll Geld aushändigen. Er prüfte die Früchte der letzten Beutezüge im Jeu de Paume, lud eine Handvoll Polizisten und Agenten ins Auto, und auf ging's zum Diner ins Maxim, zur Nacktrevue ins Bal Tabarin, zum Diamantenhorten zu Cartier und zum Krawattenaussuchen zu Hermès. Außerdem zum Geschäftemachen mit dem Abschaum des internationalen Kunstmarkts: zwielichtigen Rechtsanwälten, Hehlern, Dieben, Antiquaren von zweifelhaftem Ruf, Kollaborateuren und Spionen. Göring bezahlte gerne bar, und mehr als einmal hatte er – wenn er plötzlich merkte, daß er nicht mehr flüssig war – seine Helfer grob gescholten. Diese erinnerten sich genau an den fahlen, unheilvollen Gesichtsausdruck, den der Reichsmarschall bei solchen Gelegenheiten bekam: vor Wut aufgebläht wie eine Kröte, bellte er die Unseligen an, wenn sie ihn zum Einkaufen begleiteten, müßten sie mindestens zwanzigtausend Mark in der Tasche haben.

Es gab keinen einzigen wichtigen Kunsthändler in Belgien,

Holland, der Schweiz, Frankreich, Schweden und Italien, der nicht versuchte, Göring das eine oder andere Stück anzudrehen. Sobald der Reichsmarschall in Paris auftauchte (doch die gleiche Szene wiederholte sich überall), standen die Anwärter, die entschlossen waren, ihm etwas zu verkaufen, Schlange vor der Tür des prächtigen Quartiers der Luftwaffe in der Rue du Faubourg Saint-Honoré, dem ehemaligen Wohnsitz der Rothschilds, voller Silberzeug und Perserteppiche. Und es waren nicht nur Händler und Antiquare, sondern auch Prinzessinnen und Barone darunter. Per Post erhielt Göring Berge von Angeboten, zum guten Teil unbrauchbar, und Packen von Versteigerungskatalogen. Manchmal gelang es ihm, unglaublich niedrige Preise herauszuholen: 35.000 Francs für zwei Picassos, 100.000 für zwei Bilder von Matisse und einige Porträts von Modigliani und Renoir. Doch meistens stiegen die Forderungen, kaum verbreitete sich die Kunde, daß der Käufer der Reichsmarschall war, um das Fünffache. »Absolut wahnsinnige Preise« laut Göring, der jedoch – Opfer des typischen, beinahe hypnotischen Trancezustands, der den eingefleischten Sammler kennzeichnet – weiterhin unerschütterlich die Kordeln seiner Börse lokkerte und alles abräumte, was ihm in Reichweite kam. Um nur ein Beispiel zu nennen: Allein die Sendung vom 23. November 1942 – verladen auf Görings Sonderzug, der nunmehr zwischen Paris und Carinhall hin und her pendelte – umfaßte siebenundsiebzig Kisten mit beschlagnahmten, getauschten oder erworbenen Teppichen, Gobelins und Gemälden, Marmor- und Bronzestatuen, einen Waschtisch aus Eiche und Zinn und einen Cranach, für den er fünfzigtausend Schweizer Franken bezahlt hatte. Am 20. Oktober 1942 waren schon insgesamt fünfhundertsechsundneunzig Stücke – Skulpturen, Gemälde, Gobelins – aus dem Jeu de Paume ins Privateigentum des Reichsmarschalls übergegangen.

Außer um das Schicksal seiner erlesenen Sammlerstücke, bangte Hermann Göring nur um die Sicherheit seiner Frau Emmy und seiner Tochter Edda. Doch in Wirklichkeit verkraftete er den Gedanken, als Kriegsgefangener betrachtet zu werden, immer weniger. Längst hatte er erfaßt, daß die Alliierten einen großen Prozeß vorbereiteten, daß sie ihn in die Zange nehmen und schuldig sprechen wollten, nur verstand er nicht, wofür. Sein Gemütszustand verdüsterte sich noch mehr, als er am 20. Mai 1945 in einem Flugzeug mit sechs Plätzen, so winzig, daß er gezwungen war, durch die Gepäckluke in die Kabine einzusteigen, nach Luxemburg überführt wurde.

Ohne viel Federlesens wurde er in einem Zimmer im vierten Stock des Grand Hôtel des Kurorts Mondorf-les-Bains interniert, zusammen mit einem Haufen anderer Nazigrößen: von Ribbentrop, Keitel, Jodl, Ley, Streicher und Frank, letzterer mit verbundenen Handgelenken, da er gerade einen Selbstmordversuch unternommen hatte. Auch Großadmiral Dönitz war dabei – bemerkte er mit unbeschreiblicher Befriedigung –, der Strohmann, der ihm dank der Winkelzüge des aalglatten Bormann den Titel als neuer Reichsführer weggeschnappt hatte. Um weiteren unerwünschten Selbstmordgesten der Gefangenen vorzubeugen, entfernten die Amerikaner die Lampen und Steckdosen aus den Zimmern und tauschten die Scheiben der eintausendsechshundert Fenster gegen Plexiglas aus.

In den Bergen geboren und aufgewachsen, als junger Mann in seiner Eigenschaft als Fliegeras und letzter Kommandeur der legendären Richthofen-Staffel zwischen den Gestirnen am Himmel zu Haus, daran gewöhnt, am Steuer großer Sportwagen über die Autobahnen des Reichs zu kurven, fühlte sich der Marschall in dem kahlen Raum in Mondorf wie ein Löwe im Käfig. Wie einer der Hirsche und Elche, die er jahrelang verfolgt und erlegt hatte, war er – der größte Jäger des Dritten

Reichs – in einer stählernen Falle gelandet. Voller Heimweh dachte er an seinen Renaissancepalast Carinhall, an den riesigen Saal im Stil eines schwedischen Jagdpavillons, an sein Arbeitszimmer, das noch größer war als das Mussolinis, an die luxuriösen Teppiche, an die herrlichen Hirschgeweihe, an die riesigen Sofas, auf denen die verblüfften ausländischen Diplomaten sich vorkamen wie Flöhe, während sie Görings ringgeschmückte Finger und den liegenden Löwen auf seinem Schreibtisch bewunderten.

Zum Pech des Reichsmarschalls gehörte zu den Sicherheitsmaßnahmen auch die Beschlagnahmung des Gepäcks. Und so stieß ein Soldat bei der Durchsuchung von Görings blauen Koffern im Lauf weniger Minuten auf eine Zyankalikapsel, die in einer Kaffeedose versteckt war. Aber das war noch nicht alles. Das Hotel unterstand dem kämpferischen Oberst Burton C. Andrus, den Göring haßte und ebenso aufgeblasen wie ungezogen fand. Auch der auf Hochglanz polierte Helm des Obersten kam ihm lächerlich vor, weshalb er Andrus *Feuerwehrhauptmann* taufte. Um ihn für seinen Sarkasmus zu strafen, nahm Andrus Göring, den er den *Fettwanst* nannte, unter anderem sadistischerweise ein goldenes Fliegerabzeichen ab, eine Tischuhr, einen Reisewecker von Movado, ein Necessaire, ein goldenes Zigarettenetui mit eingelegten Amethysten und einem Monogramm von Prinz Paul von Jugoslawien, eine silberne Pillendose, ein Zigarrenetui in Gold und Samt, eine diamantenbesetzte Uhr, eine goldene Kette, drei Schlüssel, einen Smaragdring, einen Brillantring, einen Rubinring, eine diamantene Luftwaffenspange, vier Manschettenknöpfe mit Halbedelsteinen, eine goldene Nadel in Form eines Immergrünzweigs, eine goldene Nadel mit Hakenkreuz und Diamantsplittern, ein persönliches Siegel in Silber, einen Orden *Pour le mérite*, ein Eisernes Kreuz erster Klasse von 1914, ein goldenes Feuerzeug, zwei alte norwegische Kragenknöpfe, einen Messingkompaß, einen Füllfederhalter mit der Gravur *Hermann Göring*, einen silbernen Zigarrenabschneider, ein herzförmiges Etui aus Silber, sogar einen vergoldeten Bleistift und – dulcis in fundo – 81.268 Mark.

Als Göring merkte, daß man ihm nur eine Zahnbürste, ein Stück Seife und einen Schwamm gelassen hatte und daß er nicht einmal mehr einen Kamm besaß, um sich die Haare zu glätten, schrieb er aus Protest an Eisenhower, den er schon seit Monaten vergeblich zu treffen versuchte. »Ich kann nicht glauben, daß Euer Exzellenz über die demütigende Wirkung Bescheid weiß, die diese grobe Behandlung auf mich ausübt.« Man verweigerte ihm die Erlaubnis, Frau und Tochter zu sehen. Statt dessen wurde er einer sorgfältigen ärztlichen Untersuchung unterzogen, aus der hervorging, daß der Reichsmarschall, ein Meter siebenundsiebzig groß, hundertneunzehn Kilo wog. Er war fettleibig, schwächlich und allgemein in recht schlechter körperlicher Verfassung. An seiner unnatürlichen Leibesfülle waren zum Teil die Hormonstörungen schuld, die er nach einer schweren Verletzung in der Leiste davongetragen hatte, und die lange Morphiumabhängigkeit. Sein Hintern war mindestens einen Meter breit. In dem Versuch, die Schultern so ausladend erscheinen zu lassen wie die Hüften, trug er fünf Zentimeter breite Polster. Dafür hatte er aber einen Intelligenzquotienten von 138 – unter den Nazibonzen übertrafen ihn nur Hjalmar Schacht (143) und Arthur Seyss-Inquart (141).

Auch wenn er stark schwitzte, glasige, vorstehende Augen hatte, an Kurzatmigkeit und ständigen Rhythmusstörungen litt und über heftiges, unregelmäßiges Zittern der Hände klagte, konnte man nicht sagen, daß er krank war. Wenn man dagegen den Reichsmarschall selber hörte, so hatte er in den letzten Monaten zahlreiche Herzanfälle und alle möglichen Beschwerden bekommen. Jedenfalls war seine Krankengeschichte ziemlich interessant. 1925 war er infolge von Morphium- und Eukodal-Mißbrauch in der Zwangsjacke in die schwedische Nervenheilanstalt Langbro eingeliefert worden. Hier hatte er sich mehrfach geweigert, Beruhigungsmittel zu schlucken, weil er fürchtete, er könne für verrückt erklärt werden, während er unter Narkotika stand; er hatte sich dagegen gewehrt, sich für die Klinikakte fotografieren zu lassen, und erklärt, er sei Ziel einer jüdischen Verschwörung. Außerdem hatte er in Dutzenden von Halluzinationen Abraham gesehen, der ihm einen glühenden Nagel in den Rücken trieb, ihm einen Schuldschein zeigte und ihm drei Kamele versprach, wenn er aufhören würde, die Juden zu bekämpfen.

Am 12. August wurde Göring mit einer amerikanischen Transportmaschine, einer C-47, nach Nürnberg überführt. Der Reichsmarschall begriff, daß der Prozeß bevorstand. Es sollte der letzte Flug seines Lebens sein, und er trat ihn mit einem kämpferischen Glitzern in den Augen an. Während der Landung betrachtete er durchs Flugzeugfenster eine apokalyptische Landschaft: Nürnberg war ein Trümmerfeld. Er wurde in ein vier mal zwei Meter großes Loch gesperrt, mit einem am Boden festgeschraubten Feldbett aus Metall, einem winzigen, in eine Nische eingelassenen Klosettbecken und einem kleinen Tisch, auf den Göring ein Foto seiner Tochter Edda stellte. Auf die Rückseite hatte die Kleine mit ihrer kindlichen Schrift geschrieben: *Lieber Papa, komm bald wieder zurück zu mir. Ich habe solche Sehnsucht nach dir. Viele tausend Küsse von deiner Edda.*

Während der Prozeß gegen die Nazigrößen fortschritt, widmete sich Göring – der schon einen magnetischen Einfluß auf den Häftlingsarzt, den sanftmütigen Dr. Pflücker, ausübte – aktiv nur einer einzigen Beschäftigung: Er versuchte, einen amerikanischen Offizier zu bestechen, der ihm nicht sonderlich aufgeweckt vorkam. In kurzer Zeit erwarb er sich die zweideutige Freundschaft von Oberleutnant Jack G. Wheelis, einem riesenhaften texanischen Säufer und, wie er selbst, leidenschaftlichen Jäger, der einen Schlüssel zu dem Raum in Verwahrung hatte, wo das Gepäck lagerte. Göring schenkte ihm einen goldenen Füller, eine Schweizer Uhr mit eingraviertem Monogramm, ein hakenkreuzgeschmücktes Streichholzetui und ein goldenes Zigarettenetui, das von Goebbels stammte. Dafür überbrachte Wheelis einen Brief des Reichsmarschalls an Emmy und die kleine Edda, die inzwischen mit ihrer Mutter im Straubinger Gefängnis interniert worden war. Einige Monate später ließ Emmy ihrem Mann einen Brief zustellen, der ein vierblättriges Kleeblatt als Glücksbringer enthielt. Prompt beschlagnahmte das Überwachungsbüro das Kleeblatt. Göring schrieb an seine Frau, um ihr für die Aufmerksamkeit zu danken. »Aber was willst du machen? Glück – das ist nun für uns vorbei.«

Infolge der inständigen Bittgesuche, die Emmy Göring an das Tribunal richtete, wurde entschieden, daß sie ihren Mann treffen dürfe. *Ich habe ihn seit eineinviertel Jahren nicht gesehen. Wenn ich ihn nur ein paar Minuten sehen und seine Hand halten könnte, würde mir das unendlich helfen.* Der unbeugsame Colonel Andrus zögerte die Begegnung mehrere Wochen lang hinaus. Am 12. September 1946 konnte Emmy, blaß und abgemagert, Göring eine halbe Stunde lang sehen: mit Handschellen an einen Wachposten gefesselt, saß er auf der anderen Seite der gläsernen Trennwand. Fünf Tage später kam die kleine Edda an die Reihe. Sie stieg auf einen Stuhl, um ihrem Vater zu zeigen, wie groß sie geworden war, sagte ihm die Balladen auf, die sie gelernt hatte, und ein Gedicht, das so lautete: *Vor allem eins, mein Kind, sei treu und wahr*

/ laß nie die Lüge deinen Mund entweihn … Nach der Legende brach Göring in Tränen aus, klopfte mit den Fingern an die Trennscheibe und sagte mit gerührter Stimme zu der Kleinen: »Ja, das merk dir, Edda. Fürs ganze Leben.«

Er sollte sie nie wiedersehen. Später wurde Edda durch eine treuherzige kindliche Aussage berühmt: Als die Zeitungen der halben Welt sich fragten, wie zum Teufel Göring sich wohl das Zyankali beschafft haben mochte, behauptete Edda, daß sich in der Zelle ihres Vaters an der Decke ein Fenster geöffnet habe und ein Engel des Herrn aus dem Himmel herabgeschwebt sei, um ihm die Giftkapsel zu bringen. Jedenfalls wurden am 29. September die Ehefrauen der Angeklagten aus Nürnberg weggebracht. Es kam jedoch noch zu einer flüchtigen Begegnung, bei der Emmy naiv fragte: »Glaubst du nicht, daß du, Edda und ich eines Tages wieder in Freiheit vereint sein werden?« Göring beschränkte sich auf ein Kopfschütteln und hauchte in einem Atemzug auf die Glasscheibe: »Ich bitte dich inbrünstig, meine Liebe. Gib jede Hoffnung auf.«

Am Dienstag, 1. Oktober, veröffentlichten die Zeitungen Fotos des vom Gericht ernannten Henkers: Master-Sergeant John C. Woods. Damit sein Porträt etwas anschaulicher wurde, ließ er sich mit dem dicken Hanfstrick in der Hand ablichten, mit dem er – unter anderen – die Nummer eins der Verbrecher dieser Erde hängen würde. Um zwölf Uhr mittags, der Gerichtssaal war so voll wie nie, erklärte Sir Geoffrey Lawrence, der Vorsitzende des Tribunals, Reichsmarschall Hermann Göring in allen ihn betreffenden Anklagepunkten für schuldig. Auf der Anklagebank zusammengesunken, mühte sich Göring, keine Regung zu zeigen: Er erwartete ja gewiß kein positives Urteil. Dann jedoch riß er sich mit einer verärgerten Geste den Kopfhörer für die Übersetzung vom Kopf. Später hörte er, ohne das geringste Anzeichen von Reue, in Habtachtstellung zu, wie Sir Lawrence sein Todesurteil verkündete. Er wurde in die Zelle zurückgebracht. Um zu verhindern, daß der Verurteilte in extremis der gerechten Strafe entgehen könne, verbot Oberst Andrus ihm den Hofgang und das Duschen, ließ seine Matratze austauschen und ordnete an, daß er zu jeder wie auch immer gearteten Unterredung mit Handschellen an eine Wache gefesselt und eskortiert werden solle.

So war Göring, als er die Gelegenheit bekam, seine Frau etwa eine Stunde lang zum letzten Mal zu sehen, am rechten Handgelenk an den Gefreiten Russel A. Keller gekettet, während hinter ihm drei mit Thompson-Maschinenpistolen bewaffnete Posten aufmarschierten. Emmy saß neben Kaplan Gerecke und drehte den Ehering zwischen den Fingern. Sie fragte ihren Mann, ob er noch seine Bürste bei sich habe, womit sie auf die Zyankalikapsel anspielte. Göring verneinte, versicherte seiner Frau aber, daß sie ihn nicht hängen würden. Emmy fühlte sich der Ohnmacht nahe und ging davon, durch den Hinterausgang, um keinen Fotografen und Reportern zu begegnen. Göring hingegen kehrte in seine Zelle zurück und widmete sich der Perfektionierung seines Plans, die Alliierten um die Genugtuung zu bringen, ihn am Galgen baumeln zu sehen. Zwei Männer, an die er seit Wochen ausdauernd hinarbeitete, brauchte er dazu als Komplizen: Dr. Pflücker und Oberleutnant Wheelis, natürlich. Letzterer sollte die Zyankalikapsel herausholen, die – so unglaublich es klingt – in einem von Görings blauen Koffern geblieben war (wovon sich Wheelis, mit dem Schlüssel des Gepäckraums bewaffnet, persönlich hatte überzeugen können). Pflücker dagegen war der Engel des Herrn, von dem die kleine Edda dann sprach, die treue Hand, die die Kapsel in die Zelle schmuggelte, zusammen mit zwei höhnischen Briefen, die Göring schon geschrieben und an Colonel Andrus und den

Alliierten Kontrollrat adressiert hatte, plus einem weiteren an seine Frau Emmy.

In der Nacht vom 13. auf den 14. Oktober fuhren zwei Lastwagen im Rückwärtsgang auf den Gefängnishof und luden das Material für die Galgen ab. Rund um das Gefängnis wurden Panzer und einige Einheiten der Flugabwehr stationiert, um den möglichen Angriff fanatischer Nazis zu vereiteln. Zum Gedenken an die bevorstehende Exekution wurde eine Briefmarke mit Sonderstempel herausgebracht. Am 15. Oktober um Viertel nach drei Uhr nachmittags brachte ein gewöhnlicher Häftling Göring ein Buch aus der Gefängnisbibliothek, *Mit den Zugvögeln nach Afrika*, sowie Schreibutensilien. Dann kam ein Wärter mit Tee. Göring beugte sich über das Blatt Papier. *Ich finde es höchst geschmacklos, unseren Tod als Schauspiel für sensationslüsterne Presseleute, Fotografen und sonstige Neugierige darzustellen. Alles Theater! Alles schlechte Komödie! Aber ohne mich.* Um halb acht öffnete sich die Zellentür, und Kaplan Gerecke trat ein. Göring beklagte sich über die unbegründete Schande, die ihm durch das Erhängen angetan würde. Gerecke unterbrach ihn und forderte ihn auf, sich ganz seinem Heiland zu ergeben. Göring erklärte, er sei Christ, könne aber die Lehre Christi nicht anerkennen. Gerecke erhob sich, verließ die Zelle und überließ dieses unverbesserliche Individuum seinem verdienten Schicksal.

Um halb neun blinzelte der Gefreite Gordon Bingham durch den Türspion: Göring lag auf dem Feldbett. Er trug seine Jacke, Hosen und Stiefel. Die massigen Schultern an die weißgestrichene Wand gelehnt, las er *Mit den Zugvögeln durch Afrika*. Zwanzig Minuten später entledigte sich der Reichsmarschall der Stiefel und schlüpfte in seine Hausschuhe. Er urinierte, trat an den Tisch, spielte mit dem Brillenetui. Er legte Mantel und Schlafrock unters Kopfkissen. Langsam zog er sich aus: Mütze,

Jacke, ärmellose Wollweste, Hose, seidene Unterwäsche. Er zog seinen Schlafanzug an: Die Jacke war hellblau, die Hose aus schwarzer Seide. Er streckte sich wieder auf dem Feldbett aus und zog die khakibraune Decke hoch bis zum Gürtel. Die Arme lagen auf der Decke, wie es die Regelung vorschrieb. Es sah aus, als sei er eingeschlafen. Die acht zur Hinrichtung zugelassenen Journalisten trafen ein. Kingsbury Smith blickte durch den Spion und war betroffen von *der kriminellen Physiognomie des Gefangenen mit seinem bösen und irren Gesicht und den zusammengekniffenen Lippen*. In dem Kabel, das er nach New York schickte, schrieb Smith, Göring habe von allen Verurteilten den längsten Weg bis zum Galgen – denn seine Zelle, die Nummer 5, liege ganz am Ende des Todestrakts.

Dann, um halb zehn, kam Dr. Pflücker mit den Schlaftabletten. In Begleitung des diensthabenden Offiziers, First Lieutenant Arthur J. McLinden, trat er zu Göring in die Zelle. Göring erwachte und setzte sich im Bett auf. Pflücker sprach etwa drei Minuten leise mit ihm. Er händigte Göring etwas aus – etwas, das der Reichsmarschall sogleich in den Mund schob. Dann drückte Pflücker Göring die Hand, und dieser brummte: »Gute Nacht.« Der Arzt ging mit McLinden, der nichts bemerkt hatte, hinaus. Göring blieb eine Ewigkeit reglos liegen, den Kopf zur Wand gedreht, und strich mit der Zunge über die Zyankalikapsel. Durch den Türspion beobachtete ihn First Lieutenant Dowd fünf Minuten lang unausgesetzt, aber Göring zuckte mit keinem Muskel. Dowd ging, und es war wieder der Gefreite Bingham, der durch das Guckloch starrte: Göring lag noch genauso da, reglos wie eine Mumie. Bingham wandte sich vom Spion ab.

Plötzlich wurde Görings Körper lebendig. Der Reichsmarschall entschloß sich blitzschnell: Er wußte, was er riskierte, fürchtete aber eine überraschende Durchsuchung. Er spuckte die Kapsel aus, zog die Schlafanzughose herunter und schob sich die Kapsel in den Anus. Er war so angespannt, daß er fühlte, wie sich der Schmerz an der alten Leistenverletzung schlagartig verschärfte, die Kugel eines Scharfschützen der Polizei hatte sie ihm beigebracht, damals bei dem gescheiterten Putsch im Bürgerbräukeller in München. Dieselbe Verletzung, durch die er impotent geworden war, die ihn über Jahre unbeschreiblich gequält und zum Sklaven des Morphiums gemacht hatte. Dann ließ der Schmerz nach, und eine Stunde verging, ohne daß irgend etwas geschah. Plötzlich vernahm Göring verdächtige Geräusche im Hof: Captain Robert B. Starnes begrüßte die sechs Männer, die für die Hinrichtungen zuständig waren, und geleitete sie in die Gefängnisturnhalle. Die Wachablösung fand statt. Am Türspion wurde Binghams Auge von dem des Gefreiten Harold F. Johnson abgelöst. Göring blieb bis zehn Uhr vierundvierzig vollkommen ruhig liegen. Johnson sah auf die Uhr, dann wandte er den Blick vom Spion ab.

Göring tastete im Anus nach der Kapsel und zog sie heraus. Er öffnete sie, ließ die Zyankaliampulle herausrollen und verbarg die Kapsel in der Hand. Er nahm die Spitze der Ampulle zwischen die Zähne. Einen Augenblick zögerte er. Er versuchte, an nichts zu denken, jeden lästigen Gedanken zu verscheuchen, der ihn daran hindern könnte, seine Aufgabe zu Ende zu bringen. Vielleicht kam ihm statt dessen das Wisentreservat wieder in den Sinn, das er in der Schorfheide gegründet hatte. Oder der Zinnsarg, der die sterblichen Überreste seiner ersten Frau, Carin von Fock, enthielt, und wie er sie in einer makabren und spektakulären Zeremonie in einem riesigen Granitmausoleum hatte bestatten lassen, in einem Szenarium, das einer Opernkulisse in Bayreuth glich – Trompeten- und Hörnerklang, röhrende Hirsche, reglos strammstehende Soldaten, während

Wagners Trauermusik durch die Tannen tönte und sich sommerlicher Nebel über den See breitete. Oder vielleicht konnte er es doch nicht unterlassen, an jenen verfluchten 18. Juli 1942, den schlimmsten Tag seines Lebens, zu denken – denn an genau jenem Tag hatte seine Sekretärin ihm mitgeteilt, er müsse nach Holland reisen, um den faszinierenden Vermeer in Augenschein zu nehmen, den Hofer für ihn aufgespürt hatte.

Zum Schluß jedoch – was auch immer Gegenstand seiner letzten Gedanken gewesen sein mochte – kehrte der Reichsmarschall abrupt in die Wirklichkeit zurück und schuf Leere in sich: Das war jedenfalls nicht sehr schwierig. Er preßte die Kiefer aufeinander, und das Glas zerbrach. Ein unangenehmer Geschmack nach bitteren Mandeln breitete sich in seinem Mund aus. Herb, beißend. Ihm war, als würde er ersticken. Er gab ein unterdrücktes Stöhnen von sich. Der Gefreite Johnson blickte wieder durch den Spion. Er schrie. Im Korridor entstand ein Aufruhr, genagelte Stiefel hallten. Schreie, Befehle. Chaos, Durcheinander. Wenige Sekunden später wurde mit einem Höllenlärm die Zellentür aufgerissen. Kaplan Gerecke stürzte herein und beugte sich über Göring. Er fühlte ihm den Puls. »Der Mann liegt im Sterben!« rief er.

Ein berühmtes Foto zeigt den verstorbenen Hermann Göring auf dem Feldbett liegend, die Decke hochgezogen bis zur Brust, der linke Arm zu Boden hängend und, vor allem, ein Auge halb geöffnet und das andere zusammengekniffen, als zwinkerte er mit diesem Auge – dem linken – wie in einer Posse höhnisch ein letztes Mal seinen betrogenen Henkern zu. Sein theatralischer Tod genau im rechten Moment, den er mit hartnäckiger Entschlossenheit angestrebt hatte, blieb in der Tat ein Rätsel. Die Untersuchungskommission konnte das Geheimnis der Zyankalikapsel nie aufklären, die dann von einem New Yorker Urologen erworben wurde und zumindest bis 1988 in dessen Besitz blieb. Der Verdächtige Nummer eins war natürlich Dr. Pflücker, der zu seiner Verteidigung die wackelige »Toiletten-Theorie« vorbrachte. Aller Wahrscheinlichkeit nach, sagte er, habe Göring das Zyankali in der hohlen Rille des WCs versteckt. Die Idee hielt nicht einmal einer oberflächlichen Analyse stand, aber unbegreiflicherweise übernahm die Untersuchungskommission sie als vorläufiges Ergebnis. Allerdings bestritt Pflücker nicht, daß der Reichsmarschall eine gewisse Anziehungskraft auf ihn ausgeübt habe. Man fragte ihn, worin dieses angebliche Charisma Görings bloß bestanden habe. »Wenn Sie mit diesem Mann fünfzehn Monate zusammen gewesen wären«, erklärte Pflücker der Kommission, »dann würden Sie mich verstehen.«

So war am Ende die einzige, wirklich unumstößliche Niederlage in den Augen des Reichsmarschalls die, die ihm ein vollkommen Unbekannter beigebracht hatte, ein holländischer Fälscher, von dem er noch nie gehört hatte. Die Alliierten hatten ihm nichts anhaben können. Stoisch hatte er die schlimmsten Demütigungen, die schärfsten Verhöre hingenommen, war sogar triumphierend daraus hervorgegangen: Er hatte nicht abgeschworen, seine Ideale nicht verraten. Nach der Verurteilung war er beinahe zu der Überzeugung gelangt, der Nürnberger Prozeß habe nie stattgefunden. Es war nur ein Traum gewesen – ein Albtraum vielleicht. Dies aber war Wirklichkeit – etwas, das er nicht ertragen konnte. Denn in diesem absolut einzigen Fall war *er* Opfer einer erbarmungslosen, grausamen Posse geworden. Auch wenn es sich um eine unglaublich verwickelte Geschichte handelte und der Reichsmarschall noch am Tag vor seinem Tod so gut wie nichts davon begriffen hatte. Hofer und Miedl hatten ihn hereingelegt. War das möglich? Miedl war sein

Vertrauensmann in Holland, Hofer war der Direktor seiner Privatsammlung. Natürlich wußte er, daß in der Kunstwelt beunruhigende Geschichten zirkulierten, und hatte selbst immer wieder gern einen der berühmtesten Witze zum Thema erzählt, den er von einem Pariser Antiquar gehört hatte: »Wissen Sie eigentlich, Herr Reichsmarschall, daß von den zweitausendfünfhundert Bildern, die Corot gemalt hat, achttausend in Amerika sind?«

Jedenfalls stürzte für Göring, als er die verhängnisvolle Nachricht erhielt, eine Welt zusammen. Colonel Andrus war ja bekanntermaßen ein Sadist, und vielleicht machte es ihm Spaß, ihn zu quälen. Denn er wußte, daß die Aussicht, gehenkt zu werden, Reichsmarschall Göring kalt ließ im Vergleich zu jener nicht wiedergutzumachenden Katastrophe. Sein wunderbares Bild bedeutete ihm hundertmal mehr als das ganze in Trümmern liegende Deutschland – sein unbezahlbarer Vermeer, der sich jetzt als miese, wertlose Fälschung herausstellte. In Wirklichkeit konnte Göring bis zuletzt nicht glauben, daß sein Meisterwerk vermutlich Betrug war. Dennoch, in Ermangelung genauerer oder verläßlicher Auskünfte über *seinen* Vermeer, wollten die weinerlichen Klagen des Nazibonzen kein Ende mehr nehmen. Wie besessen schimpfte er stundenlang, auf das unbequeme Feldbett seiner Zelle geworfen. Tag und Nacht brüllte er herum und belästigte jeden, der in seine Nähe kam, bis das Zyankali die Welt schließlich von seiner sperrigen Anwesenheit befreite.

17

Ende Juli 1945, fast zwei Monate nach VMs Verhaftung, ging der *Fall van Meegeren* durch alle Zeitungen. Von Anfang an entbrannten wütende Polemiken, und VM wurde als dreckiger Kollaborateur dargestellt, der Geschäftsbeziehungen zu Hermann Göring gepflegt habe. Die entehrende Anklage des Nazismus hatte gegriffen: Jemand schrieb, daß VM sich niemals einen so protzigen Lebensstandard hätte leisten können, wie er es im Krieg getan hatte, wenn er sich nicht mit dem Feind eingelassen hätte. Riesenaufsehen erregte es, als in Berchtesgaden (in Hitlers »Alpenfestung«) ein Band mit Zeichnungen VMs gefunden wurde, der in jeder Buchhandlung erhältlich war, aber des Malers Unterschrift und folgende Widmung enthielt: *Dem geliebten Führer in dankbarer Anerkennung*. Zum Pech der Skandalblätter wurde nachgewiesen, daß nur die Unterschrift von VM stammte (er hatte etwa hundert Exemplare handsigniert); danach war das Buch von einem glühenden Nazi gekauft worden, der die überschwengliche Widmung an den Führer dazugeschrieben hatte. Sodann wurde die harmlose Reise nach Berlin ans Licht gezerrt, die VM 1936 mit Jo in der alles andere als verschwörerischen Absicht unternommen hatte, sich die Olympischen Spiele anzusehen. Niemand dachte daran, einen grundsätzlichen Aspekt in Betracht zu ziehen: Wenn VM tatsächlich ein Nazi gewesen wäre, hätte er es sich wohl nicht träumen lassen, dem Reichsmarschall einen falschen Vermeer anzudrehen.

Jedenfalls schlug das sensationelle, unerwartete, ausufernde Geständnis des angeblichen Fälschers wie eine Bombe ein und setzte diesen abstrakten Spekulationen ein Ende. Der *Christus in Emmaus*, Vermeers absolutes Meisterwerk, ein Werk des Nazis VM? Eine schockierende Nachricht. Wochenlang schrieben die wichtigsten überregionalen Tageszeitungen über nichts anderes mehr. Viele Kommentatoren gingen sogar so weit sich zu fragen, ob VM womöglich der Urheber *aller* auf der Welt vorhandenen Vermeers sei – ob etwa *er* in gewissem Sinne hinter dem geheimnisvollen Jan Vermeer van Delft stecke. Diese unglaubliche These verbreitete sich in Windeseile und bescherte dem Fälscher ein wochenlanges Glücksgefühl. Es ist wohl nicht übertrieben zu behaupten, daß VM sich vor Stolz und Freude kaum zu fassen wußte, als ihm staunend aufging, daß ein ganzes Land wahrhaftig glaubte, er sei die Reinkarnation Vermeers, und mit morbider Begeisterung leidenschaftlich an seiner Geschichte Anteil nahm. Am Ende spaltete sich die holländische öffentliche Meinung: Manche hielten VM für einen Delinquenten und Scharlatan, andere fanden, er sei ein Genie oder ein Held.

Nachdem VM nämlich den Entschluß gefaßt hatte, der Welt seine Taten zu gestehen, hatte er nicht die geringste Absicht, beim ersten Punkt der Liste haltzumachen. Nur zuzugeben, daß er der Urheber des *Christus und die Ehebrecherin* war, genügte ihm nicht, obwohl dieses Geständnis ausgereicht hätte, um ihm aus der Klemme zu helfen. Auf jeden Fall hätte es seine Version der Fakten viel glaubwürdiger, akzeptabler und leichter nachweisbar gemacht, und außerdem hätte es ihn sogar in ein günstiges Licht gerückt, hätte ihn zum Protagonisten einer hochherzigen patriotischen Tat werden lassen – einem verhaßten Nazischergen eine Fälschung unterzujubeln.

Aber das war nicht die Wahrheit – oder jedenfalls nicht die *ganze* Wahrheit. Und VM war nun zum ersten Mal in seinem Leben nicht mehr bereit zu lügen, auch wenn ihm dies das Leben einfacher gemacht hätte, wohingegen die Wahrheit zu sagen verhängnisvolle Konsequenzen nach sich ziehen konnte. VM strebte jedoch nach Ruhm. Daher sagte er aus, daß *er* den im Rotterdamer Boymans-Museum ausgestellten Vermeer gemalt habe, den Vermeer aus der Sammlung van Beuningen und sogar den Vermeer, der auf Empfehlung einer hochrangigen wissenschaftlichen Kommission vom holländischen Staat angekauft worden war. Doch die Polizisten, die seine sturzflutartigen Enthüllungen aufnahmen, hielten ein derartiges Szenarium für völlig unwahrscheinlich. Entweder ist VM wahnsinnig geworden – dachten sie –, oder er hat diese absurde Geschichte erfunden, um noch schlimmere Verbrechen zu verbergen.

Sobald allerdings die Röntgenaufnahmen von *Christus und die Ehebrecherin* vorlagen, wurde unmißverständlich klar, daß die Reste des darunter zum Vorschein gekommenen Gemäldes perfekt VMs Beschreibung entsprachen. Das war an sich noch kein entscheidender Beweis; nachdem der Zweifel einmal gesät worden war, vermochte jedoch niemand mehr die eindeutigen ästhetischen Ähnlichkeiten zwischen dem Bild *Christus und die Ehebrecherin* und den anderen fünf Vermeers zu übersehen, von denen VM behauptete, er habe sie gemalt. Unbestreitbar schienen vor allem die Berührungspunkte mit den letzten beiden Bildern zu sein, der *Segnung Jakobs durch Isaak* und der *Fußwaschung*. Mit wachsender Bestürzung bemerkte man allmählich auch, daß keines der sechs Bilder die geringste Verwandtschaft mit den bis zu jenem Augenblick bekannten Vermeers aufwies, abgesehen von dem umstrittenen *Christus bei Maria und Martha*, der wiederum kaum den Gemälden glich, die VM als seine bezeichnete.

Immer verwirrter und ratloser forderten die Polizisten und Sicherheitsbeamten VM auf, er solle seine These beweisen, indem er eine Kopie des *Christus in Emmaus* male. Es handelte sich um ein recht naives Ansinnen, da dies überhaupt nichts bewiesen hätte: Jeder erfahrene Fälscher wäre in der Lage gewesen, eine perfekte Kopie des Gemäldes anzufertigen. VM sagte, das sei lächerlich, und machte einen Gegenvorschlag: Man solle ihn auf freien Fuß setzen und in seinem Atelier arbeiten lassen, mit den Materialien – und den Drogen –, die er brauchte. Dann würde er unter strenger Polizeiaufsicht einen neuen Vermeer erschaffen. Die Nachricht verursachte, wie vorherzusehen, einen unglaublichen Wirbel in den Redaktionen der Presse. VAN MEEGEREN MALT UM SEIN LEBEN! lautete eine der nüchternsten Schlagzeilen, die in jenen hektischen Tagen in den großen holländischen Tageszeitungen erschienen.

Als Sujet für seinen zehnten Vermeer (einschließlich der beiden Versionen des *Abendmahls* und der beiden ersten, unverkauften Fälschungen) wählte VM *Jesus unter den Schriftgelehrten* – auch *Der junge Jesus lehrt im Tempel* genannt. Eine Entscheidung, die natürlich nicht der Ironie entbehrt. Die Polizei stellte VM alles zur Verfügung, was er forderte: Die ätherischen Öle, die Vermeer-Pigmente, das Phenol und Formaldehyd und, *dulcis in fundo*, die Substanz, die vielleicht am allerwesentlichsten war: Morphium. Das Ergebnis, nach zwei Monaten, war ein großformatiges Bild, gewiß nicht weltbewegend, aber jedenfalls besser als VMs letzte drei Fälschungen. Dabei muß man auch bedenken, daß VM gezwungen war, unter der ständigen, wachsamen und unermüdlichen Aufsicht der Beamten des Sicherheitsdienstes zu arbeiten – zwei von ihnen waren stets in seinem Atelier anwesend, wenn er malte –, und alles in einer bedrohlichen, mißtrauischen, spannungsgeladenen Atmosphäre. Doch obwohl der *Jesus unter den Schriftgelehrten* wahrhaftig kein auserlesenes Meisterwerk darstellte, war er doch eindrucksvoll genug, um zu bestätigen, daß VM tatsächlich der Urheber der anderen sechs

Vermeers sein könnte (und um so mehr der beiden gefälschten de Hoochs, die er ebenfalls für sich reklamierte).

An diesem Punkt befanden sich die Behörden in einer heiklen und peinlichen Lage. Nachdem die Anklage wegen Kollaboration fallengelassen worden war, hätte VM der Fälschung beschuldigt werden müssen. Doch dies bedeutete, sich auf ein sehr dorniges Terrain zu begeben, denn da VMs Aussagen allein nicht als ausreichender Beweis zur Bestätigung seiner These angesehen werden konnten, hätten die Gemälde einer gründlichen wissenschaftlichen Untersuchung unterzogen werden müssen. Der Fall hätte international Aufmerksamkeit erregt und die Inkompetenz zahlreicher namhafter Persönlichkeiten publik gemacht, die an der Begutachtung und den Verkäufen der Fälschungen beteiligt waren. Darüber hinaus hätte es bedeutet zuzugeben, daß der holländische Staat das Geld der Steuerzahler hinausgeworfen hatte, um einen gänzlich wertlosen van Meegeren zu erwerben. Die Fachleute, die man berufen würde, um die Wahrhaftigkeit von VMs Aussagen zu bezeugen, würden dieselben sein, die er getäuscht hatte: Sie würden ihre eigene Verblendung rechtfertigen und gleichzeitig implizit die wunderbare Geschicklichkeit des Angeklagten rühmen müssen, der sich ja nichts mehr wünschte, als für schuldig befunden zu werden, um sich selbst und der ganzen Welt zu beweisen, daß er wirklich ein Genie war.

Inzwischen, während der Prozeß ständig vertagt wurde, ging VM allmählich auf, daß ihn sein brandstifterisches Geständnis – wie er übrigens schon geahnt hatte – sehr teuer zu stehen kommen würde. Genie und Held, ja – aber um welchen Preis? Das ist rasch gesagt: Im Dezember 1945 wurde er für insolvent erklärt und vom Fiskus gezwungen, Konkurs anzumelden, denn die ungeheuerlichen Schadensersatzforderungen an ihn überstiegen um ein Drei- bis Vierfaches den Gesamtwert seiner verbliebenen Güter. Wie erinnerlich, hatte VM dank des Verkaufs der sechs Vermeers und der zwei de Hoochs mehr als fünf Millionen Gulden verdient – zwei Drittel davon hatten sich Ende 1945 allerdings schon in Luft aufgelöst. Der Staat hatte bei ihm 900.000 Gulden in Tausender-Scheinen beschlagnahmt. 800.000 Gulden hatte er Jo nach der Scheidung überschrieben. 300.000, die er in Laren im Garten vergraben oder in einfallsreichen Verstecken und in den Heizungsrohren der Villa verborgen hatte, konnte er nicht wiederfinden. In den acht Jahren, die seit dem Verkauf des *Christus in Emmaus* vergangen waren, hatte er 1.500.000 Gulden ausgegeben. Es blieben noch die Kunstwerke und die Immobilien – die Häuser, Hotels und Nightclubs –, die auf etwa zwei Millionen Gulden geschätzt wurden. Seine verschiedenen Gläubiger verlangten jedoch von ihm die Zahlung von sieben Millionen Gulden, zwei Millionen mehr, als er eingenommen hatte.

Am unerbittlichsten war der holländische Staat, der sich zum Hüter des Eigentums des Feindes und Kriegsverbrechers Hermann Göring, derzeit Häftling in einem deutschen Gefängnis, aufwarf und festsetzte, VM müsse der Staatskasse die gesamte, von dem Nazi für eine wertlose Fälschung gezahlte Summe erstatten (die im übrigen mit Kunstwerken beglichen worden war). Und nicht nur das: VM sollte rückwirkend auf die Einkünfte aus seiner Fälschertätigkeit von 1937 bis 1943 Einkommensteuer zahlen – Einkünfte, die durch die Schadensersatzforderungen auf null sanken, so daß man ihm auferlegte, Unsummen von Steuern auf Einnahmen zu entrichten, die er zurückzahlen mußte. Der Staat forderte praktisch drei Millionen Gulden für die *Fußwaschung* und *Christus und die Ehebrecherin* sowie zwei Millionen hinterzogene Steuer (zusätzlich zu den schon beschlagnahmten 900.000 Gulden). Bescheidener war da das Boymans-Museum: Es beschränkte sich auf die Rückforderung der 520.000 Gulden, die es für den *Christus in Emmaus* ausgegeben hatte. Da die Transaktion jedoch schon mehr als sieben Jahre zurücklag, wurde wenigstens dieser Anspruch für nichtig erklärt. Der Staat dagegen beschlagnahmte nach dem Bankrott VMs Eigentum. Dieses wurde von dem Konkursverwalter sehr umsichtig verwertet: in wenigen Jahren sollte es etwa vier Millionen Gulden abwerfen, die dann samt und sonders der Staat schluckte, um seine unvernünftigen Ansprüche zu befriedigen und das bißchen, das übrig blieb, unter den anderen Gläubigern aufzuteilen.

Obwohl in ganz Holland mit wachsender Spannung erwartet, wurde schließlich entschieden, daß der Prozeß – anfangs auf Mai 1946 anberaumt, zehn Monate nach VMs traumatischen Enthüllungen – erst im Oktober des darauffolgenden Jahres beginnen sollte. Die öffentliche Meinung allerdings hatte den Angeklagten längst freigesprochen: Die überwiegende Mehrheit der Holländer betrachtete VM nun als Nationalhelden. Mittlerweile fingen die Verlage schon an, sich gegenseitig die Rechte an den Memoiren streitig zu machen, die VM zweifellos schreiben würde, wenn das Verfahren erst abgeschlossen war. Außerdem pfiffen es die Spatzen von den Dächern, daß die Preise seiner Bilder nun blitzartig in die Höhe schnellen würden. Hektisch wühlten die Kunsthändler auf einmal in ihren Hinterzimmern auf der Suche nach einem echten van Meegeren, der vorher als mieser alter Schinken gegolten hatte, jetzt aber Summen wert sein konnte, die sonst nur weit berühmtere und gefeiertere Maler erzielten. VM bekam sogar ein verlockendes Angebot, in die USA zu reisen, wo er Porträts und Kopien alter Meister im Stil und mittels der Technik seiner berühmt-berüchtigten Fälschungen anfertigen sollte. Und ein New Yorker Unternehmer bot an, alle acht Fälschungen

VMs zu erwerben, um sie als Wanderausstellung auf Jahrmärkten in den Staaten zu zeigen: Doch obwohl VM beneidenswerten Humor bewies und erklärte, er finde den Vorschlag sehr reizvoll, wurde nichts daraus.

Unterdessen hatte das Justizministerium am 11. Juni 1946 endlich die vier Mitglieder der wissenschaftlichen Untersuchungskommission berufen, die sich unter dem Vorsitz des Richters Wiarda mit den Vermeer-Fälschungen befassen sollte. Das Fachkomitee bestand aus Dr. Coremans und dem Sachverständigen für Chemie, Dr. Froentjies, sowie aus den Kunsthistorikern Dr. Schneider und Dr. van Regteren Altena – eben dem, der als einziger die *Fußwaschung* als Fälschung bezeichnet hatte bei den Versammlungen im Rijksmuseum, die zum überstürzten Ankauf des Werks durch den holländischen Staat geführt hatten. Wenige Wochen später wurde auch noch Dr. de Wild dazugeholt, Autor des berühmten Traktats über die Farben bei Vermeer sowie mitverantwortlich für den unüberlegten Ankauf der *Fußwaschung*.

Die langwierigen und aufwendigen chemischen Tests wurden von Froentjies und de Wild im Staatslabor in Den Haag an den Bildern vorgenommen, während sich der eifrige Coremans nach Brüssel begab, um Untersuchungen und Experimente über die Farbkomposition anzustellen. Man machte Röntgenaufnahmen, arbeitete mit Ultraviolett- und Infrarotfotografie und Spektrographie und führte mikrochemische Versuche durch. In der obersten Farbschicht der Gemälde wurde das Vorhandensein von Phenol und Formaldehyd nachgewiesen (die vor dem 19. Jahrhundert unbekannt waren). Die in den feinen Rissen vorgefundene Substanz, die zu homogen war, um Staub oder Schmutz zu sein, erwies sich als Tusche. Die Farbe war so stark gehärtet worden, daß ihr sogar die schärfsten Lösungsmittel, die ein echtes altes Gemälde vollkommen zerstört hätten, nichts anhaben konnten. Das Craquelé, so stellte sich heraus, war künstlich erzeugt: An der Oberfläche war es perfekt, aber in den unteren Farbschichten wirkte es deutlich unecht. Im Januar 1947 wurden die Ergebnisse zwei namhaften britischen Sachverständigen zur Beurteilung vorgelegt, Professor Plenderleith (Leiter des Forschungslabors am British Museum) und Professor Rawlins vom Laboratorium der National Gallery.

VM bot natürlich seine volle Mitarbeit bei den Untersuchungen an – auch wenn seine Angaben, da er sich keinerlei Aufzeichnungen zu seiner Arbeit gemacht hatte und sein Gedächtnis nachzulassen begann, häufig recht widersprüchlich, ungenau oder verworren waren. Zum Ausgleich förderten die gründlichen Hausdurchsuchungen von Polizeiinspektor W.J.C. Wooning in VMs Atelier in Amsterdam, in dem Larener Wohnsitz und in der Villa in Nizza zahlreiche Beweise zutage, darunter so entscheidende wie die vier unverkauften Fälschungen, die VM versuchsweise gemalt hatte, einige unvollendete (darunter ein vielversprechender de Hooch) und das Stückchen Holz, das VM am Spannrahmen der *Auferstehung des Lazarus* abgesägt hatte, bevor er dieses Original aus dem 17. Jahrhundert benutzte, um seinen *Christus in Emmaus* zu malen.

VM hatte der holländischen Polizei selbst erklärt, er habe 1937 vorsorglich, mit dem Ziel, in Zukunft beweisen zu können, daß wirklich er den *Christus in Emmaus* gemalt habe, einen etwa fünfzig Zentimeter breiten senkrechten Streifen von der *Auferstehung des Lazarus* abgetrennt. Danach habe er die beiden waagrechten Leisten des Spannrahmens entsprechend gekürzt. Zu gegebener Zeit hätten die beiden Holzstummel und der Leinwandstreifen zweifelsfrei bewiesen, daß er, VM, selbst der Urheber des Bildes sei, denn Vermeer hätte gewiß keinerlei plausiblen Grund gehabt, um den Rahmen der Leinwand zu verkürzen. Wann immer VM es also wollte (oder gezwungen wäre, seinen Betrug aufzudecken), hätte die ganze Welt begreifen müssen, daß ein großer Künstler eine perfekte »schöpferische« Fälschung hervorbringen konnte, und zwar mit solchem Geschick, daß nicht einmal die hochkarätigsten Kritiker und die sorgfältigsten Techniker es vermocht hätten, sie von einem Meisterwerk aus dem 17. Jahrhundert zu unterscheiden. VM hatte die »Beweise« in seiner Villa in Nizza zurückgelassen und war, wie bekannt, 1939 kurz vor Ausbruch des Krieges nach Holland abgereist. Nach Frankreich war er nie mehr zurückgekehrt. Als die holländische Polizei das Kommando unter dem Befehl von Inspektor Wooning nach Nizza geschickt hatte, hatte dieser nur einen der beiden Rahmenteile gefunden. Von dem abgetrennten Leinwandstreifen keine Spur. Doch das aufgefundene Stück besaß die richtige Länge, und zufällig – obwohl der *Christus in Emmaus* unterdessen auf einen anderen Spannrahmen aufgezogen worden war – hatte das Boymans-Museum den Originalrahmen liebevoll aufbewahrt.

So war die Coremans-Kommission dank einer langen Reihe von Indizien in der Lage festzustellen, daß das von VM 1937 abgesägte Stück zu dem Originalrahmen gehörte. Die Wahrheit begann sich immer ungeschminkter – und auch skandalöser – abzuzeichnen, denn sie bedeutete ja eine unauslöschliche Schmach für all jene, die in dieser Geschichte ihren Ruf aufs Spiel gesetzt hatten, also in erster Linie das Boymans-Museum, Abrahahm Bredius, Gott hab ihn selig, Dr. Hannema vom Rijksmuseum und der Reeder van Beuningen. Jedenfalls waren die Mitglieder der Coremans-Kommission zum Schluß – im März 1947 – gezwungen, sich, wenn auch sehr widerstrebend, der Evidenz der Tatsachen zu beugen: Wie er selbst sich ja heiß und innig wünschte, mußte VM der Fälschung für schuldig befunden werden.

Ungeachtet jeder weiteren technischen Prüfung, entsprach das längst berühmte Rahmenfragment nämlich genau dem im Boymans-Museum aufbewahrten Stück. Abgesehen von den Jahresringen paßten sogar die Ränder eines Wurmlochs aufeinander, das VM zufällig mit seiner Säge durchtrennt hatte. Das war der unanfechtbarste Beweis, daß VM den *Christus in Emmaus* gemalt hatte. Eine moderne Fälschung also, kein Meisterwerk des 17. Jahrhunderts: ein in der gesamten Geschichte der Malerei absolut einzigartiger Fall. Und nicht nur das: Mit allergrößter Wahrscheinlichkeit waren auch die anderen Gemälde von Vermeer, die VM für sich reklamierte, *authentische Fälschungen*. Diese Bilder, so unglaublich es auch aussehen mochte, waren alle sein Werk. Vermeer, IVMeer, van Meegeren, VM. Die Verwandlung war endlich vollzogen.

18

Bevor wir uns mit dem *Prozeß van Meegeren* befassen, müssen wir auf den Reeder Daniel George van Beuningen zurückkommen, der, wie bekannt, zu den Hauptopfern des Fälschers gehörte. Während der Verhandlung im Gerichtssaal tat sich der Reeder nämlich durch keinerlei besondere Initiative hervor, doch nach VMs Tod fragte er überraschend bei den Kuratoren des Boymans-Museums an, ob er den *Christus in Emmaus* für die gleiche Summe erwerben könne, die das Museum 1937 dafür bezahlt hatte. Die Boymans-Kuratoren, die das Bild im Keller versteckt hielten und sich weigerten, es irgend jemandem zu zeigen, erteilten ihm eine höfliche Absage. Van Beuningen reagierte sehr ungehalten: Denn in Wirklichkeit hatte er sich nie mit der Idee abgefunden, daß das *Abendmahl*, der herrliche Vermeer, allseits gefeiert wegen seiner Schönheit und dem bedeutenden Platz, den er im Werk des großen Meisters einnahm, eine der teuersten Fälschungen der Geschichte sein sollte.

Als ihm das Gemälde am Ende des Prozesses gegen VM zurückgegeben wurde, beschloß van Beuningen, anstatt es zu zerstören (wie es das holländische Gesetz vorsah), es wieder in seine Sammlung einzugliedern. Solange noch die geringste Chance bestand zu beweisen, daß das *Abendmahl* ein echter Vermeer war, würde er nicht aufgeben, und so willigte er ein, beträchtliche Mittel für die Recherchen des belgischen Kunsthistorikers Jean Decoen aufzuwenden, der die Überzeugung vertrat, sowohl das *Abendmahl* als auch der *Christus in Emmaus* seien echte Vermeers. Decoen machte sich an die Arbeit, unterstützt von zwei bedeutenden Kunsthändlern aus Utrecht, den Gebrüdern Krijnen. Mit dem Ziel, Beweise zu sammeln, die eindeutig belegen würden, daß das *Abendmahl* nicht von der Hand VMs stammte, reisten Decoen und die beiden Krijnen drei Jahre lang durch Belgien, Italien, Frankreich und Kanada - auf van Beuningens Kosten, der ihnen eine halbe Million Dollar Erfolgsprämie versprochen hatte.

Immer mehr entmutigt durch die unergiebigen Resultate der von seinen Experten angestrengten Recherchen, verlangte van Beuningen im Februar 1947 von VMs Erben die Rückzahlung der schwindelerregenden Summe, um die er geprellt worden war. Dann jedoch überlegte er es sich anders und kehrte - immer noch von Decoen angestachelt - zu der Überzeugung zurück, das *Abendmahl* sei doch ein großer Vermeer. Daraufhin ließ er die Rückzahlungsforderung fallen und fragte beim Boymans-Museum an, ob er den *Christus in Emmaus* kaufen könne. Kaum hatte er die Absage des Boymans verkraftet, leitete er gerichtliche Schritte gegen Professor Coremans ein und verklagte ihn auf Schadensersatz in Höhe von fünf Millionen Gulden, mit der Begründung, Coremans trügerisches Urteil habe seinen glänzenden Ruf als Sammler beschmutzt und den Wert seines wunderbaren Vermeer auf null schrumpfen lassen. Die Verhandlung war für Juni 1955 in Brüssel anberaumt, doch genau in jenen Tagen starb van Beuningen plötzlich an einer Herzattacke. Seine Erben beschlossen, die Sache dennoch weiter zu verfolgen, und so kam der endlose Disput sieben Monate später erneut vor Gericht. Coremans gewann den Prozeß, und van Beuningens Erben wurden dazu verurteilt, ihm einen angemessenen Schadensersatz zu leisten sowie die Prozeßkosten zu tragen.

Van Beuningens erbitterte Beharrlichkeit wird begreiflicher, wenn man sich klar macht, daß VMs *Abendmahl* einige Jahre lang tatsächlich recht geheimnisumwittert war. Als Coremans das Bild 1945 durchleuchten ließ, kamen gut sichtbar große Teile des darunter liegenden Gemäldes zum Vorschein: eine Jagdszene mit Hunden und Reitern. Unter der Christusgestalt zeigte sich ein Hund, der an einem Rebhuhn schnuppert. Dies stand in krassem Widerspruch zu VMs Aussage im Prozeß: der Fälscher erinnerte sich, daß die Leinwand, auf die er das *Abendmahl* gemalt hatte, keine Jagdszene, sondern zwei Kinder auf einem geschmückten Karren zeigte, der von einer Ziege gezogen wurde. Darüber hinaus fertigte er eine Bleistiftzeichnung von der Szene an, wie er sie im Gedächtnis hatte.

Noch 1948, über drei Jahre nach VMs Geständnis und acht Monate nach seinem Tod, beschuldigte der belgische Kunsthistoriker Jean Decoen die Coremans-Kommission erneut, eine kriminelle Verschwörung gegen seinen Hauptverbündeten angezettelt zu haben, der zufällig – wie soeben geschildert – niemand anders war als der Reeder Daniel George van Beuningen. Natürlich war eine solche Zweckgemeinschaft zwischen Decoen und dem reichen Reeder nicht allzu verwunderlich, denn nachdem van Beuningen das Pech gehabt hatte, eine Riesensumme hinzublättern, um für seine Sammlung einen elenden van Meegeren anstelle eines unschätzbar wertvollen Vermeers zu erwerben, hätte er doch sehr gern gesehen, daß *die Wahrheit wiederhergestellt* würde (die Wahrheit nach Decoen, jedenfalls), um so seine gewichtige Investition verwerten zu können und wieder in den Besitz des Vermeers zu gelangen, den er zu kaufen geglaubt hatte, während es anderenfalls ja so war, als hätte er sein Geld zum Fenster hinausgeworfen.

Die skandalöse und paradoxe Wahrheit war, kurz gefaßt, nach Decoen folgende: Gerade aufgrund der technischen Untersuchungen mußten der *Christus in Emmaus* und das *Abendmahl* nicht nur als echte Vermeers betrachtet, sondern auch zu den größten Werken des Meisters gezählt werden. Decoens These war vielleicht verführerisch, wenn nicht gar blendend, aber leider mit einer zu verworrenen Argumentation untermauert. Nach Decoen hatte sich VM irgendwie zwei echte Vermeers besorgt und diese als Inspirationsquelle für seine Fälschungen benutzt. Dann hatte er sich als Urheber auch der beiden echten Vermeers ausgegeben, um so noch wesentlich mehr Hochachtung, Bewunderung und Berühmtheit zu erlangen, als man ihm je gezollt hätte, wenn er sich nur für die letzten vier Vermeer-Fälschungen zuständig erklärt hätte, die unter künstlerischen Gesichtspunkten weit weniger gelungen waren (in der Tat rangierte in einer kurz vor dem Prozeß durchgeführten Meinungsumfrage VMs Popularität gleich hinter der des Premierministers). Decoen unterstellte deshalb, Coremans und die anderen Mitglieder der Kommission hätten ein uneingestandenes Eigeninteresse daran, die Richtigkeit der Untersuchungsergebnisse zu vertreten – daß nämlich die zwei de Hoochs und die sechs Vermeers, die VM zugeschrieben wurden, alle gefälscht seien.

Die Sache wurde noch verwickelter und das Mysterium um das *Abendmahl* noch größer, als Coremans am 27. September 1948 von seinem namhaften Kollegen Dr. van Schendel, dem Kurator des Rijksmuseums, einen Brief erhielt, dem ein höchst wichtiges Dokument beigelegt war; van Schendel selbst hatte es in Amsterdam entdeckt. Es handelte sich um das Foto eines Gemäldes, von dem die Gebrüder Douwes, mit die bekanntesten Kunsthändler der Stadt, behaupteten, sie hätten es VM im Mai 1940 für tausend Gulden verkauft. Das Bild stellte eine Jagdszene dar und war Hondius zugeschrieben, einem holländischen Kleinmeister des 17. Jahrhunderts. Durch einen Vergleich einiger Details der Jagdszene auf der Fotografie mit den auf der Röntgenaufnahme aufgetauchten Teilen des Gemäldes unter VMs *Abendmahl* entdeckte man, daß sie im wesentlichen identisch waren. Nach den Protokollen der polizeilichen Vernehmungen VMs vor dem Prozeß hatte VM tatsächlich ausgesagt, er habe ein Gemälde von Hondius mit einer Jagdszene benutzt, das er im Geschäft der Gebrüder Douwes um den Mai 1940 herum gekauft habe, jedoch nicht für das *Abendmahl*, sondern um eine seiner letzten Fälschungen herzustellen. Die Quittung der Gebrüder Douwes belegte zweifelsfrei, daß der Hondius am 29. Mai 1940 verkauft worden war. Aber – wandte Decoen ein – wenn das *Abendmahl* wirklich auf diese Leinwand gemalt worden war (wie Coremans behauptete und wie es unbestreitbar aus den Röntgenuntersuchungen hervorging), wie hatte VM Dr. Boon dann eine detaillierte Beschreibung davon geben können in dem Brief, den er ihm elf Monate früher geschickt hatte?

An diesem Punkt eskalierte der Streit zwischen Coremans' Anhängern und Decoens Parteigängern erneut und ärger als zuvor. Coremans' neue These war folgende: VM müsse zwei Versionen des *Abendmahls* gemalt haben. Eine, die nie verkauft wurde, sei zwischen 1939 und 1940 in Nizza entstanden, unter Verwendung einer alten Leinwand, auf der zwei Kinder auf einem geschmückten Ziegenkarren dargestellt waren, wie VM im Prozeß ausgesagt hatte. Die zweite sei die, die van Beuningen erworben hatte, zwischen 1940 und 1941 in Holland unter Verwendung des Hondius hergestellt. Natürlich schimpfte Decoen Coremans' Rekonstruktion absurd und lächerlich: Empört begehrte er gegen den verhaßten Rivalen auf und nannte das Ganze ein Komplott. Monatelang verfolgte er den Gegner mit wütenden Attacken, bezichtigte ihn des Betrugs, stellte seine Schlußfolgerungen auf den Kopf und versuchte zu zeigen, daß seine Untersuchungen absolut gar nichts bewiesen hätten. Der unehrliche Coremans und seine Helfershelfer – behauptete Decoen – hätten auf der verzweifelten Suche nach einem Beweis, um die Kontroverse ein für allemal zu beenden, und auch auf die Gefahr hin, in flagranti ertappt zu werden, was ihrem öffentlichen Ruf, ihrem Ansehen und ihrer Karriere schwer geschadet hätte, eine ungeheuerliche, dunkle Machenschaft angezettelt. Sie hätten einen gefälschten Hondius anfertigen lassen, der bis in alle Einzelheiten das Gemälde unter dem *Abendmahl* reproduzierte, hätten das Bild fotografiert und dann vernichtet und die ehrenwerten Gebrüder Douwes überredet, das bewußte Foto zu ihren Akten von 1940 zu nehmen. Es handelte sich um eine so ehrenrührige Beschuldigung, daß alle erwarteten, Coremans werde eine Verleumdungsklage anstrengen, doch dieser unternahm keinerlei gerichtliche Schritte gegen Decoen.

Coremans' These wies ja eine unübersehbare Schwachstelle auf: Das vermutete erste *Abendmahl* war spurlos verschwunden. VM war tot und hatte nie von dem Bild gesprochen, außerdem war es, dank der guten Dienste von Dr. Boon (der ebenfalls, wie schon gesagt, inzwischen im Nichts verschwunden war), möglicherweise schon 1939 verkauft worden und hing irgendwo in einer Privatsammlung, vielleicht sogar im Ausland. Auf nicht weniger tönernen Füßen kam jedoch Decoens Gegenrekonstruktion daher, nach der VM 1939, wer weiß wo, ein echtes *Abendmahl* von Vermeer erworben hätte, das auf eine darunter befindliche Jagdszene gemalt war. Dies hätte er Dr. Boon brieflich mitgeteilt und dann gut zwei Jahre gewartet, bevor er das Meisterwerk verkaufte. Die zwei *Abendmahl*-Versionen, von denen Coremans spreche, existierten überhaupt nicht: Die erste sei ein echter Vermeer, die zweite eine von Coremans selbst in Auftrag gegebene Fälschung.

Der polemische Disput zwischen Coremans und Decoen zeigte vor allem eines ganz klar – daß es auf dem Gebiet der Kunst keinerlei Gewißheit gibt, nicht einmal dann, wenn es sich darum handelt, die technischen Ergebnisse von Laboruntersuchungen auszuwerten. Noch dazu wurden letztere ja im Falle von VMs Fälschungen dadurch sehr erleichtert, daß VM bei dem Prozeß 1947 persönlich entscheidende Details seiner Technik preisgab und genau aufzählte, welche »modernen« Substanzen auf seinen Gemälden zu suchen seien. Phenol nachzuweisen ist nicht unmöglich, wenn man schon weiß, daß es vorhanden sein muß. Man muß es nur mit Eisenchlorid oder Bromwasser reagieren lassen; im ersten Fall verfärbt es sich violett, im zweiten produziert es einen weißen Niederschlag.

In Wirklichkeit haben seit jeher (und bis heute) viele Fälscher mit unglaublichem Erfolg die Arbeit eines lebenden oder kurz zuvor verstorbenen Meisters nachgeahmt; doch zwischen 1937 und 1943 gemalte, wenn auch künstlich gealterte Bilder mit Erfolg als Werke aus dem 17. Jahrhundert auszugeben und dabei sowohl das Auge des Kritikers zu täuschen als auch konkretere wissenschaftliche Untersuchungen zu umgehen – nun, ein solch kühnes Unterfangen war bisher noch niemandem gelungen. Der Umstand, daß viele Kritiker – allen voran Decoen, aber nicht nur er – sich auch später darauf versteiften, den *Christus in Emmaus* und das *Abendmahl* für echte Vermeers zu halten, beweist mit Sicherheit eines. Wenn VM nicht gestanden hätte, sie selbst gemalt zu haben, und wenn die umfangreichen, von Dr. Coremans geleiteten (und von anderen Kritikern, Technikern und Fachleuten bekanntlich heftig angefeindeten) Laboruntersuchungen seine Aussagen nicht anschließend bestätigt hätten, würden diese Bilder noch heute in jeder Hinsicht als zwei Meisterwerke des Malers aus Delft gelten. Und tatsächlich hält ja mancher sie noch immer dafür. Der *Christus in*

Emmaus würde bis heute in den Sälen der Alten Meister im Boymans-Museum hängen (und dort für immer verbleiben) und den ganzen Stolz der Sammlung ausmachen, und die *Trinkergesellschaft* aus der Sammlung van Beuningen würde heute als eines der wichtigsten Werke von de Hooch betrachtet werden. Doch sogar die *Fußwaschung*, VMs mißlungenste Fälschung, hinge noch im Rijksmuseum und würde zwar kaum als einer der besten Vermeers, aber doch als Bild von beträchtlichem Interesse gelten. Andererseits ist VMs Fall in der ganzen Kunstgeschichte der einzige, in dem ein Fälscher sich öffentlich zu seinen Missetaten bekannt hat. Und nicht einmal das hat genügt. Vielleicht hätte sich auch ein genialer Fälscher keinen größeren Erfolg vorstellen können als den, daß selbst nach seinem Geständnis mindestens zwei seiner Schöpfungen von einer großen Anzahl Fachleute weiterhin für echte Vermeers gehalten wurden – Originalwerke eines der größten Meister der Malerei des 17. Jahrhunderts.

Jedenfalls beschloß Coremans, um das Durcheinander aufzuklären, im September 1949, nach Nizza zu reisen und die Villa Estate zu inspizieren, die seit dem überstürzten Aufbruch VMs und seiner Frau vor zehn Jahren kaum je bewohnt worden war. Dafür waren dort vier unverkaufte Fälschungen gefunden worden, und die holländische Polizei hatte schon alles auf den Kopf gestellt, weshalb es schwer vorstellbar war, daß Coremans hoffen konnte, etwas Nützliches zu entdecken, um seine Version der Fakten zu stützen. Die große Sorgfalt, die Inspektor Wooning bei der Durchsuchung hatte walten lassen, war beim Prozeß sehr gelobt worden. Doch am 26. September, nach einigen Tagen fruchtloser Nachforschungen, ereignete sich der große Coup – vielleicht sollte man besser sagen: das Wunder. Während Coremans ziellos in den beiden Küchen und dem Gang des Souterrains herumstöberte, wo VMs Gärtner die von seinem Arbeitgeber zurückgelassenen persönlichen Sachen gestapelt hatte, bemerkte er zufällig zwei große, aufeinander liegende Sperrholzplatten. Unglaublich, aber wahr, dem scharfen Blick des Inspektors Wooning waren sie bei seinen eifrigen Suchaktionen vier Jahre zuvor entgangen. Coremans hob die obere Platte auf, und was kam zu seiner riesigen Überraschung und unbeschreiblichen Genugtuung zum Vorschein ... die erste Version von VMs *Abendmahl* natürlich.

Decoen und seine Anhänger reagierten mit vorhersehbarer Wut auf Coremans' zufällige, segensreiche Entdeckung. Sofort posaunten sie in alle vier Winde, daß – wie im Fall des Hondius – das von dem schlauen Rivalen aufgefundene Gemälde eine Fälschung sei, von Coremans selbst in Auftrag gegeben, um die Richtigkeit seiner Argumentation unumstößlich zu untermauern. Denn warum – fragten sie rhetorisch – hätte VM eine so bedeutende und aufwendige Fälschung in der Villa Estate zurücklassen sollen, da er sie doch mit der begründeten Hoffnung auf einen üppigen Gewinn hätte verkaufen können? Decoen behauptete sogar, er habe sich, vier Tage vor Coremans' Ankunft (also am 22. September), selbst mit Hilfe des Gärtners Zugang zur Villa Estate verschafft und keine Spur von den berüchtigten aufeinander liegenden Sperrholzplatten gefunden.

Das lange, erbitterte Duell zwischen Decoen und Coremans entschied sich schließlich zugunsten des letzteren, als ihm ein außerordentlich geschickter Coup gelang. Er spürte nämlich die Quittung eines Pariser Kunsthändlers auf, aus der hervorging, daß VM am 11. Oktober 1938 bei der Firma ein großes Gemälde von Govaert Flinck erstanden hatte. Die Quittung schloß eine detaillierte Beschreibung und ein Foto des Bildes mit ein. Flinck, ein Zeitgenosse Vermeers, konnte ja gewiß nicht als unbekannter Maler bezeichnet werden, und in der Tat hatte VM

15.000 Francs hinblättern müssen, um sich das Bild zu sichern. Am interessantesten an der ganzen Sache war jedoch das Sujet des Gemäldes, nämlich … zwei Kinder auf einem von einer Ziege gezogenen, geschmückten Karren, was sonst? Also eben jenes, das VM laut Coremans benutzt hatte, um darauf die erste Version des *Abendmahls* zu malen.

Zwar konnte man auf Flincks Gemälde außer den Kindern noch weitere elf Gestalten zählen, darunter fünf fröhlich auf Wolken herumpurzelnde Engel, und auch die Maße des Bildes waren ganz andere als die von VMs *Abendmahl*. Doch Coremans behauptete – und illustrierte seine Theorie sogar mit entsprechenden Diagrammen –, VM habe die Leinwand in drei Stücke zerschnitten, ein Stück ausgesondert und das andere waagrecht wieder angefügt, um anstelle des beinahe vollkommenen Quadrats des Originals eine rechteckige Leinwand zu erhalten. Vor Wut schäumend, versuchte Decoen dagegenzuhalten, daß VM niemals das Werk eines geschätzten Malers wie Govaert Flinck zerstört hätte, noch dazu, nachdem er 15.000 Francs dafür bezahlt hatte. Doch war es Coremans ein leichtes zu erwidern, daß es überhaupt nicht einfach war, ein gut erhaltenes Gemälde aus dem 17. Jahrhundert zu finden, das zudem ein deutlich ausgeprägtes Craquelé aufwies. Wenn der Flinck diese seltenen Eigenschaften besaß, so war es lächerlich zu glauben, VM könne vom Kaufpreis (damals eine Bagatelle für ihn) gebremst worden sein und irgendwelche Skrupel gehegt haben, ein Gemälde zu zerstören, das sich absolut perfekt für seine Zwecke eignete.

Was die von VM vorgenommenen Veränderungen der Maße und die daraus folgende künstliche Verlängerung der Leinwand betrifft, so erklärte sich sein Verhalten aus der extremen Schwierigkeit, ein großformatiges Werk aus dem 17. Jahrhundert zu dem alles in allem recht erschwinglichen Preis zu finden, zu dem er es bei dem Pariser Kunsthändler erworben hatte. Also war VM, um das Ziel zu erreichen, das er sich gesetzt hatte, geradezu gezwungen gewesen, das Material zu manipulieren, das er an der Hand hatte, und sich zu arrangieren. Er hatte die Leinwand zerschnitten und wieder zusammengefügt, dann hatte er (genau wie beim *Christus in Emmaus*) Flincks Figuren abgetragen – den Karren, die Kinder, die Mandoline spielenden Engel – und nur die Grundierung mit dem Original-Craquelé erhalten. Et voilà. Ein weiteres Meisterwerk Vermeers stand bereit, um von den wichtigsten holländischen Sammlern umkämpft zu werden.

19

Der aufsehenerregende Prozeß gegen Han van Meegeren ging in Wirklichkeit mit erstaunlicher Geschwindigkeit über die Bühne: alles in allem fünfeinhalb Stunden, ein einziger Verhandlungstag, siebzehn Zeugen, deren Vernehmung nicht mehr als zwei Stunden dauerte (im Schnitt sieben Minuten pro Kopf); die übrige Zeit gehörte den Plädoyers des Staatsanwalts und des Verteidigers und VMs lakonischen Schlußbemerkungen. In der Tat war ja die ganze Angelegenheit mittlerweile nur allzu bekannt, und die Gerichtsverhandlung konnte dem, was man schon wußte, nichts Neues hinzufügen. Doch bevor sie begann, konnte niemand – auch wenn sie gewiß nicht mit dem epochalen Nürnberger Prozeß vergleichbar war – auch nur im entferntesten ahnen, daß sie so kurz sein würde: VMs Schicksal bewegte die öffentliche Meinung leidenschaftlich und erregte breites Aufsehen, und der Gerichtstermin stellte das dar, was heute unvermeidlich ein *Medienevent* genannt würde.

Deshalb standen am 29. Oktober 1947 schon vor Tagesanbruch die auf Einlaß wartenden Zuschauer vor der vierten Kammer des Amsterdamer Bezirksgerichtshofs Schlange, und es waren massenhaft Reporter erschienen. Aus Frankreich, Großbritannien, USA, aus der ganzen Welt waren sie angereist, bereit, dem achtundfünfzigjährigen Han van Meegeren, dem berühmtesten Fälscher dieser Erde, unvergänglichen Ruhm zuzusprechen. Es ging das Gerücht, daß VM, obgleich gezwungen, seit der Bankrotterklärung ein spartanisches Leben zu führen, seine anfällige und schon von jeder Art von Exzessen erschütterte Gesundheit nicht mehr habe ins Lot bringen können. Daher war die herbeigeeilte Journalistenmeute darauf vorbereitet, in düsteren Farben das Porträt eines zerstörten Mannes zu zeichnen, eines von seiner Genialität zerrissenen Künstlers, eines Drogenabhängigen im Endstadium mit frühzeitig ergrautem Haar und hohlen Wangen, Sklave des Morphiums, der eine Reihe schrecklicher Herzattacken hinter sich hatte – die Fachärzte an der Valerium-Klinik, in der er den ganzen Sommer gelegen hatte, hatten eine Angina pectoris diagnostiziert.

An jenem schicksalhaften 29. Oktober – dem Tag seines Triumphes – war VM jedoch bemüht, sich der Welt von seiner besten Seite zu zeigen. Dem Publikum, das sich im Saal drängte, schien er in Hochform zu sein, selbstbewußt, schick und liebenswürdig, unbefangen und nonchalant. Er hatte sich sorgfältig rasiert, den Schnurrbart stutzen lassen und trug einen eleganten dunkelblauen Anzug mit hellblauem Hemd und passender Krawatte. Er war von seinem Haus zu Fuß die Prinsengracht entlang zum Tribunal gegangen, umringt von Reportern und Fotografen, mit denen er freundschaftlich gescherzt hatte. Beim Betreten des Gerichtssaals hatte er seine beiden Kinder Jacques und Inez und seine zweite Exfrau Jo begrüßt, umarmt und geküßt. Jacques, mittlerweile fünfunddreißig, hatte einen schönen grauen Anzug an und sah viel jünger aus. Inez war eine junge Frau von leuchtender Schönheit geworden, mit einer zugleich nüchternen und anspruchsvollen Ausstrahlung. Jo war neurotisch und bezaubernd wie immer, fabelhaft in ihrem strengen schwarzsamtenen Kostüm. Strahlend hatte VM sich noch einmal für die Fotografen in Positur geworfen und wie ein Filmstar auf ihre Rufe und Aufforderungen reagiert, indem er sich spielerisch die Brille abnahm und wieder aufsetzte und selbstgefällig lächelte. Er hatte seine berechtigte Genugtuung nicht verborgen, als er bemerkte, daß über den Bankreihen eine große Projektionsleinwand hing, auf der Dr. Coremans' Dias gezeigt werden sollten. Vor allem aber war es unmöglich zu übersehen, daß das Bildnis der Königin – hinter dem Stuhl, auf dem der Vorsitzende Richter Boll saß – sich im Vergleich zu VMs großartigen Meisterwerken geradezu unbedeutend ausnahm. Denn der *Christus in Emmaus* und das *Abendmahl* prangten in all ihrer Pracht und Herrlichkeit an der Stirnwand, während die anderen da und dort aufgehängten Fälschungen die Verwandlung des Gerichtssaals in eine einzigartige Kunstgalerie und ihm gewidmete große Einzelausstellung vervollständigten. Genau die Art von Erfolg und öffentlicher Anerkennung, von der VM dreißig Jahre lang geträumt hatte.

Alle anderen Akteure des Dramas (oder der Farce) waren im Saal zusammengekommen, um seinem strahlenden Triumph beizuwohnen. Es fehlten nur Dr. Boon, van Strijvesande und Alois Miedl – alle drei waren während des Krieges spurlos verschwunden. Entschuldigt fehlten Abraham Bredius und Hermann Göring: Sie waren gestorben (Bredius zu seinem Glück an Altersschwäche). In der ersten Reihe saßen die Sachverständigen: neben Coremans die anderen Kommissionsmitglieder – Altena, Froentjies, Schneider und die zwei Engländer Rawlins und Plenderleith. Dann noch de Wild in der zweischneidigen und peinlichen Rolle des Kommissionsmitglieds und gleichzeitig Sachverständigen, der auf VM hereingefallen war. VMs *Agenten* Kok und Strijbis waren da sowie ein bekannter Psychiater, Dr. van der Horst, der ein ausführliches psychologisches Gutachten über den Fälscher vorbereitet hatte. Aber auch VMs *Opfer* waren da: Hannema, Hoogendijk, de Boer, van Dam, van der Worm und der kämpferische Reeder Daniel George van Beuningen, dessen Schicksal schon im vorigen Kapitel geschildert wurde.

Punkt zehn Uhr verlas Staatsanwalt Wassenbergh die Anklageschrift, die acht maschinengeschriebene Seiten umfaßte. VM wurde im wesentlichen beschuldigt, sich in betrügerischer Absicht bereichert und zur Täuschung der Käufer falsche Signaturen auf den Gemälden angebracht zu haben, was gegen die Paragraphen 326 und 326B des Strafgesetzbuchs verstieß. Als Richter Boll ihn fragte, ob er sich dieser ihm zugeschriebenen Vergehen schuldig bekenne, bejahte VM ohne Zögern. Danach erläuterte Coremans mit Hilfe einiger Dias die Ergebnisse, zu denen die Kommission gekommen war. Er sprach eine halbe Stunde lang, ab und zu von Boll unterbrochen, der sich an VM wandte, um zu fragen, ob er Coremans' Darstellungen teile – worauf VM unweigerlich »gewiß«, »sicher«, »ich bin vollkommen einverstanden«, »das ist durchaus korrekt« oder ähnliches antwortete. Als Coremans seine Ausführungen beendet hatte, fragte Boll VM, was er dazu meine. »Ausgezeichnete Arbeit, geradezu phänomenal«, kommentierte VM leicht sardonisch, womit er eine gewisse Heiterkeit im Saal hervorrief. »Von nun an, fürchte ich, wird man gar niemandem mehr eine schöne Fälschung andrehen können.«

Um elf Uhr sagte Coremans, er müsse zum Flugzeug nach New York, und erhielt die Erlaubnis, sich zu entfernen. Danach sagten de Wild, de Boer, Froentjies, Altena, Strijbis und Hoogendijk aus. Was die letzten beiden angeht, so konnte man gewiß nicht behaupten, daß ihnen die Verwicklung in VMs Geschäfte auf lange Sicht Glück gebracht hatte. Als nämlich VM öffentlich gestanden hatte, war Hoogendijk gezwungen gewesen, den von ihm unwissentlich getäuschten Käufern einen guten Teil der Provisionen zurückzuzahlen, die er für den Verkauf von insgesamt fünf Fälschungen bekommen hatte, summa summarum etwa eine halbe Million Gulden. Doch abgesehen von dieser beträchtlichen Ausgabe hatte Hoogendijk keine weiteren Scherereien, da er dem Finanzamt die Einnahmen nachweislich immer regelmäßig gemeldet hatte. Der unvorsichtige Strijbis dagegen hatte fröhlich behauptet, er besitze keinerlei Belege über die fraglichen Transaktionen. Nachdem man schätzte, er habe circa 540.000 Gulden kassiert, ohne sie anzugeben, war er verurteilt worden, Steuern für eine insgesamt so schwindelerregende Summe nachzuzahlen, daß er sich genötigt sah, das Immobilienbüro aufzugeben und Konkurs anzumelden.

Als Richter Boll Hoogendijk fragte, wie er denn glauben konnte, daß die *Segnung Isaaks durch Jakob* ein Vermeer sei, erwiderte der angesehene Kunsthändler: »Das ist schwer zu erklären. So unglaublich es klingt, aber ich ließ mich täuschen. Wir sind ja alle immer mehr heruntergekommen – vom *Emmaus* auf den *Isaak*, vom *Isaak* auf die *Fußwaschung*. Ein Psychologe könnte wahrscheinlich besser erklären als ich, was da passiert ist.« Wahrscheinlich hätte ein Psychologe auch erklären sollen, warum, während der Geschmack der Experten immer mehr herunterkam, die Preise für VMs Bilder immer höher kletterten. Vielleicht einfach, weil ein sehr enger Zusammenhang zwischen den beiden Phänomenen bestand. Jedenfalls kam gleich nach Hoogendijk der Psychiater van der Horst an die Reihe, der VM als »überempfindlich gegen jede Kritik, besessen von Rachephantasien, unausgeglichen, aber für seine Handlungen voll verantwortlich« bezeichnete. Da er der Meinung war, ein sowieso schon asozialer Charakter wie der VMs würde unter Isolation zu sehr leiden, riet er gnädigerweise von einer Gefängnisstrafe ab.

Die Verhandlung ging schon dem Ende zu, als Richter Boll VM ein letztes Mal fragte, ob er zugebe, daß er die sechs gefälschten Vermeers und die zwei gefälschten de Hoochs selbst gemalt habe. VM bekräftigte standhaft seine Schuld. Er fügte jedoch ausdrücklich hinzu, daß er gezwungen gewesen sei, die Gemälde zu einem sehr hohen Preis zu verkaufen, da andernfalls alle sofort gemerkt hätten, daß sie nicht echt waren. Die Triebfeder, die ihn angespornt habe, diese Bilder zu erschaffen, sei aber nicht das Geld gewesen, sondern der *Wunsch zu malen*, ein geheimnisvoller, zwanghafter Impuls, den er nicht habe kontrollieren können. Nach dieser erhellenden Aussage ging das Gespräch zwischen Boll und VM nicht etwa weiter, sondern war beendet.

Staatsanwalt Wassenbergh ergriff das Wort und trug ungefähr eine Stunde lang sein Plädoyer vor. Wohl bewußt, daß die Sympathien der öffentlichen Meinung ganz VM gehörten, wollte er ihn nicht zu hart anfassen, schonte ihn, wo er konnte, und beschränkte sich darauf, VMs zentrale Behauptung anzufechten. Er sagte, es sei nicht Aufgabe des Gerichts festzustellen, ob VM ein genialer Maler sei oder nicht, aber gewiß habe der Fälscher nicht so gehandelt, weil er sich für einen großen verkannten Künstler hielt und also darauf hoffte, als Meister anerkannt zu werden. Wäre es so gewesen, hätte er sich ja früher oder später zu erkennen gegeben und nicht gewartet, bis die Ereignisse ihn zufällig entlarvten. Deshalb müsse man VM der Anklagepunkte, die ihm vorgeworfen würden, für schuldig erachten; das Strafgesetzbuch sehe dafür als Höchstmaß vier Jahre Gefängnis vor. In Anbetracht des bedenklichen Gesundheitszustands des Angeklagten, des psychiatrischen Gutachtens und der sonstigen mildernden Umstände könne die geforderte Strafe aber auf die Hälfte herabgesetzt werden. Die Fälschungen müßten ihren Eigentümern zurückgegeben werden: Es liege im Ermessen des Gerichts anzuordnen, daß sie vernichtet werden sollten.

Dann kam Heldring an die Reihe, der Anwalt der Verteidigung. Er sprach eine knappe Stunde und hielt eine witzige, gescheite und überzeugende Rede. Er bezeichnete seinen Mandanten als »hochintelligenten Mann, freigebig und von großem Charme, aber unfähig, Kritiken und Mißerfolge zu ertragen«. Anschließend deutete er dessen gesamte Fälschertätigkeit als Schutzmanöver gegen die giftigen Attacken der Kritiker. Diese hätten jahrelang versucht, den Maler zu vernichten, und schließlich seine Karriere so untergraben, daß sie Han van Meegeren in gewissem Sinne quasi dazu gezwungen hätten, Vermeer zu *werden*. Jedenfalls sei unter rechtlichen Gesichtspunkten bei den Verkäufen keinerlei Betrug vorgefallen. Es sei niemals behauptet worden, daß ein bestimmtes Gemälde ein Vermeer oder ein de Hooch sei, ja nicht einmal, daß es einer sein könnte. Dies hätten die Experten entschieden, die Kunsthändler und die Käufer. Das einzige, was man VM vorwerfen könne, sei, daß er die Signaturen gefälscht habe, nicht die Bilder, doch sei in der Kunstwelt allgemein bekannt, daß eine Signatur niemals einen gesicherten Echtheitsbeweis für ein Bild darstelle. Heldring beantragte daher, sein Mandant möge von der Anklage nach Paragraph 326 freigesprochen werden, während er hinsichtlich der Unterschriftenfälschung auf Bewährung plädierte und bat, größtmögliche Milde walten zu lassen.

Richter Boll nickte verständnisvoll und fragte VM, ob er noch eine letzte Erklärung abgeben wolle. VM saß regungslos da und starrte, so schien es, eine Ewigkeit ins Leere. Dann sagte er zur größten Überraschung von Publikum, Richtern und Anwälten, Charles Swann aus Marcel Prousts *Recherche*, der sich in dem Roman mit der Absicht trüge, eine Studie über Vermeer zu verfassen, sei überzeugt, daß das mythologische Gemälde *Diana und die Nymphen* – vom Mauritshuis als Werk des Nicolas Maes erworben – in Wirklichkeit ein Vermeer sei. Bedauerlicherweise für Proust und Swann jedoch und für all die schönen Theorien, die über die Kunst aufgestellt würden, handle es sich bei dem Gemälde um eine Fälschung: Es sei gar nicht von Vermeer – und auch nicht von Maes. Am Ende der sibyllinischen und beunruhigenden Aussage VMs folgte erneut ein langes Schweigen. Mit erlesener Höflichkeit fragte ihn Richter Boll: »Ist das alles?« In dem übervollen Gerichtssaal hätte man eine Stecknadel fallen hören. VM starrte wieder an die Decke, dann antwortete er: »Das ist alles.« Richter Boll nickte und hob die Sitzung auf. VM tupfte sich mit einem seidenen Taschentuch den Schweiß von der Stirn und erhob sich schwankend, um hinauszugehen. Im selben Augenblick sprangen die zweihundert im Saal zusammengepferchten Zuschauer mit ihm auf wie ein Mann. Ein orkanartiger Beifallssturm ihm zu Ehren brach los. Überrascht und wie benommen hob VM die Arme zum Zeichen des Sieges. Weinend und schluchzend, glücklich wie ein Kind, drückte er unendlich viele Hände, lächelte allen zu, umarmte Jo, Jacques und Inez. Eine Minute später machte der Nationalheld sich zu Fuß auf den Heimweg und schritt schwankend durch die Spalier stehende, applaudierende Menge auf sein herrliches Haus in der Keizersgracht zu.

20

Das Urteil wurde zwei Wochen später verkündet, am 12. November 1947. Han van Meegeren wurde der beiden Gesetzesübertretungen, die man ihm zur Last legte, für schuldig befunden und zu einem Jahr Gefängnis verurteilt – die mildeste Strafe, die möglich war. Er würde unter strenger ärztlicher Aufsicht stehen und dieses Jahr angesichts seines sehr schlechten Gesundheitszustands höchstwahrscheinlich in einem Krankenhaus oder einer Klinik verbringen. Richter Boll ordnete an, daß die Fälschungen an die rechtmäßigen Besitzer zurückgehen sollten: *Christus und die Ehebrecherin*, Görings großartiger Coup, wurde Eigentum der holländischen Krone. Der *Junge Jesus* wurde VM zurückgegeben, ebenso wie die »Versuchsfälschungen«, die Inspektor Wooning in der Villa in Nizza aufgestöbert hatte. Man würde sie zusammen mit VMs übriger Habe verkaufen, um seine Schulden beim holländischen Staat und den in den Betrug verwickelten Privatleuten zu bezahlen.

Der *Junge Jesus* wurde auf einer öffentlichen Auktion von einem Haager Kunsthändler für 3000 Gulden ersteigert; später wurde das Bild an Sir Ernest Oppenheimer abgegeben, und zuletzt landete es in einer Kirche in Johannesburg. *Christus und die Ehebrecherin* wurde dagegen vom Stichting Nederlands Kunstbezit in Den Haag angekauft. VMs restliche Werke wurden von den Erben 1950 versteigert: Sie erzielten die gewiß nicht berauschende Summe von 226.599 Gulden. Der *Christus in Emmaus* dagegen blieb im Boymans-Museum, wurde aber aus den Sälen der alten Meister entfernt und in einer Ecke der Abteilung für zeitgenössische Kunst ausgestellt. Aus einer Laune des Schicksals heraus, die VM bestimmt entsetzlich gefunden hätte, fand sich sein Vermeer so neben Werken von Picasso, van Doesburg und Mondrian wieder – den entarteten »modernen« Künstlern, die er immer gehaßt hatte.

Nachdem der Prozeß vorbei und das Urteil gesprochen war, bestand zwei Wochen die Möglichkeit, Berufung einzulegen; doch Rechtsanwalt Heldring wollte lieber bei der Königin ein Gnadengesuch einreichen. Staatsanwalt Wassenbergh ließ ihn auf informellem Weg wissen, daß er keinen Einspruch erheben werde. VM aber brauchte die Gnade der Königin nicht, um auf seine Weise die Freiheit wiederzuerlangen. Am 26. November wurde er in beinahe hoffnungslosem Zustand in die Valerium-Klinik eingeliefert: Er hatte den soundsovielten Kollaps erlitten und war fast gelähmt. Zwei weitere endlose Wochen vergingen, dann ließen die Ärzte der Klinik wissen, daß der berühmte Fälscher sich, wenn auch sehr langsam, erhole. Jo, Jacques und Inez kam er allerdings immer schwächer vor. Doch am Abend des 29. Dezember richtete sich VM plötzlich ruckartig im Bett auf und sagte zu der Krankenschwester, er wolle mit Jo allein bleiben. Inez und Jacques waren nicht anwesend, weil sie spät abends zum Schlafen in das große Haus an der Keizersgracht zurückgekehrt waren. Die Krankenschwester schien VMs nachdrückliche Aufforderung nicht ernst zu nehmen. Mit gespenstischem Blick herrschte VM Jo an, sie solle den Störenfried fortschicken. Als dies geschehen war, bat er Jo, ihm zu helfen, ans Fenster zu treten. Jo versuchte, ihn davon abzubringen, aber auch diesmal blieb VM stur. Er riß sich die Decken vom Leib, stand mühsam auf und klammerte sich an den Arm seiner Ex-Frau.

Die Straße draußen am Klinikgarten war menschenleer, in

bläulichen, stehenden Dunst gehüllt und nur schwach beleuchtet, die Dunkelheit breitete sich aus wie ein Ölfleck. Ein überwinternder Finkenschwarm flatterte in der Helle einer einsamen Laterne. Unrat und Papierfetzen wirbelten im Wind über den schmutzigen Bürgersteig. Auf einmal sagte VM, es werde bald Tag. Dann sah er, wie sich in den Wolken ein dreieckiger Riß auftat – ein zaghaft blau gefärbter Spalt. Mühsam durchdrang ein fahler Lichtstrahl die Dämpfe, die über Amsterdam lasteten. Ein blasser Abglanz der Sonne erschien auf dem neblig grauen Hintergrund. Dann brach ein Unwetter los. Gleißend zuckte ein Blitz über den fahlen Himmel.

VM kauerte sich wieder unter den Decken zusammen. Das Zimmer war in feindseligen Halbschatten getaucht, es roch streng nach Medikamenten. Besorgt betrachtete Jo lange das Gesicht des Fälschers: es schien ihr leichenblaß, geschwollen, wie von Verzweiflung entstellt – das Gesicht eines Menschen, der zufällig einem Massaker entkommen ist. Doch so fühlte VM sich keineswegs. Im Gegenteil. Er enthüllte Jo, daß es Tag geworden sei. Sie waren noch allein – Inez und Jacques noch zu Hause, die Krankenschwester am Ende des Flurs verschwunden. VM sah immer noch einen schmalen blauen Lichtstreifen, der durch die beschlagene Fensterscheibe ins Zimmer fiel. Er bat Jo, das Fenster zu öffnen – aber natürlich blieb es fest geschlossen. Eine gläserne Mauer. VM hustete lange, dann sagte er zu Jo, das Fenster sei nicht mehr wichtig. Es genüge, daß sie ihm in die Augen schaue, und das Licht sei da. Jo fand den Gedanken freundlich. VM streifte ihre Hand mit einem Kuß. Dann plötzlich schlief er ein, und schlagartig war im Zimmer alles still.

Eine Stunde später erwachte VM. Die Stimme kaum mehr als ein Flüstern, murmelte er, wir sind alle nur Gäste im Leben, für so kurze Zeit – und Leben ist im Grund genommen nur eine Gewohnheit. Deshalb solle niemand um ihn weinen, denn er habe seine Zeit und seine Tage nicht vertan. Er habe sein Leben der Kunst und der Schönheit gewidmet. Er habe das einzig Wichtige gewählt. Den besten Teil seiner selbst, der nicht von ihm genommen würde. Erschöpft von dem langen Monolog, sank er mit einem Stöhnen auf das Kissen. Was für makabre Reden, mein Gott, dachte Jo. Es lag etwas Entsetzliches in einem für immer verwüsteten Leben. Und etwas Schreckliches in diesem Abschied von einem Mann, den sie im Grund nie gekannt hatte. Das Leben hängt an einem Faden, einverstanden, aber – versuchte sie sich zu trösten – vielleicht macht uns nichts größer als ein Schmerz. Sie atmete erleichtert auf, als sie bemerkte, daß VM wieder eingeschlafen war. Einen Kloß im Hals, trat sie erneut ans Fenster: Über den Kanälen Amsterdams zitterte schräg das Licht der Laternen, und der Regen begann in Schnee überzugehen.

Noch ein Augenblick, und VM zuckte im Schlaf. Der Arzt, der wenige Minuten später erschien, sagte zu Jo, daß nichts mehr zu machen sei. Ein weiterer Herzanfall – leider sei es nur noch eine Frage von Stunden. Doch während der Nacht öffnete VM, der sich hartnäckig ans Leben klammerte, plötzlich noch einmal die Augen und versuchte Jo etwas mitzuteilen. Aber kein Laut kam aus seinem Mund. Vielleicht gelang es Jo auch nicht zu entschlüsseln, was der Fälscher ihr zu sagen versuchte. VM hob den Kopf, dann ließ er ihn aufs Kissen zurückfallen. Jo schrie, um den Arzt zu alarmieren, der ohne Eile kam, sich über den reglosen Körper beugte und bestätigte, daß VM diesmal für immer gegangen war. Er war tot. Wahrscheinlich ein Schlaganfall. So trat Han van Meegeren alias VM auf die gleiche Weise von der Weltbühne ab wie die literarische Figur des Bergotte, der vor einem kleinen gelben Mauerstück auf der *Ansicht von Delft* ins bessere Leben eingegangen war, so beschrieben auf einer Seite von

Marcel Proust, in Paris, an einem fernen Abend im Mai des Jahres 1921. Vor allem aber starb er, wie zweihundertzweiundsiebzig Jahre vor ihm, in einem eisigen Haus in Delft, der geheimnisvolle Maler gestorben war, der auf dieser Erde, wenn auch nur kurze Zeit, den Namen Joannis Reynierszoon Vermeer getragen hatte.

ANMERKUNG

In der Einführung zu dem Roman, den Gore Vidal Kaiser Julian gewidmet hat, erzählt er, er habe in der Bibliothek der amerikanischen Akademie in Rom den Historiker Moses Finley getroffen. Vidal, der Informationen sammelt, um ein Buch zu schreiben, fragt Finley nach einem Kollegen, der sich mit Zarathustra beschäftigt hat. »Ist er verläßlich?« fragt er. »Der Beste auf dem Gebiet«, antwortet Finley. Und fügt hinzu: »Natürlich erfindet er alles, was er schreibt, wie wir alle.« Das mag paradox klingen, doch auch ich bin überzeugt, daß eine kräftige Portion Erfindung nötig ist, um den großen Roman, der die Geschichte ist, wirkungsvoll zu erzählen. Entsprechend große Vorstellungskraft zu entfalten, scheint daher geradezu unerläßlich, wenn man die »Vergangenheit« erzählen will. Dies vorausgeschickt, halte ich es jedoch für nützlich, den Leser zu informieren, daß sich *Das Doppelleben des Vermeer,* obgleich es die literarische Version einer »wirklich passierten« Geschichte ist, streng an die Quellen, die Daten, die Dokumente hält – soweit es möglich ist, natürlich, und stets im Wissen um den »narrativen« Charakter, der jeder Art von geschriebenem Material eigen ist. Andererseits sind die Geschehnisse, deren Protagonist Han van Meegeren war (mit so außerordentlichen Partnern wie Vermeer, Proust und Göring), so romanhaft, daß es geradezu töricht gewesen wäre, sie zu verändern oder, noch schlimmer, sich bei ihrer Darstellung zu Höhenflügen anekdotischer Phantasie hinreißen zu lassen, die ich – zum Glück, zumindest in diesem Fall – nicht in entsprechendem Maß besitze. Allerdings handelt es sich ja um eine Geschichte, die sich zwischen 1632 und 1947 abspielt: Um sie heute neu zu erfinden und zu rekonstruieren, mußte ich am Aufbau, an der Komposition, am Rhythmus, an den Personen arbeiten und eine kombinatorische Strategie verfolgen, die mir erlaubte, der Musik, die ich spielen wollte, die besten Melodien zu entlocken. Doch die Originalpartitur stammt nicht von mir.

Seltsamerweise erinnere ich mich nicht, wann und wie ich zum ersten Mal auf VMs Geschichte gestoßen bin. Ganz offensichtlich hat die Idee zu diesem Buch also jahrelang eine kümmerliche Existenz im Schoß meines abweisenden Gedächtnisses gefristet. Zuletzt muß ich dann beschlossen haben, daß so viel Ausdauer belohnt werden mußte und daß die Idee es verdiente zu existieren. Aber natürlich hätte ich meine Version von VMs Abenteuer nicht schreiben können, ohne auf eine umfangreiche Bibliographie zurückzugreifen: Gern vermittle ich sie dem Leser, der der Geschichte des Fälschers auf eigene Weise noch weiter nachgehen möchte, auch wenn es mir – an diesem Ort – opportun erscheint, nur die nützlichsten und leichter zugänglichen Bände anzugeben und die – jedenfalls unter sprachlichem Gesichtspunkt – schwierigeren holländischen Quellen (Zeitungen und Zeitschriften von damals, kritische Texte, Anthologien, bibliographische Verzeichnisse) wegzulassen. Ich würde im wesentlichen vier Texte zur Lektüre empfehlen: *Van Meegeren's Faked Vermeers and De Hoochs* von P. B. Coremans (Amsterdam 1949); *Retour à la Vérité* von J. Decoen (Rotterdam 1951); *The van Meegeren mistery* von M. Moisewitsch (London 1964) sowie *Van Meegeren: Master Forger* von Lord Kilbracken (New York 1967, dt.: *Fälscher oder Meister? Der Fall van Meegeren*, Wien/Hamburg 1968).

Zitate von Marcel Proust aus:
Werke II, Band 1: In Swanns Welt, © Suhrkamp Verlag 1994,
und Band 5: Die Gefangene, © Suhrkamp Verlag 2000

Lizenzausgabe der Büchergilde Gutenberg,
Frankfurt am Main, Wien und Zürich
Mit freundlicher Genehmigung des
Verlags Antje Kunstmann, München

Titel der Originalausgabe: *La doppia vita di Vermeer*
Typografie + Satz: Frese, München
Druck + Bindung: Pustet, Regensburg
Printed in Germany 2005
ISBN 3-7632-5619-9

www.buechergilde.de